Maria Venturi

Amore heißt Liebe

Zu diesem Buch

Laura ist, nach der enttäuschenden Beziehung mit Sergio, an einem echten Tiefpunkt angelangt. Als er sie auch noch zu einer Abtreibung drängt, zieht sie endgültig die Konsequenz und trennt sich von ihm. In ihrer Niedergeschlagenheit entschließt sich Laura zu einer Reise, um auf andere Gedanken zu kommen. Ausgerechnet in Deutschland läuft ihr Marco über den Weg. Aus dem anfänglichen Strohfeuer wird schnell viel mehr, und schon bald heiraten die beiden. Ihr Glück scheint vollkommen, doch dann wird Laura eröffnet, daß sie nie wieder Kinder haben wird. Verbittert und von Selbstvorwürfen gequält, läßt sie sich immer öfter zu Streitereien mit Marco hinreißen. Da kreuzt Marcos Exfreundin auf und glaubt, leichtes Spiel zu haben … Das neue Buch von Maria Venturi, deren »vergnügliche Beziehungsromane mit Tiefgang« (Freundin) die Leserinnen auch bei uns begeistern.

Maria Venturi wurde in Florenz geboren und lebt mit ihrem Mann in Brescia. Sie arbeitete als Journalistin, bevor sie begann, Romane und Drehbücher zu schreiben. In ihrer Heimat erobern alle ihre Bücher die Bestsellerlisten. In Deutschland wurde Maria Venturi durch den TV-Mehrteiler »Sieg der Liebe« bekannt. Auf deutsch liegen außerdem ihre Romane »Fahr mit mir nach Paris«, »Das Licht der Sterne«, »Das Labyrinth der Liebe« und »Das Licht eines Sommers« vor.

Maria Venturi

Amore heißt Liebe

Roman

Aus dem Italienischen von
Monika Cagliesi-Zenkteler

Piper München Zürich

Von Maria Venturi liegt in der Serie Piper außerdem vor:
Das Labyrinth der Liebe (3393)

Ungekürzte Taschenbuchausgabe
Juni 2002

Titel der italienischen Originalausgabe:
»L'amore stretto«, Rizzoli, Mailand

erschienen im Verlagsprogramm Kabel
Umschlag / Bildredaktion: Büro Hamburg
Isabel Bünermann, Julia Martinez, Charlotte Wippermann
Umschlagfoto: Jürgen Richter / LOOK (oben), Getty Images (unten)
Satz: KCS Buchholz / Hamburg
Druck und Bindung: Clausen & Bosse, Leck
Printed in Germany   ISBN 3-492-23584-0

www.piper.de

Für meine Tochter Sabina

ERSTER TEIL

PROLOG

Sergio öffnete die Autotür. »Ich warte seit fast einer Stunde auf dich«, sagte er. Ich spürte, wie in seiner sachlichen Stimme, die einem Berichterstatter hätte gehören können, kaum wahrnehmbar eine bange Frage mitschwang.

Ich stieg ins Auto, ohne darauf einzugehen. Sergio blickte verstohlen zur Seite und ließ den Motor an, sichtlich bemüht, schnell wegzukommen. Seine Vorsicht war zwar krankhaft, doch gemessen an seiner Angst, in einer kompromittierenden Lage ertappt zu werden, war sie nichts.

»Warum hat es so lange gedauert, Laura?« Da war sie, die bange Frage.

Als ich aus der Kurznarkose erwacht war, hatte ich eine unangenehme Feuchtigkeit zwischen den Beinen gespürt. Der Frauenarzt, der gerade noch gegen die Krankenschwester wetterte, verstummte plötzlich. Nachdem er mich tamponiert und mir eine Spritze gegeben hatte, bat er mich, liegen zu bleiben und zu warten, bis er wieder nach mir sehen würde.

»Es hat wohl einen Zwischenfall gegeben«, antwortete ich.

Er wurde stocksteif und warf mir einen beunruhigten Blick zu. »Und zwar?«

»Eine kleine Blutung. Jetzt geht es mir wieder gut«, fügte ich hinzu, um der nächsten Frage zuvorzukommen.

Seine Schultern entspannten sich, und die Erleichterung ließ ihn in sich zusammensacken, so daß ich ihn als das sah, was er war: ein kleiner, dicklicher Mann. »So etwas kann vorkommen«, spielte Sergio die Angelegenheit herunter und blickte wieder auf die Straße.

»Gewiß.«

»Das wäre im Krankenhaus genauso passiert«, meinte er mit fester Stimme.

Ich konnte mich nicht länger zurückhalten. »Hast du etwa einschlägige Erfahrungen?«

Er drehte sich wieder zu mir, und seine blaßblauen Augen blitzten wütend auf. »Laß uns offen reden, Laura; du bist kein unschuldiges Mädchen mehr, und ich bin davon ausgegangen, daß du Vorkehrungen triffst, um nicht schwanger zu werden. Es ist das erste Mal, daß mich eine Frau in solche Schwierigkeiten bringt.«

»Das Problem ist aus der Welt, und außerdem habe ich nichts von dir verlangt«, erwiderte ich müde.

»Eben! Ich hätte meine Hände in Unschuld waschen und zusehen können, wie du alleine damit fertig wirst. Aber nein: Ich habe eine diskrete Klinik für dich ausfindig gemacht, habe dir das Geld für die Abtreibung gegeben, heute früh habe ich dich hergebracht, und jetzt bin ich hergekommen, um dich abzuholen. Du musst zugeben, daß ich mich wie ein Gentleman verhalten habe, um so mehr, als ...«

Die immer lauter werdende, zitternde Stimme wurde zu einem erstickten Gurgeln. Er holte Luft und knurrte: »Aber lassen wir das jetzt lieber.«

Doch nun wollte ich der Sache auf den Grund gehen. »*Warum* sollen wir es lassen? Sprich bitte weiter.«

»Vor zwei Monaten hast du deinen früheren Lebensgefährten wiedergesehen, und genausogut hätte er dich schwängern können. Ich habe diesen Verdacht jedoch für mich behalten und dir trotzdem geholfen«, sagte er in einem Atemzug.

»Wie edelmütig.«

»Dein Sarkasmus ist fehl am Platze, meine Liebe. Ich glaube vielmehr, daß du mir dankbar sein müßtest. Wenige Männer, dieser Typ eingeschlossen, hätten sich ähnlich großzügig verhalten.«

Ich hatte meinen Exlebensgefährten in einem Café getroffen, um mich mit ihm über die Rückgabe eines Gemäldes zu einigen, das er aus meiner Wohnung mitgenommen hatte. Aber warum hätte ich Sergio das erklären sollen? Sollte er doch denken, was er wollte; seine Meinung war mir vollkommen egal. Die Augen halb geschlossen, lehnte ich mich zurück. Ich fand es auch überflüssig, etwas auf seine »Großzügigkeit« zu erwidern.

Die Nachricht von meiner Schwangerschaft hatte ihn in Panik versetzt, und seine einzige Sorge war, selbst nicht irgendwie mit hineingezogen zu werden. Seine Erleichterung über meine Entscheidung, abzutreiben, hielt jedoch nur kurz vor, bis sich die möglicherweise verheerenden Folgen eines Eingriffs in einer öffentlichen Einrichtung vor ihm auftaten. Bei der Aufnahme würde man sich nach meinen Personalien und der Versicherungskarte erkundigen, der Frauenarzt könnte mir vielleicht eine tückische Frage stellen, die unvermeidliche Psychologin oder Sozialarbeiterin mich dazu bringen, meine Meinung zu ändern …

Und wenn sie auf ihn kämen? Es war viel besser, auf eine kleine Privatklinik zurückzugreifen: keine Formalitäten, keine Fragen, keinerlei Risiko. Innerhalb von vierundzwanzig Stunden hatte er den geeigneten Ort ausfindig gemacht (»sie erledigen alles in einer Stunde, es ist, wie wenn man einen Zahn gezogen bekommt«) und war nur mitgekommen, um sicherzugehen, daß ich wirklich abtrieb. Offensichtlich hatte er in einer Seitenstraße in einem geliehenen Auto auf mich gewartet.

Doch all das wunderte mich nicht wirklich. Der ehrbare Sergio Milli war mir vom ersten Augenblick an wie die groteske Karikatur des brillanten und unwiderstehlichen Politikers erschienen, für den er sich ausgab.

Er war lediglich dank der Unterstützung seines reichen Schwiegervaters gewählt worden, sein Opportunismus und seine Gerissenheit hatten ihn sofort mit den richtigen Personen zusammengebracht und ihn die Vorteile seiner Position ausnutzen lassen, ohne selbst je Stellung zu beziehen. Seine Geltungssucht entfesselte sich im Privatleben, wo seine Grenzen nicht mehr von schlauen Strategien getarnt wurden und ans Licht kamen.

Sergio war ein kleiner, angeberischer Verführer, eingebildet und anmaßend, doch allein schon die Angst, entdeckt zu werden, genügte, um ihn in ein verschüchtertes Kaninchen zu verwandeln. Ich war acht Monate lang eines der vielen jungen Mädchen gewesen, die er in Trattorien außerhalb der Stadt und in das Motel eines vertrauten Freundes aus Kindheitstagen ausführte.

Ich war ihm bei einem Abendessen begegnet, und unsere Beziehung hatte noch am selben Abend begonnen. Jetzt war sie zu Ende: Er war durch das eingegangene Risiko wie versteinert, und mir war klar, daß ich gegen mich selbst nichts mehr unternehmen konnte. Der Wunsch nach Selbstzerstörung hatte mich mit vielleicht noch übleren Männern zusammengebracht, und der mit Abstand übelste war der gewesen, mit dem ich zwei Jahre zusammengelebt hatte: Er war so zerstörerisch, daß er gegen meinen Willen instinktiv einen Schutzmechanismus in mir ausgelöst hatte. Sergios Mittelmäßigkeit hingegen hatte mir erlaubt, mich mit vollem Bewußtsein auf masochistische Weise zu erniedrigen. Und mit dieser elenden Abtreibung war ich wirklich ganz unten angelangt.

Ich drehte mich zu ihm um und sah, wie er sich mit zusammengekniffenen Lippen und finsterem Gesichtsausdruck auf das Fahren konzentrierte. Er tat mir fast leid, und auch die Art, wie ich ihn benutzt hatte. »Entschuldige, hast du etwas gesagt?« fragte ich ihn freundlich.

Er winkte ab, als wollte er sagen, es sei nicht wichtig, und plötzlich fiel mir wieder ein, wo wir vorhin stehengeblieben waren: bei der Bekundung seiner Überlegenheit und Großzügigkeit.

»Ich glaube, ich muß mich bei dir bedanken«, sagte ich aufrichtig. War es etwa nicht so?

Wieder winkte er ab, diesmal etwas schwächer. Und dann fügte er sofort hinzu: »Ich hoffe, daß es keine Probleme mehr geben wird. Ich kann leider nichts mehr für dich tun«.

Was er jedoch dann tat, war der Gipfel: Als ich im Begriff war auszusteigen, zog er mit der Schnelligkeit eines Taschenspielers ein Bündel zusammengerollter Banknoten hervor und drückte es mir in die Hand. »Eine kleine Aufmerksamkeit«, sagte er nonchalant.

Ich spürte, wie mir die Röte ins Gesicht schoß, und angeekelt zog ich die Hände zurück. Sergio ergriff sie jedoch. »Na los, steck das Geld schon in die Handtasche«, sagte er ungeduldig. Er hatte es sehr eilig, unsere Affäre zu beenden und sich vor mir in Sicherheit zu bringen.

In diesem Augenblick der Demütigung, als ich ihm gestattete, mich wie eine Prostituierte zu bezahlen, schämte ich mich zum erstenmal vor mir selbst. Ich ging hoch in meine Wohnung, warf das Geldbündel in den Mülleimer und legte mich ins Bett.

Ich blieb vier Tage liegen – Tage, in denen ich den Hörer danebengelegt hatte und zwischen Schlaf, Wachzustand und unmenschlicher Trägheit schwebte. Ich stand nur auf, um auf die Toilette zu gehen oder etwas zu essen. Wenn ich daran dachte, stürzte ich mit einem Schluck Wasser die Tabletten hinunter, die mir der Frauenarzt gegeben hatte. Zwei Tage lang blutete ich weiter, doch ich war zu abgestumpft, um mir Sorgen darüber zu machen. Dann versank ich in einen Zustand bewußtloser Gefühllosigkeit. Als ich plötzlich wieder daraus auftauchte, waren meine Gedanken klar und der Körper kraftlos. Ich wollte mich in den Kissen aufrichten, doch ich hatte das Gefühl, ein Strudel würde mich ins Leere saugen. Eine bohrende Übelkeit durchfuhr meinen Magen, und ich fiel erschreckt wieder zurück. Wie lange schlief ich schon? Blutete ich noch immer? Ich ließ meine zitternde Hand zwischen die Beine gleiten, und als sie die trockene Binde berührte, beruhigte ich mich ein wenig.

Ich blieb einige Minuten still liegen, atmete tief durch, stützte mich auf meine Arme und versuchte erneut, mich langsam aufzurichten. Ich hielt abermals inne, setzte mich dann quer aufs Bett und streckte meine Beine zum Boden aus. Mir wurde wieder schwindelig, und ich klammerte mich an die Matratze, um das Gleichgewicht nicht zu verlieren.

Es mußte Tag sein: Durch die Fensterläden drangen gelbe Lichtstrahlen, die schräg an die Decke fielen. Ich sah auf den Radiowecker auf meinem Nachttisch und fuhr hoch. Es war Freitag. Ich hatte vier Tage im Bett verbracht, allein und mit abgestelltem Telefon. Niemand hatte sich Sorgen gemacht, warum ich nicht abnahm, wahrscheinlich, weil niemand mich angerufen hatte.

Das ganze Ausmaß meiner Einsamkeit ließ mich ebenso frösteln wie die Gefahr, der ich mich ausgesetzt hatte. Ich hätte im Schlaf verbluten können, und wer weiß, wieviel Zeit vergangen wäre, bis jemand meine Leiche gefunden hätte.

Marina vielleicht? Die Frau meines Vaters rief mich dreimal im Monat an, gerade so oft, wie es ihren Berechnungen nach angemessen schien, um ihre hartnäckige Zuneigung zu zeigen, ohne daß ich sie als allzu aufdringlich empfand. Nach zwölf Jahren war sie es noch immer nicht müde, die Rolle der empfindsamen Frau mit einem vor enttäuschter und schmerzlicher Liebe überquellenden Herzen zu spielen. Ich konnte sie mir lebhaft vorstellen, wie sie meinem Vater tröstende Worte zuflüsterte: Es war Schicksal, du hast dir nichts vorzuwerfen, das arme Mädchen hat sich nie von uns helfen lassen ...

Sie würden ihr Gewissen erleichtern, indem sie ein letztes Mal machtlose Verzweiflung vorspielten, und dann würden sie ihr Leben wiederaufnehmen, endlich von der letzten Bürde der Vergangenheit befreit. Nach der drohenden und anklagenden Exfrau war auch die mitleidslose und feindselige Tochter abgetreten. Haß drang wie ein Stromschlag bis in die letzte Faser meines Körpers. Es tut mir leid für euch, aber ich bin noch nicht tot, dachte ich hämisch.

Ich stellte die Füße auf den Boden und stieg aus dem Bett. Einige Sekunden lang blieb ich stehen, dann ging ich langsam zum Fenster und öffnete die Läden. Das Tageslicht war grell und zwang mich, die Augen zu schließen, aber die Luft prickelte angenehm auf meinen Wangen, und ich fühlte mich sofort besser. Als ich mich vom Fenster abwandte, bemerkte ich den schlechten Geruch, der im Zimmer hing. Und beim Anblick meines Bettes überkam mich erneut eine Woge der Übelkeit: Die Laken waren ein stinkender Haufen voller rötlicher Krümel und Flecken.

Erst jetzt bemerkte ich, daß auch mein Pyjama dreckig war und stank. Ich lief ins Bad, zog ihn schnell aus und schlüpfte unter die Dusche. Ich hatte das Gefühl, als sei der Dreck in jeden meiner Muskeln eingedrungen, in jede Faser, und ich begann, mich kräftig abzuschrubben, fast so, als wollte ich diesen Körper zerstören.

Dann riß ich alle Fenster in der Wohnung auf und fing an zu putzen. Ich stopfte die Laken, den Pyjama und meine Unterwäsche in einen Müllsack, um sie wegzuwerfen. Ich saugte durch und wendete die Matratze, nachdem ich sie mit Desinfektionsspray eingesprüht hatte. Ich polierte den Boden und das Bad. Ich spülte die Teller und Tassen, die in der Spüle standen. Ich fühlte mich wie ein Mörder, der hastig die Spuren seines Verbrechens beseitigt. Schließlich blitzte die ganze Wohnung, doch ich hatte immer noch den Gestank in der Nase, den ich nach dem Aufwachen verspürt hatte.

Als ich den Mülleimer öffnete, um alte Zeitungen hineinzuwerfen, entdeckte ich das Geldbündel: das Geld von Sergio. Warum hatte ich es angenommen? Warum hatte ich ihn die Abtreibung bezahlen lassen? Der Verkauf des Hauses meiner Großeltern und die Wertpapiere, die meine Mutter mir vererbt hatte, warfen einen Ertrag ab, der genügte, um anständig zu leben. Es gab nur eine einzige Antwort darauf: Mich bezahlen und wie eine Prostituierte behandeln zu lassen war die letzte Stufe der Erniedrigung, auf die ich noch hinabsteigen konnte.

Über den Mülleimer gebeugt, den Blick fest auf das Geldbündel gerichtet, hatte ich den Eindruck, den Abgrund zu bewundern, in den ich gestürzt war. Was sollte ich jetzt tun? Panik und Abscheu übermannten mich. Ich hob langsam den Kopf und richtete den Blick auf das offenstehende Fenster. Ein kleiner Sprung, und alles wäre vorbei. *Du hast dir nichts vorzuwerfen, das arme Mädchen hat sich nie von uns helfen lassen …*

Es war Wut, die mich rettete.

Und es war der Zufall, der meinem Leben die entscheidende Wendung gab.

Am nächsten Morgen, als ich hinunterging, um den Abfall in die Tonne zu werfen, sah ich auf den aufgetürmten Säcken den Werbeprospekt eines Reisebüros liegen, auf dem sich eine Panoramaansicht Nürnbergs, der »Wiege der Gotik«, abhob.

Dieses Bild von hinreißender Schönheit, das mitten im Müll gelandet war, rief ein sonderbar unwohles Gefühl in mir hervor. Vielleicht entdeckte ich darin etwas trostlos Symbolisches und Andeutungsvolles, wie es der Fall ist, wenn man von einer tiefen Depression beherrscht wird. Vielleicht war ich aber auch unbewußt auf der Suche nach irgendeiner Möglichkeit, mit der Vergangenheit abzuschließen, nach etwas, was sich als Bruch zwischen dem alten und dem neuen Leben in meine Erinnerung einprägen würde. Eine Reise nach Nürnberg schien mir die beste Gelegenheit für einen Neubeginn.

Ich konnte damals nicht wissen, wie sehr diese kurzfristige Entscheidung mein Leben bestimmen sollte. Ich konnte leider auch nicht wissen, daß sich die Vergangenheit nicht einfach abstreifen läßt und unweigerlich mit mir abrechnen würde.

In Nürnberg lernte ich Marco, meinen Mann, kennen. Der Zufall ließ es nicht dabei bewenden, mich den Werbeprospekt in der Mülltonne finden zu lassen, sondern er arbeitete auf phantastische Weise darauf hin, daß sich in dieser fremden Stadt, in der gleichen Woche, im gleichen Hotel und durch ebenfalls zufällige Umstände ein Mann und eine Frau begegneten, die gänzlich verschieden waren und deren Wege sich sonst niemals hätten kreuzen können.

I

Jetzt, sechs Jahre später, erinnere ich mich während meiner langen, gleichförmigen Tage oft an diese Reise zurück und rekonstruiere die unaufhaltsame und verblüffende Aufeinanderfolge von Zufällen, die mich zu Marco brachten.

Der erste Zufall war der Anruf meines Vaters, der mich erreichte, als ich mich gerade daran gemacht hatte, die Koffer wieder auszupacken: Der Gedanke, nach Nürnberg zu fahren, war mir mit einemmal absurd vorgekommen. Welchen Sinn sollte es haben, im Januar in eine kalte deutsche Stadt zu fahren, ohne auch nur ein Wort Deutsch zu können, und zudem in meinem geschwächten Zustand?

Als das Telefon klingelte, ging ich automatisch dran, in düstere Gedanken versunken. Als ich die Stimme meines Vaters vernahm, war ich sehr überrascht. Sonst war es immer seine Frau, die anrief.

»Was willst du?« fragte ich trocken.

Er zögerte einen Augenblick. »Marina ist gestern aus dem Krankenhaus entlassen worden, und ich habe überlegt, ob ...«

»Mir ging es auch schlecht.«

»Tut mir leid … Das konnte ich nicht wissen.«

Seit drei Jahren, seit meine Mutter an Krebs gestorben war, ging es mir schlecht. »Ist nicht wichtig«, unterbrach ich ihn. »Was hatte deine Frau?«

»Nichts Ernstes, sie ist am Blinddarm operiert worden, und jetzt geht es ihr wieder gut. Aber erzähl, was war mit dir, Laura?«

Sein Getue als verständnisvoller Vater ließ mir das Blut in den Kopf steigen. »Mir geht es jetzt auch wieder gut. Vor fünf Tagen hatte ich eine Fehlgeburt und einen Blutsturz«, sagte ich in einem Atemzug, und dabei bebte meine Stimme vor unterdrückter Wut.

»Es tut mir leid … Es tut mir wirklich leid.«

Das hatte er bereits gesagt.

»Wieso rufst du an, Vater?« fiel ich ihm ins Wort.

»Ich wollte dich zum Abendessen einladen. Du kannst auch deinen Freund Elio mitbringen … Wenn du in der Lage bist, die Wohnung zu verlassen, versteht sich.«

»Ich bin seit acht Monaten nicht mehr mit Elio zusammen«, verkündete ich und kostete die Sekunden des Schweigens aus, die darauf folgten. Die Befürchtung, er könnte sich gemeinerweise davor drücken, weitere unangenehme Tatsachen zu erfahren, veranlaßte mich hinzuzufügen: »Das Kind, das ich erwartete, war von einem Mann, den ich nach der Trennung von Elio kennengelernt habe.«

»Es tut mir leid, daß du es verloren hast, Laura.«

Es tut mir leid. Schon wieder?

»Es war keine spontane Fehlgeburt.«

»Oh … Wollte dein Freund kein Kind?« fragte er unsicher.

»Er hat schon drei von seiner Frau. Das zwischen uns war nur Sex«, erklärte ich mit der sadistischen Lust, ihn zu verletzen. Und es gelang mir.

»In Gottes Namen, Laura, was machst du mit deinem Leben?« brach es aus ihm hervor. »Du bist vierundzwanzig, du bist ein hübsches Mädchen, wie kann es sein, daß ...« Seine vor Wut verzerrte Stimme wurde plötzlich ruhig und traurig. »Es ist an der Zeit, daß wir uns mal ernsthaft unterhalten. Ich komme jetzt vorbei und hole dich ab, und du wirst mir zuhören, ob es dir paßt oder nicht.«

»In zwei Stunden fahre ich nach Nürnberg«, sagte ich plötzlich. »Wir reden, wenn ich ...«

»Nürnberg? In was für Schwierigkeiten stürzt du dich jetzt schon wieder?« unterbrach er mich.

»Das ist meine Sache, Vater. Kümmere du dich um deine Frau und halt dich raus, wie du es immer getan hast.« Ich legte auf, bevor er etwas erwidern konnte. Eine Viertelstunde später rief ich ein Taxi und fuhr zum Flughafen.

Hätte mein Vater mich nicht angerufen, wäre ich sicher nicht gefahren. Bei meiner Ankunft dann kam es zu der nächsten zufälligen Begebenheit, die nur scheinbar unbedeutend war: Nach langem Anstehen hatte ich endlich ein Taxi bekommen, das mich zum Hotel bringen sollte. Den Namen und die Adresse hatte ich sorgfältig von dem Reklamezettel abgeschrieben.

Nach einigen hundert Metern hatte das Taxi jedoch eine Panne, und über Funk wurde ein anderes Taxi gerufen, das die Fahrt fortsetzte.

Nachdem ich dem Fahrer den Zettel mit den Angaben zum Hotel gezeigt hatte, wie auch zuvor seinem Kollegen, stellte sich heraus, daß er Sohn italienischer Eltern war und einwandfrei meine Sprache sprach. Er empfahl mir ein anderes Hotel, komfortabler und billiger.

So kam es, daß ich im Wöhrdersee Hotel Mercure eincheckte, dem gleichen, in dem zwei Tage zuvor der Mann angekommen war, der mein Ehemann werden sollte. Wäre das Taxi nicht kaputtgegangen, wären wir uns niemals begegnet.

Als ich das Zimmer betrat, war es sechs Uhr abends. Nach so langer Zeit erinnere ich mich noch mit jeder Faser meines

Körpers an die Minuten, die dann folgten: die Müdigkeit, die mich plötzlich überfiel, die starke Übelkeit, die Atemnot, die Mühe, die es mich kostete, zum Fenster zu gelangen und es zu öffnen, um nach Luft zu schnappen ... Wozu war ich in diese fremde Stadt, in dieses Hotel gekommen? Ich hätte zu Hause bleiben, einen Arzt zur Kontrolle aufsuchen, wieder zu Kräften kommen sollen. Es war unverantwortlich von mir, in meinem Zustand zu verreisen. Wenn es mir schlechtginge, wer würde mir helfen? Niemand, ebensowenig wie zu Hause, antwortete ich mir verbittert.

Ich verscheuchte den Gedanken an meinen Vater. Ich war zu müde, um ihn zu hassen. Ich zog mich aus und legte mich aufs Bett. Die Hände hinter dem Kopf verschränkt, lag ich reglos da und starrte aus dem Fenster. Inzwischen war es dunkel geworden, und aus meiner Perspektive konnte ich die Lichter eines Überbaus sehen. Plötzlich sah ich die erleuchteten Wagen der U-Bahn vorbeirasen. Der Tag war zu Ende, und alle kehrten heim zu ihren Lieben. Sie würden zu Abend essen, plaudern, fernsehen ...

Meine Einsamkeit erschien mir noch hoffnungsloser. Morgen früh würde ich wieder abreisen, beschloß ich. Am nächsten Tag jedoch, als ich nach einer langen, durchgeschlafenen Nacht aufwachte, war das Zimmer lichtüberflutet und die Müdigkeit spurlos verschwunden. Der Gedanke, sofort nach Italien zurückzufahren, erschien mir daher absurd. Ich rief den Zimmerservice, bestellte mir Frühstück und nahm in der Zwischenzeit eine Dusche.

Als das Zimmermädchen das Tablett auf dem Tischchen abstellte, war ich leicht belustigt. Um die Kannen mit Milch und Kaffee herum lag eine verblüffende Menge von Essen: Aufschnitt, hartgekochte Eier, Brötchen und Brot in allen Varianten ... Wo sonst konnte man so ein Frühstück zubereiten? Unterdessen hatte der Anblick meinen Appetit geweckt, und während ich das erste Brötchen in die Milch tunkte, fiel mir ein, daß ich seit Tagen keine vernünftige Mahlzeit zu mir genommen hatte. Ich aß zwei Scheiben von dem Stuten, dann den Joghurt und den Obstsalat, und zum Schluß trank ich noch ein Glas Fruchtsaft.

Ich verließ das Hotel um zehn Uhr, nachdem ich einen Reiseführer erstanden hatte; ein Taxi brachte mich bis zur Altstadt. Ich drang langsam vor und hatte plötzlich das Gefühl, mich mitten im Herzen der Schönheit zu befinden. Ich stieg hoch zur Burg, lief wieder hinab zum Albrecht-Dürer-Haus, dann am Fluß entlang, überquerte kleine Brücken, besichtigte St. Lorenz und die Frauenkirche, hielt vor dem Schönen Brunnen inne, bummelte über Plätze und durch alte Straßen. Ich erinnere mich, daß ich stundenlang umherwanderte, ohne dem Reiseführer oder einem bestimmten Weg zu folgen, und mich dabei oft an den gleichen Orten wiederfand. Doch egal, worauf mein Blick ruhte, es waren Bilder voller Festlichkeit, Anmut, Farbe und Liebreiz.

Als ich die Kirche von St. Sebald betrat, meinte ich, die erhabene Gegenwart Gottes wahrzunehmen. Wenn Er jemals auf Erden gelebt hat, dann war dies sein Zuhause gewesen. Während ich die unvergleichliche Schönheit dieser Kirche bewunderte, fiel mein Blick auf ein großes Schwarzweißfoto, auf dem ein Haufen Trümmer zu sehen war. Dann sah ich noch weitere Bilder. Sie hingen im Hauptschiff und dokumentierten die Bombenangriffe, die während des Zweiten Weltkrieges diese Kirche und die Stadt vernichtet hatten. Ich erstarrte angesichts dieser wilden und gotteslästerlichen Grausamkeit.

Und während ein Taxi mich zum Hotel zurückbrachte, dachte ich zum erstenmal mit Entsetzen an das Lebewesen, das ich in mir zerstört hatte. *In Gottes Namen, Laura, was machst du mit deinem Leben?* Die Stimme meines Vaters. Ich versuchte, mich an meinen Haß auf ihn zu klammern, doch ich empfand nichts als Ekel vor mir selbst.

Als ich vor meiner Zimmertür ankam, hatte sich mein Herz zusammengezogen, und Tränen drängten in meine Augen. Ich durchwühlte meine Handtasche auf der Suche nach der Magnetkarte. Wo war sie bloß geblieben?

Und hier begann das unaufhaltsame Ränkespiel des Zufalls. Ich fand die Karte schließlich, doch obwohl ich sie immer wieder wendete und in den vorgesehenen Schlitz schob, sprang die Tür nicht auf. Ich brach in Tränen aus.

In diesem Augenblick tauchte Marco hinter meinem Rücken auf und trat in mein Leben. »Kann ich Ihnen helfen, Signorina?« fragte er. Ich fuhr erschrocken herum und sah ihn. Einen großgewachsenen und gutgekleideten jungen Mann, der mich erstaunt ansah. In das plötzliche Gefühl der Erleichterung mischte sich eine Spur Wut. Die Annäherungsversuche eines typischen Italieners im Ausland hatten mir gerade noch gefehlt.

»Lassen Sie mich in Frieden«, stieß ich eisig hervor. Ich führte die Karte erneut in den Schlitz und beschwor in Gedanken die Tür, sie möge aufspringen. Nichts zu machen. Ich versuchte es ein weiteres Mal und wurde immer nervöser.

»Langsamer«, empfahl der junge Mann mit ruhiger Stimme.

Ich drehte mich wieder um und gab ihm grob die Karte. »Dann probieren Sie es doch.«

Er nahm sie, und im nächsten Moment gab er sie mir wieder. »So, bitte«, sagte er. Er stieß die Tür auf und trat zur Seite, um mich durchzulassen, wobei er scherzhaft eine Verbeugung andeutete. Ich ging schnell hinein und schlug ihm die Tür vor der Nase zu.

An jenem Abend ließ ich mir zwei Brötchen und ein Glas Milch aufs Zimmer bringen: Ich war zu müde, um noch einmal auszugehen und auswärts zu essen. Ich schaltete den Fernseher ein, doch es gelang mir nicht, irgendeinen italienischen Sender einzustellen. Also sah ich mir einen Film mit

Schauspielern an, die ich noch nie gesehen hatte, ohne auch nur ein Wort von dem zu verstehen, was sie sagten. Was zählte, war, Geräusche zu hören und finstere Gedanken von mir fernzuhalten. Die Handlung spielte im Inneren einer Luxusvilla. Ein Mann und eine Frau lächelten und unterhielten sich angeregt, immer wieder von zwei wunderbaren Kindern unterbrochen, die höchstwahrscheinlich die ihren waren.

Ich schlief vor dem laufenden Fernseher ein und wachte einige Stunden später jäh auf, als meine Mutter gerade vom Kirchturm von St. Sebald stürzte. Mir wurde sofort klar, daß ich einen Alptraum gehabt hatte, doch die Rückkehr in die Wirklichkeit ließ meine Angst noch wachsen: Im Traum hatte ich meiner Mutter dabei zugesehen, wie sie hochstieg, ohne sie irgendwie aufzuhalten, und zudem noch eine grenzenlose Erleichterung bei dem Gedanken empfunden, daß sie sich in wenigen Augenblicken ins Leere stürzen und mich von ihrer Gegenwart befreien würde.

Ich erkannte diesen tiefen Groll wieder. Ich hatte ihn als junges Mädchen empfunden, als mein Vater fortgegangen war und ich die Schuld dafür bei meiner Mutter gesucht hatte: Hätte sie ihn nicht attackiert, beschimpft und verbittert, wäre er geblieben. Kurz danach jedoch war meine Mutter krank geworden, und der Groll wurde zu Angst und Selbstgeißelung. Der Brustkrebs, der zweimal operiert wurde, brauchte sechs Jahre, um sich in ihrem Körper auszubreiten und ihn zu zerstören. Die Gewissensbisse drohten auch mich zu zerstören: Ich und mein Haß waren schuld daran, daß meine Mutter krank geworden war. Dann zog mein Vater mit Marina, seiner Geliebten, zusammen, und ich war gerettet: Der Haß auf ihn, den wahren Verantwortlichen, gab mir den Frieden und eine hingebungsvolle, von keinem Schatten getrübte Liebe für meine Mutter zurück. Ich schlief in ihrem Bett. Ich machte meine Hausaufgaben in ihrem Zimmer. Ich stand ihr bei, wenn es ihr schlechtging.

Als ich mich in Nürnberg wieder an jene Jahre erinnerte, meinte ich, den Geruch nach Desinfektionsmittel und Krankenhaus noch in der Nase zu haben: Es waren sterile Jahre, ohne Farben, ohne Freunde, ohne Freude. Ich sah meine Mutter wie in dem Traum, den ich soeben gehabt hatte, in den Tod stürzen und … fühlte wieder diese grenzenlose Erleichterung bei dem Gedanken, daß bald alles vorbei sein würde.

Diese Wahrheit traf mich wie ein Blitzschlag. Nicht um meinen Vater zu bestrafen, hatte ich begonnen, mein Leben kaputtzumachen, sondern um mich selbst zu bestrafen. Ich wollte mich niederträchtig und unwürdig fühlen, so wie der Groll gegen meine Mutter es gewesen war, der mich schließlich danach trachten ließ, sie endlich sterben zu sehen.

Wenn ich die Furcht aus diesem Traum und aus der darauffolgenden schlaflosen Nacht immer wieder erlebe, so deshalb, weil dieser jähe Zusammenstoß mit der Wahrheit von entscheidender Bedeutung war. Als der Zufall den passenden Zeitpunkt festgesetzt hatte, um die Fäden seines Musters zusammenzufügen und Marco und mich an den gleichen Ort zu führen, war ich in der richtigen seelischen Verfassung, um ihn zu umgarnen und mit hineinzuziehen.

Erst um vier Uhr morgens fand ich endlich in den Schlaf. Ich schlief bis nachmittags. Noch nie zuvor war ich derartig erschöpft in so lange und tiefe Träume gefallen, und auch später sollte es nie wieder vorkommen. Heute denke ich, daß mein Körper sich dahin flüchtete, als würde er einen Ausweg in einem vorübergehenden Selbstmord suchen.

Als ich aufwachte, blieb ich noch eine ganze Weile auf dem Bett liegen. Dann stand ich auf, ließ die Badewanne vollaufen und tauchte für lange Zeit in das Wasser. Schließlich wickelte ich mich in einen Bademantel und legte mich zurück aufs Bett. Wieder war es Abend, und wieder sah ich, wie die erleuchteten Wagen der U-Bahn durch die Überführung vor meinem Fenster schossen.

Ich weiß nicht, was mich dazu trieb, aufzustehen. Plötzlich sehnte ich mich danach, mich aufzuraffen, auszugehen, so als würde vor dem Hotel irgend etwas auf mich warten, das ich unbedingt machen, wonach ich greifen müßte. Ich ahnte nicht einmal, wie nah ich der Wahrheit war. Ich zog mich schnell an und ging in die Eingangshalle hinunter. Während ich darauf wartete, daß der Portier mir ein Taxi bestellte, fiel mein Blick auf den leuchtenden Schirm eines Reklamevideos. Eingeblendet war das griechische Restaurant »Delphi«. Warum nicht? Ich liebte die griechische Küche und Retsina.

Von dem Augenblick an, da ich die Schwelle dieses Restaurants betrat, beraubte der Zufall mich jeder Möglichkeit, zu handeln oder eine Wahl zu treffen. Ein freundlicher Kellner kam mir entgegen. Ich fragte ihn, ob er Italienisch spreche, und machte ihm mit Gesten klar, daß ich zu Abend essen wollte. Er bedeutete mir, daß er verstanden habe, dann schüttelte er jedoch den Kopf. »Kein Platz«, meinte er zerknirscht. Dann schien er noch einmal nachzudenken. »Vielleicht Platz mit andere Person. *Un momento.*«

Er verschwand, um sogleich wieder aufzutauchen. »Ja, nur Platz mit andere Person«, bestätigte er. »Okay?«

Ich nickte. In den letzten vierundzwanzig Stunden hatte ich nur zwei Brote gegessen. Ich war hungrig, es war schon spät, ich wußte nicht, wohin ich hätte gehen sollen, und wahrscheinlich waren auch die anderen Restaurants voll. »Okay«, wiederholte ich.

Er machte ein Zeichen, ihm zu folgen. Wir gingen eine kurze Treppe hinab, und ich stand in einem schummrig beleuchteten, mit langen Tischen vollgestellten Saal. Trotz der Menschenmenge herrschte darin eine gemütliche und warme Atmosphäre. Der Kellner führte mich zu einem kleineren Tisch.

Sofort erkannte ich meinen zufälligen Tischgenossen wieder: Es war der junge Mann, der mich am Vorabend vor meinem Zimmer angesprochen und mir danach geholfen hatte, die Tür aufzuschließen. Er sah mich ebenso erstaunt an, fand jedoch als erster die Fassung wieder. »Hallo«, sagte er lächelnd, »setzen Sie sich.«

Ich war versucht, wieder zu gehen, doch der Kellner rückte den Stuhl gewissermaßen endgültig zurecht, und der Gedanke fortzulaufen war mir peinlich. »Ich bin nicht in der Stimmung, mich zu unterhalten«, stellte ich sofort würdevoll klar, als der Kellner sich entfernt hatte.

Der junge Mann blickte mich amüsiert an. »Das tut mir leid für Sie, ich bin nämlich ein sehr unterhaltsamer Gesprächspartner.«

Ich nahm die Speisekarte und begann, sie wortlos zu überfliegen. Keineswegs entmutigt, legte mein Gegenüber los: »Ich habe Seebarsch mit Tomaten und Oliven, gemischten Salat mit Joghurtdressing und eine hausgemachte Cremespeise bestellt.«

Ich hob den Blick vom Menü. »Guten Appetit.«

»Sie machen hier auch vorzügliches Lamm mit aromatischen Kräutern, wenn Sie lieber Fleisch essen.«

»Ich bin Vegetarierin.«

»Deswegen sehen Sie so bläßlich aus! Fleisch ist ...«

»Ich glaube, ich habe Ihnen gesagt, daß mir nicht nach Reden zumute ist«, unterbrach ich ihn.

»Ich rede ja, Sie brauchen nicht zu antworten.«

Ich konnte mich nicht länger zurückhalten. »In Anbetracht Ihrer unaufhaltsamen Logorrhöe verstehe ich nicht, warum Sie allein zum Essen hergekommen sind.«

»Höhere Gewalt. Ich bin beruflich in Nürnberg und kenne hier niemanden. Es ist phantastisch, daß mir heute abend ein hübsches Mädchen in den Teller gefallen ist«, witzelte er.

Das Herannahen des Kellners hinderte mich daran zu antworten. Ich bestellte einen gegrillten Fischteller und eine Portion gedünstetes Gemüse. Es war nicht gerade das Nonplusultra, doch ich wollte dem aufdringlichen jungen Mann, der mir gegenübersaß, beweisen, wie wenig Beachtung ich seinen Empfehlungen geschenkt hatte.

Ich sah, wie er sichtlich betrübt den Kopf schüttelte. »Wirklich schade. Machen Sie das immer so?«

»Wie denn?«

»Sich auf das Schlechteste zu stürzen, nur um andere zu ärgern.«

Seine Beobachtung war, wenngleich sicherlich unbeabsichtigt, so treffend, daß sie mich verstummen ließ. Ich fing mich jedoch sofort wieder. »Warum bitte sollte ich gerade Sie ärgern?«

«Vielleicht bin ich Ihnen unsympathisch. Sowohl im positiven wie auch im negativen Sinne bin ich kein unauffälliger Typ.«

»Sie sind einfach ein Unbekannter.«

Er streckte seine Hand aus. »Das werde ich sofort ändern. Ich heiße Marco Gardelli, wohne in Mailand, bin Rechtsanwalt und noch ledig, obwohl die Frauen verrückt nach mir sind.«

»Glückwunsch«, erwiderte ich unter Mißachtung seiner ausgestreckten Hand.

»Und Sie stellen sich nicht vor?«

»Ich heiße Laura«, antwortete ich kurz angebunden.

»Das war's?«

»Ich bin nicht so geschwätzig wie Sie.«

»Eins zu null für Sie! Sagen Sie mir doch wenigstens, was Sie ganz allein in Nürnberg machen.«

»Eine Reise. Nachdem ich mit meinem letzten Liebhaber abgerechnet habe.«

Das hatte ihn wirklich umgeworfen. Er durchbohrte mich einige Augenblicke lang mit halbgeschlossenen Augen, dann lachte er schallend. »Nicht schlecht, so eine Eröffnung, und das von einem Mädchen, daß so bedacht auf seine Privatsphäre ist.«

Ich hatte mich geirrt, er war keineswegs aus dem Konzept gebracht. In einem Anflug von wütendem Masochismus brach es aus mir hervor: »Mein Nachname ist Ruggeri, ich wohne wie Sie in Mailand, doch ich habe keine Arbeit. Ich habe auch nie welche gesucht. Statt dessen hatte ich viele Männer.«

»Und Sie ... rechnen mit allen ab?« fragte er heiter.

Ich war versucht, es ihn glauben zu lassen, doch dieser kleine Wutanfall hatte mich erschöpft, und ich hatte weder Lust auf Spielchen, noch wollte ich ihm freie Hand lassen. »Ich bin keine Prostituierte, falls es das ist, was Sie wissen wollen.«

»Das liegt auf der Hand. Ich versuche nur zu verstehen, wozu Sie Ihre Männer benutzt haben.«

»*Benutzt*?« wiederholte ich. Es war unmöglich, daß er wirklich das sagen wollte, wonach es sich anhörte.

»Da Sie weder Nymphomanin noch eine Männerfresserin sind, lässt sich unschwer ableiten, daß Sie sie benutzt haben, um etwas zu suchen oder zu beweisen.«

»Wie können Sie ausschließen, daß ich eine Nymphomanin oder Männerfresserin bin?« fragte ich verwirrt. Dieser Mann begriff zu viele Dinge.

»Gestern hätten Sie mir nicht die Tür vor der Nase zugeschlagen, und heute abend hätten Sie begeistert meine Annäherungsversuche erwidert. Ich bin kein Mann, der unbeachtet bleibt.«

»Jedenfalls sind Sie der eingebildetste, den ich je kennengelernt habe.«

»Gut!« Er lachte. »Benutzen Sie mich ruhig, wenn ich eine Lücke ausfüllen kann.«

Wieder erschien der Kellner zum richtigen Zeitpunkt und brachte die bestellten Speisen. »Jetzt würde ich gern essen, wenn es Ihnen nichts ausmacht«, sagte ich und blickte auf meinen fritierten Fisch. Ich hasse fritierte Sachen und hoffte, daß man es mir nicht ansah.

Dieser teuflische Kerl durchschaute mich aber sofort. »Wollen Sie es gegen meinen exquisiten Seebarsch eintauschen?« schlug er bereitwillig vor.

»Nein, danke. Lassen Sie ihn sich schmecken.«

»Ich trete ihn Ihnen gern ab.«

»Ihre Großzügigkeit ist beeindruckend«, sagte ich sarkastisch.

»Ich sehe mit Freude, daß ich allmählich Eindruck auf Sie mache.«

»Könnten Sie jetzt endlich aufhören?« Ich verlor die Geduld.

»In Ordnung!« Er stürzte sich mit demonstrativem Appetit auf seinen Fisch und schwieg, bis er den Teller leer gegessen hatte. Von Zeit zu Zeit spürte ich jedoch seinen Blick auf mir ruhen. Irgendwann streckte ich meine Hand nach der Wasserflasche aus, und er schenkte mir bereitwillig ein. Ich dankte mit einem Kopfnicken und aß weiter meinen fritierten Fisch.

Als ich endlich fertig war, lächelte er mich anerkennend an. »Sie gefallen mir, Sie haben Charakter.«

»Muß ich mich jetzt begeistert zeigen?«

»Nur, wenn Sie es wirklich sind.«

»In aller Offenheit, ich bin gleichgültig.«

»Auch das liegt auf der Hand.« Er schwieg kurz. »In aller Offenheit, ich fühle mich sehr von Ihnen angezogen. Sie sind das unglücklichste Mädchen, das ich je gesehen habe.«

»Fahren Sie zur Hölle.« Ich sprang auf und lief zum Ausgang.

II

Auch als das Restaurant schon weit hinter mir lag, lief ich weiter, als würde ich vor einer tödlichen Bedrohung fliehen. Heute weiß ich, daß ich überreagiert habe. Wenn ich jedoch an diese atemlose Flucht durch die nächtliche Dunkelheit zurückdenke, ist mir klar, daß ich damals nicht anders hätte reagieren können. *Sie sind das unglücklichste Mädchen, das ich je gesehen habe …* Dieser Satz hatte mich wie eine Klinge durchbohrt. Jemandem, den ich gerade erst kennengelernt hatte, war es gelungen, bis in mein Innerstes vorzudringen und die entsetzliche Finsternis dort zu erfassen. Ich fühlte mich gedemütigt und verstört, als wäre mir Gewalt angetan worden.

Plötzlich blieb ich stehen. Wohin lief ich eigentlich? Führte diese Allee zum Hotel, oder hatte ich die falsche Richtung eingeschlagen? Nirgendwo war die Leuchtreklame eines Restaurants oder Cafés zu sehen und auch kein Mensch auf der Straße, den ich hätte nach dem Weg fragen können, vorausgesetzt, ich würde mich verständlich machen können. Ich konnte nur hoffen, daß ein Taxi vorbeikäme. Ich lief etwa zwanzig Meter weiter bis zu einer etwas heller erleuchteten Stelle und setzte mich keuchend auf ein halbverfallenes Mäuerchen, das den Fußweg von einer breiten und tiefen Baugrube trennte. Zwei Bagger ragten aus dem Bauschutt empor.

Ich weiß nicht, wie lange ich dort zusammengekauert sitzen blieb. Dieser Satz, *Sie sind das unglücklichste Mädchen, das ich je gesehen habe*, hatte all meine Schutzmauern niedergerissen und all die Erinnerungen an mein mieses Leben offengelegt.

Ich bemerkte nicht, wie ein Auto näher kam und anhielt. Ich erinnere mich, daß ich plötzlich von aufdringlich aufblinkenden Scheinwerfern geblendet wurde. Ich sprang auf und sah jemanden aussteigen und auf mich zurennen. Bevor ich erschrecken konnte, erkannte ich Marco wieder.

Er faßte mich vertrauensvoll an den Schultern. »Seit einer halben Stunde irre ich umher, um dich zu finden.«

»Warum?« fragte ich verständnislos.

»Weil du weggelaufen bist, ohne dein Essen zu bezahlen. Jetzt fahren wir ins Hotel und ...«

Ich weiß nicht, was dann in mir vorging. Vielleicht war es die Angst, die ich aus seinem scherzhaften Ton heraushörte. Vielleicht war es die beschützende Berührung seines Armes auf meinen Schultern. Vielleicht hatte sich der ganze Druck, der sich in mir angestaut hatte, gelöst. Woran ich mich erinnern kann, als wäre es erst gestern passiert, ist die Geste, mit der ich mich an ihn klammerte, während ich in Tränen ausbrach. Marco drückte mich an sich und wartete, daß die Krise vorbeiginge, wobei er mir leicht mit der Hand auf die Schulter klopfte, wie man es bei Kindern tut. Dann glitt seine Hand zu meiner hinab und ergriff sie. »Jetzt laß uns fahren«, flüsterte er mit liebevoller Stimme und brachte mich zu dem Taxi, aus dem er gerade gestiegen war.

Die ganze Fahrt über hielt er meine Hand zwischen seinen. Noch nie zuvor hatte ich mich so geborgen gefühlt. Und als wir im Hotel waren, sagte er vor meiner Zimmertür wie selbstverständlich: »Ich komme mit rein.«

Wir blieben bis zum Morgengrauen auf meinem Bett sitzen. Ich redete und redete ununterbrochen, die ganze Nacht hindurch, mit der Euphorie von jemandem, der einer Gefahr entronnen ist und den Drang hat, davon zu erzählen, alles loszuwerden. Ich erzählte ihm von der Trennung meiner Eltern, von meiner einsamen Jugend, von der ersten Operation meiner Mutter, von dem Urlaub, den ich mit meinem Vater in Viareggio verbringen mußte, wo ich bei einer Freundin von Marina untergebracht war, die eine Tochter in meinem Alter hatte. Eines Abends schleppte mich dieses Mädchen zu einem

Konzert mit und anschließend in ein Strandrestaurant, wo der Rockstar und seine Band eine wilde Party feierten.

Es endete damit, daß mich der betrunkene Schlagzeuger am Strand innerhalb von fünf Minuten brutal entjungferte. Ich war siebzehn und hatte noch nie einen Jungen geküßt, doch der Ekel und die Scham waren nichts im Vergleich zu der grenzenlosen Freude, die ich empfand, als ich meinem Vater erzählte, was geschehen war, und ich ihn weinen sah.

Vier Jahre später starb meine Mutter, und ich ging von der Universität ab, da ich wußte, wieviel ihm an meinem Abschluß lag. Ich verkaufte das Haus meiner Großeltern, um leben zu können, ohne zu arbeiten: Mein Vater machte aus der Arbeit einen Kult, und mir war bewußt, daß ich ihn mit meinem faulen Lebenswandel zutiefst enttäuschte. Ich holte mir einen Nichtsnutz ins Haus und lebte zwei Jahre mit ihm zusammen, wohl wissend, wie weh ich meinem Vater damit tat.

»Daran, daß du dir selber schadest, hast du nicht gedacht?« fragte Marco. Ich redete seit drei Stunden, und es war das erste Mal, daß er mich unterbrach.

»Erst vor acht Monaten. Aber das Ganze schien mir noch nicht schlimm genug. Daraufhin ließ ich mich auf eine fiese Affäre mit einem abstoßenden Mann ein, von dem ich mich habe schwängern lassen. Vor einer Woche hatte ich eine Abtreibung, und als ich den Händen des Metzgers, der den Eingriff vorgenommen hatte, entronnen war, hat der Kerl mir ein Bündel Banknoten in die Hand gedrückt. Eine kleine ›Aufmerksamkeit‹. Aber die Reise nach Nürnberg habe ich selbst bezahlt. Das andere Geld habe ich in den Müll geworfen«, fügte ich mit aufbegehrender Würde hinzu.

Ich holte Luft und fuhr fort: »Mein Vater war in dem Glauben, ich lebte noch mit dem Nichtsnutz zusammen ... Zum erstenmal lag mir nichts daran, es ihn wissen zu lassen, ihn zu verletzen. Es war eine neue Geschichte, und ich wollte mir selbst weh tun, nicht ihm.«

»O Gott …«, murmelte Marco. «Aber wofür wolltest du dich bestrafen?«

»Ich habe meine Mutter *gehaßt*. Ich *haßte* die Furcht, die Einsamkeit, den Krankenhausgeruch, die Stille unserer Wohnung, ihr leidendes Gesicht, ihren Körper, der mehr und mehr schrumpfte … In den letzten Monaten sah ich sie in ihrem Bett liegen und war hin- und hergerissen zwischen dem Schmerz über den unermeßlichen Verlust und der Hoffnung, sie möge so bald wie möglich fortgehen. Dafür habe ich mich bestraft. Gestern jedoch habe ich begriffen, daß ich alles falsch gemacht habe …«

Ich erzählte ihm von dem Tag, an dem ich die Straßen der Stadt durchstreift hatte, von den erschütternden Fotos der zerbombten St.-Sebaldus-Kirche, von der Reue, die ich verspürt hatte, als ich vor den Bildern stand, die die Zerstörung meines Leben widerzuspiegeln schienen, des Lebens, das ich mir entrissen hatte.

Und während ich redete und redete, kippte meine Stimme, und ich vernahm mein eigenes Schluchzen. Es wurde immer heftiger, erfüllte den Raum, und ich hörte mit verblüffter Entfremdung zu, denn es schien mir keinen Schmerz zu bereiten.

»Verzeih mir«, schluchzte ich und lächelte Marco schwach an. Ich wollte mit meiner Erzählung fortfahren, doch meinem Mund entstieg nur ein dumpfes Jammern. Da war er, der Schmerz. Ich fühlte, wie er in meinem Bauch explodierte und immer größer wurde, sich ausbreitete, in die Brust hinaufstieg und …

Ich erinnere mich, daß ich zu weinen begann. Marco streckte erschreckt die Arme nach mir aus, drückte mich an sich und flüsterte mir tröstende Worte zu. Ich konnte jedoch nicht aufhören. Ich weinte und weinte und dachte verzweifelt, daß es bis in alle Ewigkeit so weitergehen würde. Doch irgendwann hörte ich auf.

»Es ist vorbei«, sagte Marco und streichelte mir über den Kopf.

Langsam löste ich mich von ihm. »Es ist vorbei«, wiederholte ich. Diese Tränen hatten den Schmerz aufgelöst.

In den sechs Jahren, die seit der ersten Begegnung mit Marco vergangen sind, erlebte ich noch mehr Niederlagen, noch mehr Schmerz. Niemals mehr litt ich jedoch mit der Intensität jener Nacht. Und nie mehr ist es mir gelungen, auch nur eine Träne zu vergießen, fast so, als hätte ich sie alle in jener Nacht geweint.

Marco ging um sechs Uhr morgens in sein Zimmer zurück, nachdem er sich vergewissert hatte, daß ich eingeschlafen war. Als ich mittags aufwachte, war ich ein anderer Mensch.

Zwölf Jahre lang, die Hälfte meines Lebens, waren all meine Handlungen und meine Gedanken von Haß vergällt gewesen. Schweigsam war ich aus der Teenagerzeit ins Erwachsenenalter übergegangen, ohne den Beistand eines liebenden Elternteils, das Vertrauen einer Freundin, das Herzklopfen der ersten Phantasien, ohne in Träumereien Zuflucht zu suchen. Als ich an jenem Tag aufwachte, hatten sich auch die Haßgefühle verflüchtigt. Doch an die Stelle der ersten Erleichterung trat sofort Panik. Ich war einem Durcheinander aus ungekannten Gefühlen ausgeliefert, Gefühlen wie Verstörung, Aufregung, körperliches Wohlbefinden, vage Erwartung, und ich begriff nicht, was mit mir geschehen war. In Wirklichkeit war ich einfach glücklich, und da mir dieser Geisteszustand fremd war, erkannte ich ihn nicht, verstand nicht, woher er kam, wußte nicht, wohin er mich bringen würde. Und ich war nicht in der Lage, ihn zu genießen.

Ich fühlte mich wie ein Sklave, dem man plötzlich erlaubt hatte, wieder Herr über sein Leben zu werden: Von familiärer Versklavung befreit, fand ich mich einer Freiheit ausgeliefert, die mich einschüchterte und mir fremd war und die mich in gewisser Weise weiterhin zu einer Leibeigenen machte.

Es war Marco, der mir Flügel verlieh. Um eins klopfte er, und ich lief zur Tür, um ihm zu öffnen. Erst später begriff ich, daß ich mich in jenem Augenblick hoffnungslos in ihn verliebt hatte, in dem ich sein besorgtes und zögerndes Gesicht sah. »Wie geht es dir?« fragte er.

»Ausgezeichnet!« antwortete ich überschwenglich. Ein Mensch sorgte sich um *mich*, interessierte sich dafür, wie es *mir* ging: Das war mir noch nie zuvor passiert.

Marco schien sichtlich erleichtert. »Ich wußte nicht, in welchem Zustand ich dich antreffen würde, nach heute nacht«, gestand er aufrichtig.

»Ich fühle mich befreit«, gestand ich meinerseits. In dem Moment war es wirklich so. Ich fügte hinzu: »Alles loszuwerden hat mir gutgetan.«

»Was für Pläne hast du?« fragte er unerwartet.

»Für das Leben oder für das Mittagessen?«

»Für diesen Aufenthalt. Eigentlich sollte ich heute abreisen, aber ich kann einige Tage bleiben. Ich will dir helfen, Laura.«

Ich errötete. »Bin ich so ein bemitleidenswerter Fall?«

»Ganz bestimmt. Das Mitleid ist jedoch nicht mein Beweggrund. Wenn du sechzig Jahre alt wärst und schielen würdest, würde ich noch heute nachmittag den Flieger nehmen. Also, kannst du einige Tage mit mir in Nürnberg bleiben?«

»Auf mich wartet niemand.«

»Ausgezeichnet.«

Eine Stunde später saßen wir in einem italienischen Restaurant zu Füßen der Burg, und Marco erzählte mir von sich.

Seine Mutter, die Witwe wurde, als sie kaum älter als zwanzig und Marco nur wenige Monate alt war, war wieder zu ihren Eltern zurückgezogen. Sechs Jahre später hatte sie einen Amerikaner geheiratet und war ihm nach New York gefolgt. Marco blieb mit den Großeltern in Mailand zurück, die ihn aufzogen und die er inniglich liebte. Nach dem Abitur schrieb er sich für Jura ein: eine Zwangsentscheidung, da der Großvater und der Onkel mütterlicherseits eine gutgehende Kanzlei besaßen. Nach seinem Abschluß arbeitete er für sie, wobei er sich vornehmlich mit Unternehmensrecht beschäftigte: Anfechtungen, Verträge, Aufnahmen oder Niederlegungen von Aktivitäten. Zu Beginn war er etwas frustriert, bald jedoch schuf er sich einen eigenständigen und dankbaren Bereich. Er reiste gern, und die Angelegenheiten brachten ihn immer häufiger ins Ausland. Im vergangenen Jahr war er in Tokio, Peking und New York gewesen.

»Was für eine Beziehung hast du zu deiner Mutter?« fragte ich, da mir einfiel, daß sie dort wohnte.

»Eine ausgezeichnete – wieso?« Er schien verwundert.

Er hätte sich von ihr verlassen fühlen, ihr nicht verzeihen können, daß sie fortgegangen war. Später, als ich ihn besser kennenlernte, sollte ich begreifen, daß für Marco das Streben nach Glück ein unverzichtbares Ziel bedeutete. Das galt für alle gleichermaßen.

Er hätte seiner Mutter hingegen nicht vergeben, wenn sie darauf verzichtet hätte, sich ein neues Leben aufzubauen, oder ihm eine Trennung von den Großeltern oder seinen Wurzeln aufgebürdet hätte.

Marcos Unfähigkeit, Groll zu hegen – und auch das sollte ich später noch begreifen – entsprang vor allem seiner angeborenen Neigung zu allem, was ihm Wohlbefinden bescherte. Er war ein strahlender, mitreißender Hedonist: Wenn er mit mir in Nürnberg blieb, dann gewiß deshalb, weil mein Leid sein Mitgefühl und den dringenden Wunsch in ihm weckte, es zu beenden. Er hatte jedoch nicht gescherzt, als er beteuerte, daß er, wenn ich sechzig Jahre alt und häßlich wäre, sofort nach Hause gefahren wäre. Ich war jedoch ein geschmeidiges junges Mädchen mit hellen Augen, blondem Haar und dem Gesicht einer »Rennaissance-Madonna«. Er half mir, weil er sich von mir angezogen fühlte und es ihm Spaß machte, mir zu helfen.

Er eroberte mich durch seine Lebendigkeit, durch die Hartnäckigkeit, mit der er sich mir widmete. Vier Tage lang taten wir nichts als spazierengehen und reden: Mit ihm erschien mir sogar die strahlende Schönheit Nürnbergs noch anziehender und fröhlicher. Ich entdeckte den bunten Obstmarkt, die heiteren, eng zulaufenden malerischen Gassen, die glänzenden Schaufenster, die alten Lokale. Wir schlugen uns die Bäuche mit Kuchen und Schokolade voll. Wir lernten, aus großen Tassen heißes, bernsteinfarbenes Wasser zu trinken, das Kaffee genannt wurde, um dann ungeachtet dessen lange Fußmärsche zu unternehmen auf der Suche nach einem der raren Cafés, in denen echter Espresso gemacht wurde.

Abends brachte er mich nach dem Essen auf mein Zimmer, und wir unterhielten uns bis tief in die Nacht. Schon nach zwei Tagen hatten sich Rituale und die Wortwahl eines alten Pärchens zwischen uns eingebürgert. Unsere Beziehung war unterdessen die zweier Freunde, kameradschaftlich und platonisch.

Und genau das, wie ich später begriff, gab mir das Gefühl der Ruhe und Sicherheit. Da es zwischen uns keine Abwehrmechanismen gab, gelang es ihm, mir zu helfen und den Wunsch in mir zu wecken, von neuem anzufangen. Ohne jede Verlegenheit vertraute ich ihm meine geheimsten Gefühle an und war sicher, verstanden zu werden.

In jenen vier Tagen füllte er alle Lücken meines Lebens aus, indem er mich den Trost einer Mutter, die liebevolle Autorität eines Vaters, die Vertrautheit einer Freundin und die freudige Sicherheit der Gegenwart eines Mannes kennenlernen ließ. Seine sichtliche Bewunderung ließ mich wie eine Schülerin fühlen, die stolz darauf ist, die besten Noten einzustreichen und zu wissen, daß der Lehrer sie schätzt.

Ohne mir dessen bewußt zu sein, wurde ich zu einer unwiderstehlichen Verführerin. Nachdem ich Marco mit meinem Unglück zutiefst verwirrt hatte, riß ich ihn mit der Kraft all dessen, was er in mir zu wecken vermocht hatte, mit. Ich wurde immer selbstbewußter, wollte ihm diese Selbstsicherheit zeigen, war fröhlich, geistreich, spontan und liebenswert.

»Ich liebe dich!« sollte Marco am letzten Abend erstaunt feststellen.

III

Am Gymnasium hatte ich einen Schulfreund, Giacomo, in den alle Mädchen verliebt waren. Er war der klassische Schönling, vor dem ich instinktiv floh, überzeugt davon, für ihn ungeeignet zu sein, und wie gelähmt allein von der Vorstellung eines Wettstreits, aus dem ich als Verliererin hervorgehen würde.

An unserem letzten gemeinsamen Abend in Nürnberg wollte Marco noch einmal in das Restaurant »Delphi«: Während ich ihn betrachtete, wie er den Wein bestellte, erinnerte ich mich wieder an Giacomo. Mit seiner großen Statur, den dunklen Haaren, den lachenden Augen und seiner direkten Art strahlte auch er Unwiderstehlichkeit aus. Ich erinnerte mich an den Satz, den er in eben diesem Restaurant bezüglich der Frauen, die verrückt nach ihm seien, scherzhaft dahingesagt hatte. Hatte es eine oder mehr als eine Frau gegeben, nach der *er* verrückt gewesen war? Mit einem Schlag wurde mir klar, daß ich über sein Gefühlsleben gar nichts wußte, außer daß er ledig war.

»Hast du eine Freundin?« fragte ich ihn unbedacht, kaum daß wir allein waren.

Er sah mich mit einem sonderbaren Gesichtsausdruck an,

als widerstrebte ihm die Frage. »Gute Frage.« Doch nur sein Mund lächelte.

»Entschuldige, ich hätte dich das nicht fragen sollen.«

»Wieso denn nicht? Es ist nur schwer zu beantworten.«

So kam es, daß er mir von Giulia erzählte, der einzig wichtigen Frau in seinem Leben. Ihr Idyll aus Jugendtagen hielt an, bis sie zwanzig waren, dann hatten Unverständnis und Streit begonnen. »Wir waren nur auf dem Papier gleichaltrig«, erklärte Marco. »In Wirklichkeit war sie viel reifer als ich und bereit, eine ernste Beziehung einzugehen, während ich mich sträubte, mich fest zu binden. Wir machten noch fünf Jahre so weiter, trennten uns und kamen wieder zusammen. Dann traf sie einen reichen Schuhfabrikanten und heiratete ihn nach wenigen Wochen. Ich war noch dabei, meine Wunden nach der Trennung zu lecken, als sie zu mir zurückkehrte. Eigentlich geht es seit vier Jahren so, daß wir zusammenkommen und uns immer wieder trennen. Giulia wollte sich nie scheiden lassen.«

»Und warum nicht?« fragte ich erstaunt.

Marco verzog das Gesicht. »Wahrscheinlich weil sie fürchtet, daß unsere Leidenschaft ohne die wonnige Unmöglichkeit wieder auf den Punkt sinken könnte, an dem wir vor ihrer Heirat waren: Ungewißheit und Streitereien. Sie könnte recht haben. Vor einer Woche hat sie mir zum erstenmal in Aussicht gestellt, sich vielleicht doch zu trennen, um mit mir zusammenzuleben, und ich mußte Begeisterung heucheln.«

»Wie kannst du nach so vielen Jahren nicht mit ihr zusammenleben wollen?«

»Nach so vielen Jahren hat man sich daran gewöhnt, eine Beziehung auf eine gewisse Weise zu leben, und Veränderungen machen einem angst.«

»Und wenn Giulia wirklich entschlossen wäre, sich scheiden zu lassen?«

»Dann müßte ich ihre Entscheidung akzeptieren. Die Alternative wäre, sie noch einmal zu verlieren, und mir ist wirklich nicht danach, mich noch mal so mies zu fühlen wie vor fünf Jahren.«

»Hast du dich niemals in eine andere Frau verliebt?«

»Nicht so wie in Giulia. Einige Male war ich nahe dran. Doch sobald sie sich wieder meldete, existierten die anderen nicht mehr. Leidenschaft oder Besessenheit? Das ist das Problem«, scherzte er.

Ich aß zu Abend mit einem Mann, der mir gefiel und dem, da war ich sicher, auch ich gefiel. Ich hatte mich für diesen Abend zurechtgemacht, mich mit akribischer Sorgfalt geschminkt und frisiert, in dem narzißtischen Wunsch, seinen bewundernden Blick auf mir zu spüren. Zu entdecken, daß dieser Mann mit einer anderen Frau liiert war, hätte mich durcheinanderbringen und zutiefst enttäuschen müssen. Es entfesselte jedoch eine gegensätzliche Reaktion in mir: Diese Entdeckung ließ mich vor perverser Freude erschauern.

Der vertrauenerweckende Tröster hatte sich unversehens als schwieriger und unerreichbarer Mann entpuppt, der mich auf das wohlvertraute Gebiet des Masochismus zurückführte. Aufgeregt stürzte ich mich Hals über Kopf in die unmögliche Eroberung, und die Hoffnungslosigkeit meines Vorhabens machte mich waghalsig und schamlos. Ich erinnere mich, daß wir irgendwann aufhörten, von Giulia zu reden, und ich begann, eine ganze Palette von Witzen und Bemerkungen zum besten zu geben, über die ich heute noch staune. Ich weiß nicht, ob mich der Wein oder Marcos Heiterkeit so aufgedreht machten: Jedenfalls fühlte ich mich immer brillanter und scharfsinniger.

Als wir ins Hotel zurückkamen und mein Zimmer betraten, lachte Marco immer noch. »Du bist außergewöhnlich!« rief er aus. »Noch nie habe ich mich mit einem Mädchen so amüsiert.«

Ich blickte zu ihm hoch. »Ich kann noch mehr«, sagte ich ernst.

»Und zwar?« fragte er immer noch heiter, in der Annahme, es handele sich um einen neuen Scherz.

Ich wartete darauf, daß er begriff, indem ich ihn weiter schweigend ansah, meines Körpers wohl bewußt.

Und schließlich begriff er. Er nahm mein Kinn zwischen seine Finger: »Du hast zuviel getrunken, Laura. Jetzt brauchst du eine Portion Schlaf«, sagte er sanft.

»Ich will, daß du heute nacht bei mir bleibst.«

Er machte instinktiv einen Schritt zurück. »Ich will dir nicht wieder weh tun.«

»Das wird mir guttun«, flüsterte ich.

»Laura, verlaß dich nicht allzusehr auf meine Selbstbeherrschung!« Er bemühte sich, den scherzhaften Ton wiederzufinden.

»Ich verlasse mich gar nicht darauf.« Ich rückte näher an ihn heran. »Ich will, daß du mich umarmst.«

Marco streckte eine Hand aus, zog sie jedoch sofort wieder zurück. »Ich kann nicht«, sagte er kopfschüttelnd.

»Dann geh.«

Er seufzte. »Gut. Morgen früh um acht komme ich dich wecken ...«

Ich machte mich für die Nacht fertig und führte jede Bewegung mechanisch und langsam aus. Ich fühlte mich vor den Kopf gestoßen, betäubt von der Demütigung. Ich weiß nicht, wie lange ich unter der Bettdecke zusammengerollt dalag, während Marcos unerträgliche Zurückweisung im Raum schwebte: *Ich kann nicht, ich kann nicht, ich kann nicht*. Ich war vor Ungläubigkeit und Scham am Boden zerstört.

Dann hörte ich, wie es an der Tür klopfte. Ein leises Klopfen, das sich wiederholte und immer stärker wurde. Ich setzte mich im Bett auf und hörte Marco meinen Namen rufen.

Einem Impuls folgend, der mir keine Zeit zum Nachdenken ließ, ging ich zur Tür und öffnete.

Er stand mit beschämtem Gesichtsausdruck im Pyjama vor mir. »Laß mich bitte rein.« Er schloß die Tür und betrachtete mich schweigend.

»Was willst du?« fragte ich müde.

»Dir erklären. Mein Gott, Laura, du gefällst mir ... Glaubst du, es ist mir leichtgefallen, dich zurückzuweisen?« ereiferte er sich.

Du gefällst mir, du gefällst mir. »Du mußt dich nicht entschuldigen«, sagte ich, während ich innerlich vor Freude bebte.

»Wäre ich meinem Instinkt gefolgt, dann hätte ich es mir mein Lebtag nicht verziehen.«

»Kommt darauf an, auf welche Weise du ihm gefolgt wärst ...«, deutete ich schwach lächelnd an.

Marco lachte nicht. »Verstehst du denn nicht? Du bist gerade dabei, dich nach der Hölle, die dein bisheriges Leben gewesen ist, aufzurichten, und ich hätte dich wieder hineingestoßen.«

»Vielleicht ist dort mein Platz, Marco«, sagte ich finster.

»Rede keinen Unsinn! Du bist ein außergewöhnliches Mädchen und ...«

Ich wartete, daß er fortfuhr.

»Ich will nicht, daß du so bist. In den letzten Tagen ...« Er hielt erneut inne. Dann sah er in meine Augen, als sähe er mich zum erstenmal. »Ich liebe dich, Laura.« Es war ein erstauntes Flüstern, mehr zu sich selbst als zu mir.

Nie wieder, auch nicht bei den leidenschaftlichen und frenetischen Umarmungen, die in den Monaten auf unsere Hochzeit folgten, habe ich die magische Vertrautheit jener Nacht ohne Sex gespürt. Ausgestreckt unter der Bettdecke, Marcos Arm um meine Schultern gelegt, rekonstruierten wir Minute um Minute die gemeinsam verbrachten Tage und die immer intensiveren Erlebnisse, Gefühle und Überraschungen, die aus instinktiver Anziehung Liebe gemacht hatten.

Der Zufall hatte auch Marco zugearbeitet: Hätte das Gericht ihm die Kopie eines Dokumentes nicht mit Verspätung ausgehändigt, wäre er schon eine Woche früher zu seinem Klienten nach Nürnberg gefahren, und wir wären uns niemals begegnet. Hätte das Restaurant, in das Marco eigentlich wollte, nicht wegen Betriebsferien geschlossen gehabt, hätte er niemals im »Delphi« zu Abend gegessen, und wir wären abgereist, ohne einander auch nur zu streifen.

Der Schauer, dieser Gefahr entronnen zu sein, machte uns noch begeisterter und redseliger. Um zehn Uhr ging unser Flug nach Italien, und kaum hatte die Maschine abgehoben, schlief ich ein, meinen Kopf gegen seine Schulter gelehnt.

Als ich aufwachte, landeten wir gerade. Marco lächelte mich an. »Ist das nicht witzig? Während du geschlafen hast, fiel mir ein, daß ich es schön fände, unseren ersten Sohn Sebaldo zu nennen, und da ist mir bewußt geworden, daß ich nicht einmal deine Adresse und deine Telefonnummer kenne.«

»Hast du eben … *Sohn* gesagt?«

»Sebaldo gefällt mir.«

»Marco, meinst du nicht, daß du etwas voreilig bist?« fragte ich erschrocken.

»Im Gegenteil, am liebsten würde ich die Zeit vorantreiben. Ein paar Monate erscheinen mir mehr als genug, um die Papiere und all die anderen Dinge, die man für eine Hochzeit braucht, fertigzumachen.«

Ich träume, es ist ein Scherz, es ist zu viel, es kann nicht sein, daß ausgerechnet mir so etwas passiert, dachte ich ungläubig. »Wir kennen uns doch nicht mal!« rief ich aus.

Er brach in Gelächter aus. »Soll das ein Witz sein? Nach all dem, was wir uns in den letzten Tagen erzählt haben, ist das einzige, was ich noch nicht von dir weiß, deine Telefonnummer!«

Die beiden Monate vor unserer Hochzeit waren eine unendliche Aufeinanderfolge glücklicher Erinnerungen. Jedes Pärchen durchlebt eine magische und unwiederbringliche Zeit: Und wenn die Beziehung plötzlich ins Wanken gerät und du vermutest, daß dein Mann aufgehört hat, dich zu lieben, so wie es später mir passieren sollte, klammerst du dich an diese Erinnerungen, um dir einzureden, daß keine Krise eine solch große Liebe aus dem Herzen deines Mannes vertrieben haben kann, daß keine andere Frau die gleiche Verzauberung und die gleiche Leidenschaft in ihm wecken könnte.

Ohne zu ahnen, was mich in der Zukunft erwartete, lebte ich in diesen zwei Monaten in einem anhaltenden Zustand der Beschwingtheit. Drei Stunden nach unserer Rückkehr aus Nürnberg stürmte Marco in meine Wohnung. »Ich hielt es nicht aus, dich bis heute abend nicht zu sehen.« Er nahm mich in seine Arme und flüsterte: »Das ist gelogen. In Wirklichkeit hatte ich gefürchtet, ich hätte dich nur geträumt.«

Marco redete mit mir, berührte mich und sah mich an, als könnte er nicht glauben, daß es so ein außergewöhnliches Mädchen wie mich wirklich gab. Seine Bewunderung verdrängte jedes Gefühl von Unangemessenheit. Marco liebte mich, also war ich etwas wert. Als ich mich mit seinen Augen betrachtete, gefiel mir zum erstenmal, was ich sah. Das machte mich sicher und vertrieb jeden dunklen Schatten. Ich dachte aufgeregt an die Zukunft, schlief fröhlich ein, und wenn ich morgens aufwachte, machte ich mich voller Freude fertig für den neuen Tag, der vor mir lag.

Ich war niemals zuvor wirklich glücklich gewesen, und doch wurde dieses Gefühl sofort zu einem vertrauten Seelenzustand. Ich kostete jeden Augenblick dieser erwartungsvollen Wochen aus: Alles kam mir einfach, vielversprechend und begeisternd vor. Genau das bezauberte Marco und bewog ihn, so schnell zu heiraten: Ich war die erste Frau, die seinem hedonistischen Naturell und seinem Wunsch nach außergewöhnlichen Gefühlen entsprach, ohne einen ebenso hohen Preis dafür zu verlangen.

»Ich muß deinen Vater kennenlernen«, meinte er ein paar Tage nach unserer Rückkehr.

»Du mußt?«

»Das würde ich schon sagen, immerhin wird er mein Schwiegervater.«

Ich wollte etwas entgegnen, doch mir wurde klar, daß ich keine Argumente hatte. Ich war so glücklich, daß ich mich nicht einmal erinnern konnte, meinen Vater jemals gehaßt zu haben. »Ist gut. Ich rufe ihn an und ...«

»Mir wäre es lieber, wenn ich ihn anrufen würde, Laura.«

IV

Ich war noch ein Kind, als ich erfuhr, daß mein Vater den Kopf wegen eines »Flittchens« verloren hatte. Jahrelang wurde ihr Name nicht erwähnt: Marina war »die da«, die Dirne, die Hure, die blöde Kuh, die Nutte: Die Abscheu, die ich für sie empfand, war ebensogroß wie das Erstaunen über die unerwarteten vulgären Ausbrüche meiner Mutter.

In ihren Augen, die sich in trüben Visionen verloren, blitzte Haß auf, wenn sie von ihr sprach; und ihre schwache, leidende Stimme wurde dröhnend bei dem Schwall dieser Schimpfworte.

Später mußte ich mich widerwillig den offenkundigen Tatsachen stellen: Marina war ehrlich und eine aufopferungsvolle Ehefrau. Dennoch sah ich in ihr weiterhin die Fremde, die es mit der Kraft ihrer Jugend und der Waffe der Schönheit geschafft hatte, einen Mann seiner Familie zu entreißen. So beschrieb ich sie dann auch Marco, bevor ich sie ihm vorstellte.

»Die Jahre werden auch an ihr nicht spurlos vorübergegangen sein«, kommentierte er. »Wie alt ist sie genau?«

»Einundfünfzig«, murmelte ich. Nur zwei Jahre jünger als meine Mutter ... Erst in diesem Augenblick wurde mir das bewußt. Die hinreißende Zauberin war fast vierzig gewesen, als mein Vater sich in sie verliebte ...

Marco schien meine Gedanken zu lesen. »Dein Vater hat sich gewiß nicht das übliche blutjunge Mädchen gesucht!« meinte er.

»Sie war sicher sehr hübsch. Sie ist es heute noch, mit fünfzig«, erwiderte ich verstört.

Am nächsten Tag sollte ich auch diesbezüglich meine Meinung revidieren. Marina kam ohne jede Vorankündigung zu mir nach Hause: Zu der Überraschung über ihren Besuch gesellte sich die, vor einer Frau zu stehen, deren Gesicht von Müdigkeit gezeichnet und von einem dünnen Netz aus Fältchen überzogen war.

»Läßt du mich denn nicht herein?« fragte sie, denn mein regloses Starren legte sie als Zeichen von Feindseligkeit aus.

»Entschuldige.« Ich trat sofort zur Seite und ging ins Wohnzimmer voraus.

Marina kam ohne Umschweife zur Sache. »Dein Vater ist außer sich. Gestern hat ein gewisser Marco Gardelli angerufen, um seinen Besuch anzukündigen, und gab sich aus als dein ...«

»Wir werden bald heiraten, und er möchte euch kennenlernen.«

»Genau das hat dieser Herr auch gesagt.« Marina sah mich kopfschüttelnd an. »Kürzlich hast du deinem Vater gestanden, von einem verheirateten Mann schwanger gewesen zu sein und abgetrieben zu haben. Du bist ohne ein Wort verschwunden, und als dein Vater vor Sorge immer noch nicht ein noch aus wußte, traf ihn dieser neue Schlag. Wo soll das nur hinführen, Laura? Was für eine Verrücktheit willst du jetzt wieder begehen?«

Ich hätte sie sofort unterbrechen und ihr die Wahrheit sagen können, daß sie jedoch die Abtreibung erwähnte, verletzte mich und ließ die alte Feindseligkeit wieder aufflammen. »Wie es scheint, gibt es zwischen dir und meinem Vater keine Geheimnisse! Wenn er so zermürbt ist, warum ist er dann nicht selbst gekommen, um sich zu beruhigen, anstatt seine Abgesandte zu schicken?«

»Dein Vater weiß nicht, daß ich hier bin, und *sich beruhigen* ist schlichtweg absurd: Jedesmal, wenn er dir begegnet und mit dir spricht, findet er einen Grund mehr, sich Sorgen zu machen.«

»Im letzten Jahr haben wir uns genau dreimal gesehen, und er müßte genug Zeit gehabt haben, um ...«

»Es ist sicherlich nicht seine Schuld, daß ihr keinen Kontakt habt«, entgegnete Marina bitter.

Er hat die wundervolle Beziehung zerstört, die es einmal gegeben hatte, wollte ich gerade antworten. Doch der Anblick ihres gezeichneten Gesichtes ließ mich weich werden. »Das sind alte Geschichten. Jetzt bin ich dabei, einen anständigen jungen Mann zu heiraten, den ich sehr liebe, und er ...«

»Wo hast du ihn kennengelernt?«

»In Nürnberg!«

»Das ist verrückt! Wie kannst du bloß beschließen, jemanden zu heiraten, den du erst so kurz kennst?«

»Wir wissen alles voneinander: In all diesen Tagen haben wir nichts anderes getan als geredet.« So zusammengefaßt, erschien unsere Liebesgeschichte reichlich banal. Ich beeilte mich hinzuzufügen: »Marco ist ein außergewöhnlicher Mann: Du wirst dich selbst davon überzeugen können, wenn du ihn kennenlernst.«

»Was macht er beruflich?«

»Er ist Rechtsanwalt. Sein Großvater ist der Strafverteidiger Francesco De Paola, vielleicht kennst du den Namen.«

Marina deutete ein Nicken an, dann sah sie mich wieder zweifelnd an. »Ich kann wirklich nicht glauben, daß ...«

Ich führte den Satz für sie zu Ende: »Daß ein Dreißigjähriger aus gutem Hause und geistig voll zurechnungsfähig sich in mich verliebt hat?«

»Nein: daß *du* dich in einen anständigen und normalen jungen Mann verliebt hast.«

»Ich war es müde, Reinfälle zu sammeln, und mein Glück war, Marco im richtigen Augenblick zu treffen«, gestand ich mit einem Seufzer.

Sie griff nach meiner Hand. »Laura, mach dieses Glück nicht durch eine überstürzte Entscheidung kaputt.«

Ich wollte mich ihrem Griff entziehen, doch ich merkte, daß dieser instinktiven Regung keinerlei wirklicher Widerwille entsprach. »Er hat entschieden. Und auch ich fühle mich bereit.«

»Bist du es wirklich? Du hast sehr schwere Jahre durchlebt, und du hast gerade die schmerzliche Erfahrung einer Abtreibung hinter dir. Ich glaube, daß du noch etwas durcheinander bist ... Und daß du etwas Zeit brauchst, um mit dir selber ins reine zu kommen, um zu begreifen, was du willst.«

»Ich will Marco. Und ich habe mich noch nie zuvor so unbeschwert gefühlt.«

Ich sah, wie sie kurz überlegte. »Nun gut. Wenn das so ist, bleibt mir nichts anderes übrig, als deinen Vater zu beruhigen.«

»Ich bin glücklich. Wirklich.«

»Ich auch. Ob du es glaubst oder nicht, ich liebe dich so, als wärst du meine eigene Tochter.«

»Ich bin es aber nicht.« Ich sagte es ohne jede Feindseligkeit, ruhig.

Sie lächelte. »Das hast du mich nie vergessen lassen. Heute hast du mich jedoch zum erstenmal nicht wie deine schlimmste Feindin behandelt.«

Am Abend darauf gingen wir zu Marina und meinem Vater zum Essen, und ich war beiden dankbar, denn sie benahmen sich tadellos. Sie empfingen Marco nicht als begeisterte Eltern, die vom Rettung bringenden Schwiegersohn bezaubert sind, sie stellten ihm keine unangenehmen Fragen, sie zwangen mich nicht, bei einer zu diesem Anlaß harmonisch vereinten Familie mitzuspielen. Ihre diskrete Gastfreundschaft und ihre verlegene Freundlichkeit schafften ein aufrichtiges Klima, das mich sofort entspannte, so daß auch ich mich meinerseits um eine angenehme Atmosphäre bemühte.

Marcos offene Art besorgte den Rest, und schon bald unterhielten wir uns angeregt und freundschaftlich. Mein Vater erzählte Marco von seiner kürzlichen Berufung zum Leiter der Bank, in der er seit zehn Jahren arbeitete, ein Detail, das mir bislang entgangen war, und Marco erzählte ihm von seinem Großvater, der mit seinen fünfundsiebzig Jahren immer noch zwölf Stunden täglich in seinem Büro verbrachte und sich taub stellte, wenn seine Frau protestierte.

Nach dem Essen zeigte Marina Marco das Haus, und als sie ins Wohnzimmer zurückkamen, fragte mein Vater wie selbstverständlich, ob wir schon eine Wohnung für uns hätten.

Marco antwortete, daß wir noch nicht die Zeit gehabt hätten ... »Laura und ich, wir kennen uns erst seit ...« Er unterbrach sich lachend und wandte sich an mich: »Es ist unglaublich, erst seit neun Tagen!«

Mein Vater räusperte sich. »Kinder, könntet ihr die Dinge nicht etwas langsamer angehen?«

»Wir werden es schon schaffen, mach dir keine Sorgen.«

Mein Vater hatte nicht das gemeint, doch er stellte keine weiteren Fragen. Als wir im Begriff waren zu gehen, flüsterte Marina mir zu: »Er ist wirklich ein außergewöhnlicher junger Mann.«

Noch in der gleichen Woche stellte Marco mir seine Großeltern vor, Nonno Francesco und Nonna Josette. Sie wohnten in der Wohnung über dem Büro, in einem alten und imposanten Gebäude am Corso Matteotti, und meine ganze Angst verflog, als ich sie kennenlernte. Ihre Wohnung war überraschend hell, fröhlich und voller Farben. Marcos Großvater blickte mich kurz an und sagte dann mit scherzhafter Galanterie: »Jetzt verstehe ich, warum mein Enkel es so eilig hat!«

Seine Frau streckte mir die Arme entgegen. »Damals hatte auch er es eilig.«

Josette mußte um die Siebzig sein, doch sie war immer noch eine faszinierende Frau voller Vitalität. Als sie mir ihre Geschichte erzählte, wunderte mich gar nichts mehr. Sie war in einem kleinen Dorf in Nordfrankreich geboren, mit achtzehn war sie nach Paris geflüchtet, um Schauspielerin zu werden. Ihr Mann lernte sie in dem Nachtclub kennen, in dem Josette tanzte, um über die Runden zu kommen.

»Meine Unschuld zu verteidigen war ebenso schwer, wie meine Miete zu bezahlen«, erinnerte sie sich fröhlich. »Als dieser hübsche junge Italiener mich fragte, ob ich nach der Aufführung mit ihm essen gehen wollte, habe ich ihn zum Teufel gejagt.«

»Um ihr zu beweisen, wie aufrichtig meine Absichten waren, mußte ich zwei Wochen in Paris bleiben und all das Geld verplempern, das ich gespart hatte, um mein erstes Anwaltsbüro zu mieten«, sagte ihr Mann lachend. »Als ich pleite war, stellte ich sie vor die Alternative: Entweder würde sie mit mir nach Italien kommen, oder aber sie riskierte, mich für immer zu verlieren.«

»Ich machte ihm einen Gegenvorschlag: Fahre nach Hause zurück, um alle Papiere vorzubereiten, und wenn sie fertig sind, komme ich nach. Drei Wochen später waren wir verheiratet. Wie du also siehst, sind eilige Eheschließungen eine

Spezialität der Familie. Aber sie funktionieren«, fügte sie hinzu und tätschelte meine Hand.

»Dank der Geduld der Ehemänner«, stellte Nonno Francesco klar. »Josette zeigte sich sofort von ihrer verrückten Seite, die sie an unsere Tochter weitergeben sollte. Nach unserer Heirat wohnten wir zur Miete in einem schäbigen Appartement, und wir hungerten beinahe, um in eine bessere Wohnung umziehen zu können. Nach zwei Jahren hatten wir das nötige Kleingeld beisammen, für die Kaution, die Miete, die im voraus bezahlt werden mußte, und den Kauf der ersten Möbelstücke. Eines Abends überreichte ich Josette den Scheck zusammen mit einem Strauß roter Rosen und sagte ihr, sie könne sich sofort auf die Suche nach einer Wohnung machen und sich wegen der Anschaffungen umsehen. Am folgenden Abend prunkte mitten im Zimmer ein wertvoller, antiker japanischer Paravent: Josette hatte sich in ihn verliebt und all unser Geld dafür ausgegeben. Und sie rechtfertigte sich damit, daß ...«

Seine Frau fiel ihm ins Wort: »Damit, was ich dir jahrelang immer wieder gesagt habe: Die Wohnung würde uns nicht davonlaufen, mein Paravent schon.«

»Ein Jahr später hatten wir es schließlich geschafft, das Geldhäufchen wieder zusammenzubekommen. Und weißt du, was diese Verrückte damit gemacht hat?« fragte Nonno Francesco zu mir gewandt.

»Sie hat eine wertvolle chinesische Vase gekauft«, vermutete ich lachend.

»Nein, meine Dame: Sie kaufte von einer hinfälligen Dame eine Tanzschule, mit noch hinfälligeren Möbeln und ganzen zwei Schülerinnen. Josette erklärte mir, daß ihr die Aussicht auf Müßiggang ganz und gar nicht gefalle und daß sie es sehr *stimulierend* fände, diese Schule wiederzubeleben.«

»Und, ist es etwa nicht so gewesen? Vor fünf Jahren, als ich sie abgegeben habe, habe ich ein nettes Sümmchen dafür eingestrichen«, brachte Josette es auf den Punkt.

»Um es kurz zu machen«, fuhr ihr Mann fort, »als unsere erste Tochter geboren wurde, wohnten wir immer noch in der schäbigen Mansarde. Doch schließlich hatte ich meine Lektion gelernt: Sobald es möglich war, suchte ich selbst nach einer Wohnung. Ich habe die verschwendungssüchtigste, unberechenbarste und verrückteste Frau geheiratet, die man sich nur vorstellen kann.« Seine Stimme war voller Zuneigung.

Ich begriff, warum Marco seine Großeltern so sehr liebte und warum ein konstruktiver und strahlender Mensch aus ihm geworden war: Er war in einer Familie groß geworden, in der man ihm nur das Schöne des Lebens beigebracht hatte.

Unsere Ehe sollte schon bei den ersten Anzeichen von Kummer einen Riß bekommen: Marco verlor erschrocken den Kopf, und ich, die ich ihn gut kannte, ließ es geschehen. An jenem Abend war ich jedoch auf dem Gipfel des Glücks angelangt. Das neue Leben hatte begonnen, und ich blickte in die Zukunft mit den begeisterten Augen eines Kindes, das vor einem Schaufenster mit Spielsachen steht.

Später gesellten sich Marcos Onkel und seine Frau zu uns und luden mich zum Abendessen ein, damit ich ihre kleinen einjährigen Zwillinge kennenlernte. Sie hießen Francesco und Josette, wie die Großeltern.

»Unser erster Sohn wird Sebaldo heißen«, verkündete Marco.

»Was für ein Name soll das denn sein?« fragte die Tante.

»Der unseres Schutzpatrons«, erklärte Marco und zwinkerte mir zu.

Der Großvater lachte. »Du hättest beinahe Leporello geheißen: Josette hatte gerade die Lyrik für sich entdeckt, und dieser Name schien ihr sehr fröhlich und musikalisch. Zum Glück setzte sich deine Mutter dagegen zur Wehr.«

Ich erinnere mich, wie angenehm überrascht ich beim Betrachten meines Spiegelbildes war: War ich das? Ich meinte, meine Augen seien größer, die Haut heller, die Haare voller geworden. Noch heute bin ich auf kindliche Weise überzeugt, daß sich während dieser zwei glücklichen Monate alle Zellen meines Körpers erneuert haben. Ich war wirklich eine andere Person geworden, vom Glück wiedererschaffen.

Deshalb wundert es mich nicht, daß ich erst an jenem Morgen, zwei Stunden vor der Hochzeit, an Giulia dachte. War sie noch mit ihrem Mann zusammen? Hatte Marco sich mit ihr ausgesprochen? Wie hatte sie reagiert, als sie erfuhr, daß ihre Beziehung zu Ende war und er heiraten würde?

Ich wußte es nicht. Ohne einen Zweifel anzumelden, eine Frage zu stellen, eine Bestätigung zu verlangen, hatte ich akzeptiert, eine Verbindung mit einem Mann einzugehen, der seit seiner Jugend eine andere Frau liebte, von der er zwei Monate vor unserer Heirat noch »besessen« gewesen war.

Nein, es erstaunt mich nicht. Es war mein Instinkt, neu wie meine Zellen, der mir zu schweigen gebot: Ein kleiner Teil in mir wußte, daß dieser Glückszustand ein Ende haben würde, wenn ich Marco zwingen sollte, über Giulia zu sprechen und genau in sich hineinzuhorchen. Und so tat ich, als hätte Giulia nie existiert.

V

Nach unserer Rückkehr aus den Flitterwochen zogen wir in das Navigli-Viertel, das Viertel der alten Kanäle, in ein kleines zweistöckiges Haus vom Ende des 19. Jahrhunderts. Marcos Großvater hatte es vor zwanzig Jahren gekauft und an einen Kollegen vermietet, der sich um die Restaurierung gekümmert hatte. Während wir dringend nach einer Wohnung suchten, ereignete sich etwas, was Marco als das »Wunder des heiligen Sebaldus« bezeichnete: Der zur Miete wohnende Freund hatte sich zur Ruhe gesetzt, war mit seiner Frau an die ligurische Riviera gezogen und machte so das Haus für uns frei.

Als Nonno Francesco es mir zeigte, war ich bezaubert von den alten Cotto-Böden und der Wendeltreppe, die die gewölbte Decke durchbrach und die beiden Etagen miteinander verband. Es war ein ganz solides und zugleich charmantes Haus. Offensichtlich war es nicht nur mit viel Einfühlungsvermögen restauriert, sondern auch sehr gepflegt worden: Wir mußten lediglich die Wände streichen und die Bäder neu machen.

Wir heirateten, ohne die Zeit zu haben, es einzurichten, und in der ersten Woche war das einzige Möbelstück ein großes Nußbaumbett, das Nonna Josette uns schenkte.

»Alles andere ist überflüssig«, behauptete Marco, als er sich aufs Bett warf und mich mitzog.

Jene Woche bürgerte sich in unseren Wortschatz als die *Open-space*-Phase ein, oder auch als »zwei Herzen und ein Bett«. Marco fand immer einen Vorwand, sein Büro zu verlassen und nach Hause zu laufen. »Dein Großvater wird dich noch feuern«, warnte ich ihn.

»Wir müssen uns um Sebaldo kümmern«, gab er zur Antwort, nahm mich in die Arme und begann mich zu liebkosen. Sein Verlangen nach mir schien unersättlich.

Als ich ihm sagte, es sei jetzt Zeit, das Haus einzurichten, und daß Nonna Josette mich am nächsten Tag auf der Suche nach passenden Möbeln begleiten würde, protestierte er: »Soll das etwa heißen, daß ich Gefahr laufe, dich nicht anzutreffen, wenn ich plötzlich hier auftauche?«.

»Genau. Meine Zeit als Haremssklavin ist vorbei.«

»*Haremssklavin*? Ich dachte, Sklavin der Sinne«, entgegnete er.

»Im Augenblick möchte ich meinen visuellen Sinn befriedigen. Ich habe den krampfhaften Wunsch, ein Sofa oder einen Schrank zu sehen.«

»Ich liebe Häuser, die sich aufs Wesentliche beschränken.«

»Gedenkst du Sebaldo auf dem Boden schlafen zu lassen?«

»Das sind unfaire Kampfmethoden!«

Nonna Josette entpuppte sich als Konsumästhetin: Am nächsten Tag machte sie mit mir eine Runde durch Trödelmärkte, kleine Antiquitätenläden und unbekannte Geschäfte, wobei sie eine unvergleichliche Kenntnis der richtigen Adressen und den entschiedenen Blick für das Entdecken eines wertvollen Möbelstücks oder Gegenstandes inmitten von lauter Gerümpel an den Tag legte.

Wenn es ans Bezahlen ging, begann sie ausführliche Verhandlungen: Für sie bedeutete sparen nicht, die Ausgaben zu reduzieren, sondern all das, was ihr gefiel, so billig wie möglich zu bekommen. »Wir haben ein echtes Schnäppchen gemacht!« rief sie nach jedem Kauf aus.

Innerhalb von drei Wochen war das Haus komplett eingerichtet. »Ich werde nach Tokio fliehen müssen, um der Verfolgung durch meine Bank zu entkommen!« meinte Marco lachend, als ich ihm die Rechnungen zeigte.

Mir war sofort klar, daß es sich nicht um einen Scherz handelte. »Nach Tokio?« wiederholte ich.

»Ich muß morgen abreisen, um einen Klienten zu begleiten, der Streit mit seinem japanischen Geschäftspartner hat. Ich hoffe, die Sache in einer Woche erledigt zu haben.«

»Eine Woche?«

»Hey, ich dachte, ich hätte eine brillante Gesprächspartnerin geheiratet, keinen Papagei«, zog Marco mich auf. Er wurde jedoch sofort wieder ernst: »Diese sieben Tage werden eine Marter sein. Ohne dich fühle ich mich verloren.«

Nachdem die verrückten Einkaufsbummel und die Einrichtung des Hauses beendet waren, fühlte auch ich mich verloren. Marco füllte meine Tage aus. Das Wissen, von ihm geliebt zu werden, und die Gewißheit, daß er bald wieder dasein würde, reichten jedoch, mich vor Freude erschaudern zu lassen. Was war schon eine kurze Trennung verglichen mit der Vorstellung, ich hätte ihm niemals begegnen können?

Er rief mich dreimal täglich von Tokio aus an. Einmal vergaß er die Zeitverschiebung, weckte mich um vier Uhr morgens, und wir plauderten fast eine Stunde lang. »Du wirst für das Telefonieren mehr ausgeben als ich für die Einrichtung des Hauses!« griff ich seinen Scherz wieder auf.

»Das Wesentliche hat auch seinen Preis«, erwiderte er.

Seitdem stand *wesentlich* für Übertreibung, Extravaganz, Verrücktheit. Ich nutzte seine Abwesenheit, um bei meinem Vater und Marina zu Abend zu essen: Seit unserer Hochzeit hatten wir uns nicht mehr gesehen.

Am Abend vor Marcos Rückkehr kam Nonna Josette zu Besuch. Hinter ihr stand ein großer junger Mann im Jogginganzug, der ein riesiges Paket trug. Sie ließ es ihn ins Wohnzimmer bringen und schickte ihn dann weg. »Es ist der berühmte japanische Paravent«, sagte sie, während sie mir half, das Paket zu öffnen.

»Das hättest du nicht tun sollen! Es ist dein Erinnerungsstück!« protestierte ich.

»Ich will, daß er dir gehört«, antwortete sie bestimmt. »Marco hat er immer schon gefallen, während Francesco jedesmal, wenn er ihn ansieht, meine Unvernunft kritisiert.«

Später, bei einer Tasse Tee, erzählte Josette mir von Marco, wie er als Kind gewesen war. Wenn er vom Spielen müde war, kauerte er sich vor diesen Paravent und erzählte sich Geschichten, wobei die kleinen Vögel und die blühenden Wäldchen, die darauf abgebildet waren, seine Phantasie anregten. »Von klein auf haßte Marco Unbeweglichkeit und Langeweile«, erinnerte sie sich.

Dann, wie zufällig, fügte sie hinzu: »Du solltest dein Studium zu Ende führen. Oder dir eine Arbeit suchen. Langweilst du dich nicht, den ganzen Tag so allein in dem Haus?«

»Ich hoffe, daß wir bald ein Kind haben werden, Nonna Josette. Aber auch so langweile ich mich überhaupt nicht.«

Das stimmte. In dem folgenden Jahr machte Marco noch andere Geschäftsreisen, doch unsere Leidenschaft war, wenn das überhaupt ging, noch tiefer geworden, und ich lebte in einem Zustand der Verzauberung, der mein Herz erwärmte. Wie konnte ich mich langweilen? Eingekuschelt in einen alten Sessel, umgeben von den wundervollen Gegenständen in unserem Wohnzimmer, brachte ich Stunden beim Durchblättern der vier Fotoalben zu, die unsere schönsten Erinnerungen enthielten.

Der Tag der Hochzeit. Da betrete ich die Kirche am Arm meines Vaters, hier kommt mir Marco entgegen, da schreite ich zum Altar. Das Objektiv ruht auf unseren Gesichtern und hält den bewegten Ausdruck für immer fest, gerührt, strahlend, glücklich über diesen Tag.

Die Hochzeitsreise nach New York: am Flughafen Malpensa; zwischen Marcos Mutter und seinem Stiefvater auf dem Rasen vor ihrem Häuschen; ich vor dem Schaufenster bei Tiffany; dann vor dem Plaza; schließlich vor einem kleinen Hügel im Central Park.

Marcos ungeduldige und amüsierte Stimme: »*Sind wir noch nicht mit der Erkundung aller Kultorte fertig?*«

»*Nein, mein Herr.*«

Das einzige, was mich durch meine Jugend hindurch begleitet hatte, waren die alten Hollywoodfilme gewesen, und ich glaubte zu träumen, als ich die Orte wirklich sehen konnte, an denen Lana, Audrey, Ava und Marilyn gelebt und geträumt hatten. Jetzt jedoch, neben Marco, wirkte alles wie ein Traum.

Unser erstes Wochenende im Schnee. Ich mit ängstlichem

Gesichtsausdruck, während ich die Skier anlege; ich im Schneepflug auf einem kleinen Feld; hier mit Beinen in der Luft. (*Bist du wirklich noch nie Ski gefahren, Laura?!*), da bin ich noch einmal, wie ich unerschrocken einen steilen Hang herunterfahre. *(Unglaublich, mit welcher Leichtigkeit du Dinge lernst!)*

Erst nach unserer Rückkehr habe ich ihm gestanden, daß ich als Kind jeden Winter zwei Wochen mit meinem Vater in den Bergen verbracht hatte und daß ich ein kleiner Champion gewesen war. Als mein Vater uns verließ, fuhr ich nie wieder Ski. Meine Mutter haßte die Berge und jede Art von Sport. Marco umarmte mich gerührt. *Ich würde dir den Mond vom Himmel holen, um dich vergessen zu lassen, was du durchgemacht hast.*

Auch der Ausdruck *ich will den Mond* wurde in unseren Wortschatz aufgenommen und bedeutete etwas, das ganz und gar und endgültig unmöglich war.

Unser erstes gemeinsames Weihnachten. Da sitzen wir alle zusammen beim Weihnachtsessen an einer langen Tafel. Da die Zwillinge, wie sie mich anspringen, um mir gleich ein Paket zu entreißen; dort Marco, wie er mir die Halskette umlegt, die er mir gerade geschenkt hat; hier mein Vater, wie er erst Marina, dann Nonno Francesco und schließlich mir zuprostet.

Unser erstes gemeinsames Silvester. Ich untröstlich im Bett mit einem Schal, der mein halbes Gesicht verdeckt. Ich habe Mumps bekommen, und Marco lacht und lacht und lacht ...

Unser erster gemeinsamer Sommer – auf Sardinien – bleibt unserem Erinnerungsvermögen vorbehalten: Aus niemals geklärten Gründen (über die wir lange und angeregt diskutierten) stellten all unsere Fotos eine einheitliche graue Masse dar: Waren die Filmrollen nicht in Ordnung? War unser Fotoapparat kaputt?

Da sind wir wieder in Nürnberg, um unseren ersten Hochzeitstag zu feiern ... Ich posiere verfroren vor der St.-Sebaldus-Kirche, und obwohl sich mein winzig kleines Gesicht auf dem Hintergrund des Portals verliert, habe ich immer das Gefühl, einen Schimmer Traurigkeit darauf zu erkennen. Ich erinnere mich genau, daß ich in dem Augenblick gedacht habe: Seit einem Jahr bin ich jetzt verheiratet, und das Kind ist immer noch nicht da.

Doch ich verjagte den Gedanken sofort wieder. Ich war wirklich außerordentlich geschickt darin, auch dem geringsten Angriff auf mein Traumleben auszuweichen.

Juni 1993. Marcos Mutter und sein Stiefvater machen einen fünftägigen Zwischenstopp in Mailand, bevor sie nach Griechenland in Urlaub fahren. Am letzten Abend kommt die ganze Familie zu einem Essen im Freien zusammen, auf der Paullese in einer alten Osteria, die Nonna Josette wer weiß wie entdeckt hat. Die frische Brise unter der Pergola und das ausgezeichnete Essen machen uns heiter und gesprächig. Zwischen zwei Gängen reißen sich die Zwillinge los und laufen herum.

Wir unterhalten uns über die bevorstehenden Ferien. Nonna Josette beklagt sich, daß ihr Mann wie immer darauf besteht, den August in den Bergen zu verbringen, ungeachtet ihrer »armen alten Knochen«, denen das Meer so guttäte. Ihre Tochter wiederholt ihre Einladung, mit nach Griechenland zu fahren, doch Nonna Josette erwidert mit verzogenem Gesicht, daß nur Möwen und Verrückte sich für einen kleinen Felsen am Ende der Welt begeistern können. Nonno Francesco erinnert sie daran, daß sie doch gerade gesagt habe, wie gut ihr das Meer täte, sie kontert sofort, daß sie schließlich nicht nur aus Knochen bestehe und daß Ferien auch Lokalkolorit, kleine Restaurants und typische Lädchen bedeuten. Alle ziehen sie wegen ihrer Konsumsucht auf ...

Jedesmal, wenn ich an diesen lange zurückliegenden Abend

denke, kommt es mir immer wieder noch genauso schmerzlich und unwirklich vor, als wäre die Zeit stehengeblieben und seit jenem Augenblick alles in Zeitlupe abgelaufen.

Ich lache zusammen mit den anderen über Nonna Josette …

Marco hat seinen Arm um meine Schultern gelegt und erzählt von meinen ruinösen Einkaufsbummeln mit ihr …

Die Zwillinge kommen erschöpft zu unserem Tisch zurück …

Plötzlich die Stimme von Marcos Mutter. »Und wohin fahrt ihr in Urlaub?« Sie meint uns.

Marco: »Wir haben uns noch nicht entschieden. Bis August ist noch viel Zeit!«

Seine Mutter: »Wenn ihr nicht sofort bucht, lauft ihr Gefahr, nirgends mehr unterzukommen!«

»Ein Pärchen findet immer irgendwo eine Lücke. Im schlimmsten Fall stellen wir ein Zelt auf!«

Seine Mutter nickt. Dann, plötzlich, sagt sie lachend: »Wenn Sebaldo einmal da ist, werdet ihr das nicht mehr machen können! Übrigens, wolltet ihr beiden nicht sofort ein Kind haben?«

Ich spüre, wie sich Marcos Arm auf meinen Schultern anspannt. »Das ist unsere Sache, Mama.«

Die Zeitlupe hält an. In diesem Augenblick bleibt die Zeit stehen. Dann kehrt alles gestochen scharf in mein Gedächtnis zurück: Nonno Francesco, der die Rechnung bezahlt, die Grüße und Umarmungen vor den Autos, Marco, der den Motor anläßt und sich aus dem Fenster lehnt, um den Onkel daran zu erinnern, daß er am nächsten Morgen bei Gericht sein muß …

»Es war ein schöner Abend«, sagte Marco, als wir vom Parkplatz fuhren.

»Ja.«

»Bist du müde?«

»Ein wenig.« Ich hatte mich auf dem Sitz ausgestreckt.

»Das gegrillte Huhn war vorzüglich, zart und knusprig. Es kam sicher nicht aus der Massenhaltung.«

»Kannst du langsamer fahren?«

»Ich fahre nicht einmal sechzig!«

»Es ist eine Landstraße, da kann jederzeit ein Betrunkener oder ein Radfahrer unerwartet auf die Fahrbahn springen.«

Das Tachometer sank prompt von sechzig auf zwanzig. »Ist es so in Ordnung?« fragte Marco provozierend.

»Danke.«

»Darf man erfahren, was du hast, Laura?«

»Nichts.«

»Ausgezeichnet.« Er beschleunigte wieder und fuhr auf die Umgehungsstraße auf.

»Du warst unglaublich frech zu deiner Mutter«, stieß ich hervor, von seinem Schweigen verwirrt.

»Ich verstehe nicht.«

»Du hast sehr wohl verstanden. Es ist nicht ihre Schuld, daß wir noch kein Kind haben.«

»*Schuld*?«

Ich wunderte mich selbst über diesen Ausdruck. Ich hatte etwas ganz anderes sagen wollen – was hatte Schuld damit zu tun? Während ich vergeblich nach einer Antwort suchte, begriff ich mit einem Schlag die Wahrheit, die mein Unterbewußtsein mich hatte aussprechen lassen: Ich fühlte mich immer *schuldiger* wegen des Kindes, das sich nicht ankündigen wollte.

VI

Mitte Juli beschlossen wir, in die Bretagne zu fahren, doch zwei Tage vor der Abreise rief uns Nonna Josette von der Notaufnahme Fatebenefratelli an: Nonno Francesco war von einem Vollgas fahrenden Motorrad erfaßt worden, als er die Straße überqueren wollte, um Zeitungen zu kaufen. Sein Zustand stellte sich als weniger schlimm heraus, als es im ersten Augenblick erschienen war: Er hatte einen Oberschenkelbruch und eine leichte Gehirnerschütterung. Er wurde sofort operiert, und nach einigen Tagen kam er wieder nach Hause.

Inzwischen war uns jedoch nicht mehr nach Wegfahren zumute. Zur Unbeweglichkeit verdammt, war Nonno Francesco unruhig wie ein Löwe im Käfig und launisch wie ein Kind: Die Hitze störte ihn, die Klimaanlage wollte er nicht, er weigerte sich, seine Medikamente einzunehmen, kein Essen schmeckte ihm. Und wenn seine Frau sich auch nur auf einen Schritt entfernte, beschuldigte er sie, ihn allein zu lassen wie einen Hund.

Unterdessen war eine unerträglich feuchte und drückende Hitze ausgebrochen. An diesem Punkt ging Josette, die inzwischen am Rande eines Nervenzusammenbruchs stand, auf Marcos Vorschlag ein: Wir sollten alle vier für ein paar Wochen in das »Häuschen am Ende der Welt« umziehen. So hatte seine Großmutter das Geburtshaus ihres Mannes im Val Seriana immer genannt – auch wenn mit den Jahrzehnten und dem Tourismus die Bebauungen von Selvino, der nächstgelegenen Ortschaft, bis auf einen Steinwurf näher gekommen waren.

Eine Frau aus dem Dorf wurde damit beauftragt, die Zimmer sauberzumachen und durchzulüften, so daß bei unserer Ankunft alles perfekt aufgeräumt und in kühlen Halbschatten getaucht war.

Es war ein Haus ohne hohe Ansprüche, doch solide und

gemütlich. Das Erdgeschoß bestand aus einem einzigen Zimmer, einer sehr großen Küche, die auch als Wohnzimmer diente, und einem kleinen, nachträglich angebauten Bad. Im Obergeschoß befanden sich eine Holzdiele und zwei Schlafzimmer, die auf einen kleinen Balkon hinausgingen. Nonno Francesco hatte alles so belassen, wie es zu Zeiten seiner Kindheit gewesen war, und sich lediglich darauf beschränkt, das Bad zu vergrößern und zu modernisieren.

Ich lebte mich sofort ein, und auch Josette gab, nachdem ihr Repertoire an Beschwerden ausgeschöpft war, zu, daß es »nicht einmal so schlecht« sei. Der einzige, der sich beschwerte, war Marco: Wenn wir uns ins Bett legten, knarrten die alten Holzlatten bei der geringsten Bewegung, und aus dem Zimmer gegenüber drangen klar und deutlich die Stimmen der Großeltern.

Am ersten Abend liebten wir uns reglos wie Fakire und heimlich wie Diebe: Am Ende brachen wir in befreiendes Gelächter aus und stellten fest, daß in diesem Haus jegliche Art von Intimität unmöglich war.

»Ich will den Mond«, flüsterte Marco jeden Abend und spielte in unserem Wortgebrauch auf diese Unmöglichkeit an. Tagsüber unternahmen wir zum Ausgleich lange Spaziergänge, sonnten uns auf der Wiese vor dem Haus und spielten Karten mit Francesco und Josette.

Nach einer Woche wurde Marco von Lino Mugnani, einem seiner wichtigsten Klienten, nach Mailand zurückbeordert. Einer seiner ehemaligen Geschäftsführer hatte in Albanien ein Textilunternehmen eröffnet und für die Einfärbung der Fäden und die Undurchlässigkeit von Gabardine zwei Produkte benutzt, die den Mugnani-Laboratorien entstammten und patentiert waren.

Marco versicherte mir, daß er alles tun würde, um so bald wie möglich zurückzukommen. Am gleichen Nachmittag jedoch rief er mich an, um mir mitzuteilen, daß er gezwungen sei, Pierpaolo Mugnani, den Sohn des Klienten, nach Tirana zu begleiten: Sie mußten auch bei den albanischen Stellen Anklage erheben und vor Ort die Beweise sammeln, die für einen eventuellen Prozeß nötig seien.

Nonna Josette erklärte mir, daß Pierpaolo von der Grundschule bis zur elften Klasse am Gymnasium Marcos Schulfreund gewesen war. »Sie waren unzertrennlich, und sie sind auch später eng befreundet geblieben. Hat er ihn dir nie vorgestellt?«

»Nein ... Ich kenne keinen von Marcos Freunden«, murmelte ich. Es überraschte mich, daß ich bis zu diesem Augenblick nie daran gedacht hatte.

Sie wollte etwas sagen, zögerte jedoch ein wenig zu lange. »Frisch Verheiratete neigen immer dazu, sich zu isolieren ...«

Ich hatte den Verdacht, daß Josette etwas anderes hatte sagen wollen. Und darüber hinaus waren wir seit fast anderthalb Jahren verheiratet, nicht erst seit wenigen Wochen ...

»War Marcos Freund auch ein Freund von Giulia?« fragte ich im gleichen Augenblick, in dem ich es mich noch selbst fragte, der ernüchternden Antwort bewußt. Ich blickte in Josettes Augen und sah, daß auch sie mich unsicher anschaute.

»Hat Marco dir von Giulia erzählt?« fragte sie.

Ich nickte. »Als wir uns in Nürnberg kennenlernten. Ich weiß, daß sie sehr ineinander verliebt waren ...«

Josette ging darüber hinweg. »Ja, Pierpaolo war auch Giulias Freund. Auf dem Gymnasium saßen sie zusammen in einer Bank, außerdem war Mugnani mit Isa zusammen, einer Cousine von Giulia.«

Ich stellte mir die vier zusammen in der Diskothek vor, in der Pizzeria, auf Konzerten, und die Erinnerung an meine düsteren Schuljahre erschien mir noch trister.

»Laura, das sind alte Geschichten ... Teenie-Geschichten«, meinte Josette lächelnd.

»Die mit Marco und Giulia nicht«, wandte ich ein.

Sie lächelte wieder. »Und trotzdem ist es eine alte Geschichte.«

Ich konnte mich nicht zurückhalten. »Was für ein Typ ist Giulia?«

»Ein sehr ... hartnäckiges Mädchen.« Josette suchte sorgsam nach dieser Umschreibung, und nach einer kurzen Pause wiederholte sie: »Ja, hartnäckig. Nach dem Abitur lernte Marco ein anderes Mädchen kennen und verliebte sich in sie. Die erste Liebe ist fast nie die letzte ... Doch Giulia holte ihn sich zurück. Sie *wollte* Marco, und sie hat es nicht zugelassen, daß er sich von ihr löste.«

»Und doch hat sie einen anderen Mann geheiratet!« entgegnete ich.

»Eben. Durch diese Eheschließung hat sie es geschafft, ihn weitere vier Jahre lang an sich zu binden.«

Ein Schauer lief mir den Rücken hinunter. »Ich habe Marco nie gefragt, wie sie auf die Nachricht reagiert hat, daß ...«

»Das kann dir doch egal sein«, unterbrach mich Josette. »Jetzt ist es wirklich eine Geschichte, die aus und vorbei ist. Marco ist verrückt nach dir.«

Ich blickte zu ihr hoch. »Ich möchte ein Kind, Nonna Josette, doch die Zeit vergeht, und ich fürchte, daß keins kommen wird.«

»Unsinn. Ich habe meine Tochter auch erst drei Jahre nach der Hochzeit bekommen.«

»Vielleicht wünschtet ihr euch nicht so sehr ein Kind wie ich und ...«

»Jedenfalls haben wir nichts unternommen, um es nicht zu bekommen. Schaffe dir keine unnötigen Probleme, Laura! Wenn du ganz sichergehen willst, geh zu einem Frauenarzt, und du wirst sehen, daß er dir das gleiche sagt.«

Es war das erste Mal, daß ich mich jemandem anvertraute, doch es verschaffte mir keinerlei Erleichterung. Im Gegenteil, in dem Augenblick, in dem ich es laut aussprach, wurde das

Problem konkret, und die vage Unruhe verwandelte sich in Angst.

Die Verzauberung endete in jenem Sommer. In den Wochen im »Häuschen am Ende der Welt« tat sich in unserer soliden, perfekten Ehe der erste Riß auf.

Marco kehrte nach vier Tagen aus Albanien zurück, aber da Ferragosto vorüber war, mußte er, statt nach Selvino zu kommen, für eine ganze Reihe von Treffen mit einem Fachkundigen für Handelsrecht und den Chemikern von Mugnani in Mailand bleiben. »Es ist ein verdammter Notfall, es tut mir leid!« wiederholte er am Telefon.

Wenn er konnte, kam er spätabends zu uns in die Berge. Unsere Nächte notgedrungener Abstinenz steigerten jedoch meine Unruhe, und wenn Marco beim Einschlafen meine Hand hielt, fühlte ich mich wie eine Schiffbrüchige, die sich an ein Rettungsfloß klammert. Schlaflos war ich den finstersten Gedanken ausgeliefert. Seit Monaten hatte mein Mann Sebaldo nicht mehr erwähnt, und die aggressive Reaktion auf den Kommentar seiner Mutter war ein deutliches Zeichen dafür, daß auch er enttäuscht und frustriert war wegen des Kindes, das sich nicht ankündigen wollte. Warum haben wir nie locker darüber gesprochen? Und wie viele andere Dinge behielt er für sich?

Mit weit aufgerissenen Augen lag ich da und mußte plötzlich an Giulia denken. *Sie ist ein hartnäckiges Mädchen.* Das einzige, was ich von ihr wußte, war, daß sie den unbeugsamen Willen hatte, Marco als Gefangenen ihrer alten Jugendliebe zu halten. Warum hatte ich mich nicht getraut, meinen Mann zu fragen, ob sie sich seit unserer Rückkehr aus Nürnberg gesehen hatten, mit welchen Worten er ihr gesagt hatte, daß er sie nicht mehr liebte, und wie sie darauf reagiert hatte? Waren sie sich durch die täglichen Kontakte mit ihrem gemeinsamen Freund Pierpaolo zufällig begegnet?

Endlich begriff ich, warum ich bis auf ganz wenige Ausnahmen weder ihn noch Marcos andere Freunde kennengelernt hatte: Sie waren auch Giulias Freunde, und nach dem Ende ihrer so langen Beziehung hatte er sie aus unserem Leben ausgegrenzt, um unangenehme Treffen zu vermeiden. Wie würde er reagieren, wenn er sie wiedersähe? Und wenn er sie gar schon wiedergesehen hatte?

Die Antwort bekam ich am ersten September, einen Tag nachdem wir aus den Bergen nach Mailand zurückgekommen waren. Es war elf Uhr morgens, und ich war gerade dabei, einige Kleidungsstücke für die Reinigung rauszulegen, als ich das Telefon klingeln hörte. »Hier ist Giulia Peruzzi, kann ich mit Marco sprechen?«

Giulia ... Ich spürte, wie mein Herz einen Satz machte. »Marco ist im Büro«, antwortete ich, verwundert darüber, daß meine Stimme so ruhig blieb.

»Man hat mir gesagt, daß er weggegangen ist, und ich dachte, ich würde ihn zu Hause erreichen. Sie sind Laura, nicht wahr?« Höflich, unbeteiligt.

»Ja. Wahrscheinlich ist er zu Mugnani gegangen, um ...«

»Ich rufe von Pierpaolos Büro aus an, hier ist er nicht. Macht nichts, er wird sich schon melden.«

»Ich werde ihm ausrichten, daß Sie angerufen haben.«

»Danke. Ich hoffe, daß Marco sich eines Tages entschließt, Sie seinen alten Freunden vorzustellen, Laura!«

»Das hoffe ich auch.«

Ich weiß nicht, wie lange ich so vor dem Telefon stand. Ich meinte, den lange zurückliegenden Abend in Nürnberg wieder vor mir zu sehen, als Marco mich zurückgewiesen hatte und aus meinem Zimmer gelaufen war. Ich empfand das gleiche schmerzliche und unwirkliche Gefühl. Marco rief mich um die Mittagszeit an, um zu fragen, wie es mir gehe, aber ich brachte nicht den Mut auf, ihm von dem Anruf zu erzählen.

Ich fühlte mich sonderbar gelähmt vor Scham, so als bedeutete schon ein Hinweis darauf Schuld. Ich wartete, bis er nach Hause kam, probte unterdessen die Worte und den Tonfall, mit denen ich das Thema angehen wollte, und legte mir einen imaginären Dialog zurecht. Als Marco jedoch hereinkam, wurde ich wieder von einer lähmenden Verlegenheit gepackt.

Ich stellte das Essen auf den Tisch, und wir begannen zu essen. Während er redete, bemühte ich mich angsterfüllt, das Gespräch auf Giulias Anruf zu lenken.

»Laura, ist irgend etwas passiert?« fragte er plötzlich.

»Nein ...« Ich atmete tief durch. »Heute früh um elf hat Giulia angerufen. Sie hat dich gesucht.«

Er sah mich überrascht, jedoch keineswegs verwirrt an. »Sie hat hier angerufen? Wieso?«

»Sie hat dich gesucht«, wiederholte ich. Ich blickte zu ihm hoch und wartete darauf, daß er etwas sagte.

»Ich habe sie heute gesehen, und ich glaube nicht, daß ...«

»Du hast sie *gesehen*?« fuhr ich auf.

»Sie arbeitet bei Mugnani, und seit ich ...«

»Hatte sie denn nicht einen reichen Mann? Einen Schuhfabrikanten?«

Marco lachte. »Hey, was für ein Gedächtnis! Sie hat sich vor acht Monaten getrennt, und da sie keine einzige Lira Unterhalt haben wollte, hat sie sich um eine Arbeit bemüht.«

»Eine echte Dame«, konnte ich mir nicht verkneifen, säuerlich festzustellen.

»Vor allem eine ehrgeizige Frau. Ich glaube, daß die Aussicht, Karriere zu machen, sie mehr befriedigt, als im Müßiggang vom Scheck des Exmannes zu leben.«

»Spielst du auf mich an?«

Er zog die Augenbrauen zusammen. »Auf dich? Was hast du denn damit zu tun?«

»Ich bin deine müßiggängerische Geliebte.«

»Was faselst du da? Du bist meine Frau und die Mutter meiner Kinder!«

Ich hielt den Atem an. »Und wenn ... wenn wir keine haben könnten?«

»Red keinen Unsinn.«

Ende Oktober entschloß ich mich, einen Termin bei Professor Barni festzumachen, einem Frauenarzt, den Marina mir empfohlen hatte. Am Vorabend war ich versucht, den Termin abzusagen: Ich hatte das Gefühl oder vielmehr die Gewißheit, daß ich mit diesem Arztbesuch die Grenze zwischen frustriertem Warten und Unfruchtbarkeit überschreiten und auf verhängnisvolle Weise den bitteren Tunnel von Untersuchungen, Blutentnahmen, Tests und Hormonkuren betreten würde.

Daher war meine Erleichterung unermeßlich, als Professor Barni mir nach einer genauen Untersuchung und unzähligen Fragen versicherte: Ich sei noch nicht einmal zwei Jahre verheiratet, daher sei es voreilig, sich Sorgen zu machen, zumal er nichts gefunden hätte, was einer Schwangerschaft im Wege stünde. Er fügte hinzu, daß die Angst vor der Mutterschaft zu einer psychischen Blockade gegen die Empfängnis führen könne. Als ich ihm erzählte, daß ich seit einigen Wochen nachts nicht mehr schlafen konnte, verschrieb er mir ein leichtes Beruhigungsmittel. Er entließ mich mit den Worten: »Wir sprechen uns in ein paar Monaten wieder«, begleitete mich zur Tür und klopfte mir herzlich auf die Schulter.

Der einzige unangenehme Augenblick war der, als ich ihm von der Abtreibung hatte erzählen müssen.

Erleichtert und mit glückserfülltem Herzen kehrte ich nach Hause zurück, wo ich nur darauf wartete, daß Marco nach Hause käme, damit ich ihm von Barnis Meinung berichten konnte.

Auch er war glücklich darüber. »Was habe ich dir gesagt?« sagte er lachend, hob mich hoch und drehte mich im Kreis. In dieser Nacht liebten wir uns voller Elan, heiter und leidenschaftlich. Wie lange schon war es nicht mehr so gewesen? fragte ich mich später, als ich in die Dunkelheit starrte.

Sechs Monate später ging ich erneut zu Professor Barni. Ich war inzwischen seit über zwei Jahren verheiratet und immer noch nicht schwanger. Er beruhigte mich aufs neue. »Um jeden Zweifel auszuräumen, werden wir aber die nötigen Untersuchungen durchführen. Und wenn dabei nichts herauskommt, werden wir Ihren Mann untersuchen: Viel öfter, als man glaubt, liegt es am Mann, wenn ... «

»Es wäre mir lieber, wenn mein Mann vorerst nichts davon wüßte.«

Und so unterzog ich mich, ohne daß Marco etwas erfuhr, allen Untersuchungen und diagnostischen Tests, die Barni mir nach und nach verschrieb.

Es war ein sonniger Morgen im Mai, als ich mich in seine Praxis begab und erfuhr, daß ich den endlosen Tunnel betreten hatte und für den Rest meines Lebens durch die Dunkelheit gehen sollte.

Ich konnte keine Kinder mehr bekommen. Die ungeschickt ausgeführte Abtreibung (»anomal«, wie Barni sich ausdrückte) hatte irreversible Schäden in meiner Gebärmutter verursacht. Und während der Professor von Schädigung der Eileiter durch eine Streptokokken-Infektion und von chronischer Endometritis sprach, blickte ich auf die Fotos der wunderhübschen Babys, die an der Wand in seiner Praxis hingen. Addio, Sebaldo, dachte ich still.

»Es tut mir leid«, sagte Barni schließlich. Er schien mich wirklich zu bedauern. Und er wirkte auch entsetzt, weil er sechs Monate zuvor meine Befürchtungen nicht ernst genommen hatte.

»Macht nichts«, sagte ich und stand auf. Mein Herz war schwer wie Blei. Ich ging nach Hause und legte mich ins Bett. Als Marco am Abend von der Arbeit heimkam, war ich noch nicht wieder aufgestanden.

ZWEITER TEIL

VII

Ich wollte unbedingt bestraft werden. Hätte Marco erschüttert und eisig auf die Nachricht reagiert, hätte er mir wütend meine Vergangenheit vorgeworfen, hätte er Bedauern gezeigt über die voreilige Entscheidung, mich zu heiraten, wären mir mein Schmerz und meine Erniedrigung als der angemessene Preis für die schuldvolle Unverantwortlichkeit einer zerstörerischen Abtreibung erschienen.

Nachdem ich den Schreck des Augenblicks überwunden hätte, hätten meine Selbstachtung und die Liebe zum Leben, die Marco selbst mir in jenen Jahren beigebracht hatte, mich zu einer Reaktion bewegt. Gestärkt durch die Leidenschaft, die er immer noch für mich empfand, wäre es mir gelungen, ihn zu trösten und mir von ihm verzeihen zu lassen. Und auch ohne Kinder wären wir auf unserem Weg weitergegangen, hätten in uns selbst Gründe genug gefunden, uns ausgefüllt und dankbar zu fühlen. Es lief jedoch anders.

An jenem Abend im Mai, als Marco nach Hause kam und mich reglos wie eine Tote, mit über der Brust verschränkten Händen antraf, unterdrückte er einen Schrei. Ich erinnere mich noch an sein erschrockenes Gesicht, während er meine Hände drückte, mich aufrichtete und fragte, ob es mir schlechtging.

Mit gesenktem Kopf und Grabesstimme erzählte ich ihm alles. Und dann blickte ich mit angehaltenem Atem zu ihm hoch.

»Ich will dich, Laura.«

Die Leidenschaft, die er noch für mich empfand, stürzte uns beide ins Verderben: Mein Schmerz erschütterte ihn weit mehr als die Nachricht an sich, und in den folgenden Tagen tat er nichts anderes, als mich zu trösten und mir immer wieder zu sagen, wie sehr er mich liebe. Mein Verbrechen blieb ungesühnt: Ich wurde immer ungläubiger, erschrockener und verschüchterter. Als das Warten auf den Preis, den ich zu zahlen bereit war, unerträglich wurde, holte ich zur Selbstbestrafung aus. Ich würde mich selbst strafen, indem ich mich dessen beraubte, was mir am teuersten war und was ich am wenigsten verdiente: der Liebe meines Mannes.

Erst im Laufe der Zeit sollte ich die perverse Logik dieses Mechanismus begreifen. Zu Beginn ließ ich mich einfach in die Apathie sinken, die auf meine Verzweiflung gefolgt war. Ich verbrachte die Tage auf dem Sofa sitzend, den Fernseher eingeschaltet und den Blick gedankenlos ins Leere gerichtet. Oft stöpselte ich das Telefon aus, damit niemand mich störte. Und oft kam es vor, daß Marco außer Atem nach Hause kam, nachdem er vergeblich versucht hatte, mich zu erreichen. Er steckte den Stecker wieder in die Dose und bat mich, ihm nicht mehr so einen Schrecken einzujagen.

Seine Freundlichkeit und seine Geduld schienen grenzenlos. Als ihm klar wurde, daß sein Drängen, ich sollte essen, etwas machen oder ausgehen, lediglich meine Wut weckte, hörte er auf, darauf zu beharren. Beinahe immer machte er sich selbst etwas zu essen. An einem Wochenende nahm er Putzmittel und Staubsauger und machte Hausputz.

Abends unterband ich all seine Bemühungen, eine Unterhaltung anzufangen: Wir saßen schweigend vor dem Fernseher, ab und zu merkte ich lediglich, wie sich sein besorgter Blick auf mich legte. Ich ertrug es nicht. Und ich ertrug es nicht, daß er im Bett nach meiner Hand suchte und seinen Arm um meine Schultern legte. Eines Nachts sprang ich auf und rannte aus dem Zimmer. Er kam besorgt hinterher: »Geht es dir nicht gut? Wohin gehst du?«

»Es geht mir ausgezeichnet. Ich gehe in Sebaldos Zimmer schlafen«, gab ich boshaft zur Antwort.

»Laura, ich liebe dich ... Sag mir, was ich für dich tun kann.«

»Ich will den Mond«, knurrte ich zurück.

Seine Augen wurden feucht. »Allein kann ich es nicht schaffen.« Er war betrübt.

Eines Morgens besuchte mich Nonna Josette, und ihr fröhliches Lächeln gefror bei meinem Anblick. »Mein Gott, was ist denn mit dir geschehen?«

So fand ich heraus, daß Marco ihr nichts davon erzählt hatte, daß wir keine Kinder haben konnten. Und als ich es ihr sagte, mußte ich mir die vertrauten und lästigen Worte des Trostes anhören, während ich nur hoffte, daß Josette so bald wie möglich wieder gehen möge. Ich spürte, wie eine ungekannte Wut gegenüber meinem Mann in mir aufstieg, und ich war so erregt darüber wie jemand, der dem Feind gegenüber machtlos ist und plötzlich eine Waffe entdeckt, um ihn zu besiegen. Ich konnte es nicht erwarten, diese Waffe zu erforschen, sie zu vervollkommnen, sie tödlich werden zu lassen. Und es gelang mir. An jenem Abend, als Marco von der Arbeit nach Hause kam, zielte ich mitten in sein Herz und setzte so zum ersten tödlichen Schuß auf seine Leidenschaft für mich an.

»Was machst du denn hier im Dunkeln?« fragte er, näherte sich dem Sofa und knipste das Licht über dem danebenstehenden Tisch an.

»Ich habe Kopfschmerzen. Mach wieder aus.«

Marco gehorchte und machte die kleine Stehlampe in der gegenüberliegenden Ecke an. »Ist es so besser?«

»Heute war deine Großmutter da. Warum hast du ihr nicht gesagt, daß ich keine Kinder haben kann? Warum hast du ihr nicht erklärt, daß es mir nicht gutgeht, seit ich es erfahren habe?« fragte ich ihn.

»In den letzten Wochen habe ich sie nicht gesehen, und ich war der Meinung, das sei nichts, was man am Telefon sagt, Laura.«

»Du hättest es deinem Großvater sagen können. Oder hast du ihn etwa auch nicht gesehen?«

»Du weißt ganz genau, daß ich in seinem Büro arbeite«, erwiderte er ruhig.

»Im Moment weiß ich gar nichts mehr. Außer daß du dich meiner schämst.«

»Bist du verrückt geworden? Wofür sollte ich mich schämen?«

»Du hast eine Frau geheiratet, die dir keine Kinder schenken kann! Wie soll man bloß die unaussprechliche Schuld offenbaren, die der Grund dafür ist? Besser schweigen, besser so tun, als hätte man plötzlich entdeckt, um wieviel sorgloser und amüsanter das Leben für ein kinderloses Paar ist!«

Seine Lippen verzogen sich zu einer Grimasse. »Ich fürchte, da müßten wir uns ganz schön verstellen.«

»Was willst du damit sagen?«

»Schon seit geraumer Zeit geben wir gewiß nicht das Bild eines sorglosen und sich amüsierenden Ehepaares ab«, erklärte er bedächtig.

»Wir sind es ja auch nicht, oder?«

Er seufzte. »Laura, was soll die Polemik? Was willst du damit erreichen?«

»Ich will, daß du endlich die Maske des perfekten Ehemannes ablegst und zeigst, wer du wirklich bist! Ein kleiner Mann, der angesichts des ersten Problems gleich zittert und davonlaufen will!«

»Ich bin doch hier, oder?«

»Ja, aber wie? Du kreist mit diesem erschrockenen und unglücklichen Gesicht um mich herum! Ein toller Trost ...« Meine Stimme kippte.

»Leider ist es unmöglich, dir zu helfen.«

Ich sprang auf und fuhr zu ihm herum. »Diesen Satz kenne ich nur allzugut, jahrelang haben mein Vater und Marina sich ihre Schuld mit diesem Alibi vom Halse geschafft!«

Marco schüttelte mich heftig. »Jetzt beruhige dich. Und hör auf, die armen für all deine Dummheiten verantwortlich zu machen.«

Es war das erste Mal, daß er in solch einem harten Tonfall zu mir sprach, und ich verlor den Kopf. »Ich wußte, daß du mir früher oder später meine Vergangenheit vorwerfen würdest ... Los, nur Mut, mach weiter bis zum Schluß! Sag schon, daß ich eine Nutte bin und unfruchtbar, sag, daß du es bitterlich bereust, mich geheiratet zu haben, sag, daß ...«

»Ich weigere mich, diese Unterhaltung fortzuführen.«

Marco drehte mir den Rücken zu, doch ich hielt ihn am Arm fest. »Du bleibst jetzt schön hier, es ist zu einfach, vor der Wahrheit wegzulaufen.«

»Welche Wahrheit denn? Du bist dabei, einen Haufen Schwachsinn zu reden.« Seine Stimme wurde weicher. »Ich glaube, wir sollten zu einem Arzt gehen, Laura. So kann es nicht weitergehen. Du bist depressiv, erschöpft, es geht dir nicht gut.«

»Mit anderen Worten, ich bin verrückt. Hat mein *armer* Vater dir diese Diagnose eingeflüstert? Jedesmal, wenn meine Mutter ihm etwas vorwarf, sagte er ihr, sie solle zu einem Arzt gehen.«

Marco sah mich nachdenklich an. »Was genau wirfst du mir eigentlich vor, Laura? Ich schwöre dir, daß ich es noch nicht verstanden habe.«

»Ach Gott«, sagte ich sarkastisch, »ich vergaß, welch ausgezeichnete Meinung du von dir hast: In Nürnberg hast du dich als unwiderstehlicher Mann, gewandter Gesprächspartner und Ziel hemmungsloser Sehnsüchte vorgestellt.«

»Hör auf damit.«

»Nicht wahr, es tut dir weh, dich daran zu erinnern, daß du dich an jenem Abend hättest in Sicherheit bringen können, anstatt das unfruchtbare Flittchen zu verführen?«

»Es tut mir weh, dich in dieser Verfassung zu sehen«, sagte er betrübt. »Laura, ich liebe dich wirklich.«

Sein Mitgefühl ließ mir das Blut in den Kopf schießen. »*Ich liebe dich*«, äffte ich ihn nach. »Was erwartest du denn? Daß ich dir begeistert zu Füßen falle? Du hast vollkommen recht, es ist besser, wenn wir diese peinliche Unterhaltung beenden.«

Ende Juli mußte Marco nach Sizilien: Ein Bauunternehmen, das einen großen Hotelkomplex im Auftrag mehrerer Eigner errichten sollte, war bankrott, und die Vertreter der fünfzig vom Konkurs betroffenen Käufer hatten sich an die Kanzlei De Paola gewandt, sie möchte ihre Interessen vertreten und gegebenenfalls Anklage gegen die Gesellschaft erheben.

Marco versicherte, er würde am 10. August wieder da sein. Ich hatte mich widerwillig überreden lassen, die Reise in die Bretagne, die im Jahr zuvor ins Wasser gefallen war, nachzuholen. Im Lauf der folgenden Tage erschien mir jedoch die Aussicht, mit ihm allein zu sein, ohne mich in mein Zimmer zurückziehen zu können, und gezwungenermaßen einer Unterhaltung während der langen Autofahrt ausgesetzt zu sein, immer unerträglicher.

Es ging mir wirklich schlecht. Seit mehr als zwei Monaten

ging ich nicht mehr raus, war einsilbig, wenn Marina anrief, und schlug die Einladungen der Großeltern und von Marcos Onkel und Tante aus. Eines Morgens, als ich mich flüchtig im Spiegel ansah, stellte ich fest, wie blaß ich war, das Gesicht abgemagert und schmal. In einem Anflug von klarem Verstand (*was tue ich da meiner Ehe und mir selbst bloß an?*) rief ich Nonna Josette an und bat sie, mich zu einem Arzt zu begleiten. Ich weiß nicht wie, doch es gelang ihr, noch am gleichen Tag einen Termin zu bekommen, und sie holte mich sofort ab.

Nachdem der Arzt mich gründlich untersucht hatte, ordnete er eine Blutabnahme an (zu der ich nicht ging) und eine ausgewogene Therapie auf der Basis von Vitaminen, Eisen und Antidepressiva. Schließlich entließ er mich mit dem wenig originellen Ratschlag, etwas zu unternehmen, mich abzulenken.

Nonna Josette, glücklich darüber, daß ich mich an sie gewandt hatte, und überzeugt davon, daß mein Entschluß zu diesem Arztbesuch schon ein großer Schritt in Richtung Heilung sei, überschüttete mich auf dem Nachhauseweg mit einem wahren Schwall therapeutischer Programmpunkte: Wir werden ins Kino gehen, wir werden einkaufen, ich nehme dich zu meinem Friseur mit, ich habe eine traumhafte Boutique entdeckt, nächsten Samstag könnten wir einen Ausflug nach Selvino machen ...

Mit dem ihr eigenen Schwung hatte sie sich die Rolle der Betreuerin und Animateurin in meinem Heilungsprozeß zugeschrieben. Das versetzte mich in Panik: Nachdem meine Auflehnung kurz aufgeflackert war, wünschte ich mir nur noch, mich wieder in meine Einsamkeit einzuschließen. Die einzige Möglichkeit bestand darin, mich physisch Josettes Druck zu entziehen.

Daher fuhr ich kurz entschlossen in die Berge. Ich wählte Courmayeur, weil es am nächsten lag und zudem der einzige Ort war, in dem ich noch ein freies Zimmer bekam.

Gleich nach meiner Ankunft rief ich Josette, Marina und Marco an. Ich wollte sie beruhigen, um sicherzugehen, daß sie mich in Ruhe ließen, und sie waren es offensichtlich so leid, sich Sorgen um mich zu machen, daß sie meinen Beteuerungen sofort glaubten: Es geht mir gut, ich mußte einfach mal raus aus der Enge der Stadt, hier ist es wunderschön, ich habe alle Medikamente mitgenommen, ich werde auf mich achtgeben.

Ohne es zu wollen, begann ich wirklich, mich besser zu fühlen. Dank der frischen Luft und den Pillen gelang es mir nach Monaten zum erstenmal wieder, ganze Nächte durchzuschlafen, und morgens wachte ich ausgeruht und gestärkt auf. Ich begann, lange Spaziergänge zu machen, die meinen Appetit weckten und meinem Gesicht seine Farbe wiederbrachten. Als mich Marco jedoch nach seiner Rückkehr aus Sizilien anrief, um mir anzukündigen, daß er mich am nächsten Tag abholen würde, um in die Bretagne weiterzufahren, erschien mir die Aussicht auf diese Reise erneut unerträglich.

Vor Überraschung traute ich mich aber nicht, es Marco zu sagen. Ich rief ihn abends um zehn an und suchte nach den überzeugendsten Worten, um ihm mitzuteilen, daß ich lieber in den Bergen bleiben würde. Ich erklärte ihm, daß das Klima anregend sei, daß ich lange Spaziergänge machte und daß ich wirklich begann, wieder zu mir zu kommen. Es wäre zu schade, mit einer langen Reise, die sicherlich eine Strapaze sei, alles auf Spiel zu setzen.

Marco ließ mich in Ruhe ausreden. Dann sagte er: »Ich bin einverstanden, wir werden unsere Ferien in Courmayeur verbringen.«

»*Wir?*«

»Du willst doch wohl nicht, daß ich alleine in der Stadt vor mich hin brutzele«, erwiderte er mit einer Spur seiner alten Heiterkeit.

»Du kannst doch alleine fahren.« Ich fügte sofort hinzu:

»Ich weiß doch, wie viel dir an dieser Reise lag, und es wäre nicht richtig, dich für mich zu opfern.«

»Morgen bin ich da«, gab er kurz zurück und legte auf.

Zwei Wochen früher hätte ich mich apathisch seinem Willen gebeugt: Ob wir nun in Courmayeur oder in Mailand waren, was änderte das schon? Es würde das übliche Schweigen zwischen uns herrschen, die üblichen belanglosen Worte, das übliche Unbehagen und die Langeweile.

Die kurzen Ferien hingegen hatten mir das Quentchen Energie wiedergegeben, das reichte, um mich wachzurütteln und den Groll gegen meinen Mann zu wecken.

Was genau wirfst du mir eigentlich vor, Laura? Ich sollte später noch öfter an diese Frage denken und immer zu der gleichen Antwort gelangen: nichts, denn damals war Marco noch der geduldigste und hingebungsvollste Ehemann, den man sich vorstellen kann. Heute weiß ich, daß ich ihn haßte, weil er es mir zu schwer machte, ihn zu hassen und seine Liebe abzutöten.

Doch in dieser lange zurückliegenden Nacht, während ich darauf wartete, daß mein Mann zu mir in die Berge kam, gestattete mir mein durch die langen Spaziergänge mit Sauerstoff getränkter und vom Essen wiedererstarkter Körper, stundenlang wach zu bleiben und zuzulassen, daß die Wut aufstieg und mein Verstand bei klarem Bewußtsein einen weiteren tödlichen Schlag gegen unsere Ehe vorbereitete. Alles spielte sich zehn Minuten nach seiner Ankunft in unserem Hotelzimmer ab. Er stellte seinen Koffer ab, und ...

»Wie viele Sachen hast du denn mitgebracht? Ich finde, das ist ein riesiger Koffer.«

»Ich habe alles Nötige für zwei Wochen mitgenommen. Am meisten Platz nehmen die Wanderschuhe und die Windjacke ein.«

»Und wofür brauchst du die?«

»Ich denke, wir werden einige Spaziergänge machen!«

»Nur durch den Ort. Ich bin noch zu müde, um ...«

»Einverstanden, Laura, wie du willst.«

»Hast du *zwei Wochen* gesagt?«

»Wollten wir nicht bis zum 27. August bleiben?«

»Es ist keine Pflicht.«

»Nein, stimmt: Es ist ein Plan.«

»Es wäre das erste Mal, daß nicht irgendeine Verpflichtung oder ein Zwischenfall uns zwingen, unsere Pläne über den Haufen zu schmeißen.«

»Ich habe alles in die Wege geleitet, damit es in diesen zwei Wochen keine geben wird, Laura.«

»Was ist denn so Besonderes an diesen zwei ...«

»Ich will in aller Ruhe mit dir zusammensein. Spazierengehen, reden, Sonne tanken, ein paar nette Restaurants auftun.«

»Ich muß dir mitteilen, daß ich hier bin, um mich zu erholen, und ich denke überhaupt nicht daran, mich deinem Aktivismus zu beugen.«

»Wir werden das machen, wonach dir zumute ist.«

»Hörst du vielleicht mal damit auf, mir immer recht zu geben, als sei ich verrückt?«

»Ich will dir nicht ...«

»Ich hatte dir gesagt, daß du nicht kommen sollst! Ich hatte dich gewarnt, daß es mir noch schlechtgeht!«

»Im Gegenteil, du hast mir gestern abend gesagt, es ginge dir ausgezeichnet.«

»Nur um dich davon abzuhalten zu kommen.«

»Ist dir meine Gegenwart so lästig, Laura?«

»Mir ist dein hübsches, besorgtes und trauriges Gesicht lästig. Hör endlich auf, den Märtyrer zu spielen, und gib ehrlich zu, daß die Lästigkeit auf Gegenseitigkeit beruht.«

»Das ist nicht wahr! Mir geht es nur gut, wenn ich mit dir zusammen bin, Laura!«

»Dann müßte dein Leben ja die Hölle sein.«

»Wieso?«

»Wann bist du denn mit mir zusammen? Seit einigen Monaten bist du doch nur noch im Büro oder auf Reisen.«

»Nicht mehr als vor zwei Jahren, glaube ich. Ich habe immer ...«

»Gewiß ist deine Arbeit faszinierender geworden, seit dein Busenwunder auf der Bildfläche erschienen ist.«

»*Busenwunder*? Was faselst du denn da, Laura?«

»Ich meine deine angebetete Giulia. Und verzeih mir, daß ich das Tabu des Schweigens gebrochen habe.«

»Darf man erfahren, was zum Teufel Giulia mit alledem hier zu tun hat?«

»Willst du vielleicht abstreiten, daß ihr euch wieder trefft?«

»Ich streite gar nichts ab! Giulia arbeitet in dem Unternehmen eines meiner Klienten, und ab und zu kommt es vor, daß ich sie sehe oder mit ihr spreche. Worin liegt das Problem oder das verbrecherische Geheimnis?«

»Ich bin vielleicht verrückt, aber nicht blöd.«

»Du willst mich verrückt machen!«

»Warum erzählst du mir nicht von dem schönen Wiedersehen unter dicken Freunden? Hat Giulia noch eine Cousine, die sie mit Pierpaolo Mugnani verkuppeln kann?«

»Mugnani hat vor einem Jahr geheiratet und ist bis über beide Ohren verliebt in seine Frau.«

»Um so besser! Dann hat sich ja das Doppelpärchen aus glücklichen Zeiten ohne Schwierigkeiten wieder zusammengefunden.«

»Jetzt reicht es.«

»Warum hast du mir nie von deinen *zufälligen* Treffen mit der Hure erzählt?«

»Ich ertrage es nicht, wenn du so vulgär bist! Wie dem auch sei, wenn du Giulia meinst, sie ist eine anständige Person.«

»Anständig? Ist das nach deinem Moralempfinden die richtige Bezeichnung für eine schamlose Ehebrecherin?«

»Giulia hat sich von ihrem Mann getrennt, seit ...«

»Seit sie begriffen hat, daß du bereit bist, die alte Liebe zu krönen! Genau dazu hat unsere Ehe gedient ... Der Leidenschaft neuen Auftrieb zu geben ... Ein einziger betrogener Mann reichte nicht, das war schon Routine! Wollen wir wetten, um wieviel erregender es war, den Reiz auszukitzeln, auch noch eine Ehefrau betrügen zu können?«

»Ich habe dich niemals betrogen!«

»Das glaube ich dir sogar. Doch was ist schon Sex gegen die köstlichen Qualen einer unmöglichen Liebe?«

»Wenn du nicht aufhörst, solchen Unsinn zu reden, reise ich sofort ab.«

»Worauf wartest du noch? Lauf zu ihr! Mir war vom ersten Augenblick an klar, daß du nur hergekommen bist, um einen Ehekrach vom Zaun zu brechen ... Wetten, daß dich morgen oder noch heute abend ein wichtiger beruflicher Termin gezwungen hätte, nach Mailand zurückzufahren?«

»Ich weigere mich, mich auf dieses Niveau herabzulassen!«

»Hört, hört, ein Mann von Welt! Wenn du es genau wissen willst, du bist der ekelhafteste Mensch, den ich je getroffen habe!«

»Das aus deinem Mund zu hören, müßte mich wirklich beleidigen.«

»Was willst du damit sagen?«

»In bezug auf ekelhafte Männer bist du ja eine echte Expertin.«

»Verlasse sofort dieses Zimmer! Geh zu deiner Hure zurück!«

Drei Tage später erhielt ich ein nettes Briefchen von Marco: In Mailand war es unerträglich heiß, die Kanzlei war geschlossen, und daher hatte er eine Einladung der Mugnanis angenommen, mit ihnen gemeinsam zwei Wochen auf Sardinien zu verbringen. *Ich hoffe, daß nach meiner Rückkehr alles etwas klarer wird. Paß auf dich auf, ich habe dich lieb.*

VIII

Erst später sollte ich erfahren, daß die Mugnanis auch Giulia eingeladen hatten, doch seit Marco von Sardinien zurückgekehrt war, hatte ich die instinktive Gewißheit, daß ihre Beziehung während dieser Ferien wieder begonnen hatte. Er umarmte mich fröhlich, als hätte er den furchtbaren Streit vor zwei Wochen vergessen, und in den folgenden Tagen schien er meine bissigen Antworten und mein finsteres Schweigen nicht zu beachten. Bald schon wurde mir der Grund dafür klar: Die Launen einer nervenden Ehefrau waren nichts im Vergleich zu den Gefühlen und Höhenflügen der wiedergefundenen Leidenschaft.

Mein Mann war wieder glücklich: Ich konnte mich gut an diesen Elan erinnern, wenn ein neuer Tag begann, diesen lebhaften Blick, diese sichere Note in seiner Stimme, dieses fröhliche Trällern, während er duschte oder sich einen Kaffee machte. Doch wenn er mich anblickte oder mir etwas sagen mußte, wurde seine Stimme leiser, und mitleidige Traurigkeit verschleierte sein Gesicht. Ich kannte die ungetrübte Höflichkeit und die strahlende Geduld eines Ehemannes, der sich nach dem Martyrium sehnt, um die Glücksgefühle des Ehebruchs als angemessene Entschädigung dafür zu erleben: Genau so benahm sich mein Vater meiner Mutter gegenüber, während er darauf wartete, daß sie ganz unten anlangen würden, um sie dann ohne Skrupel verlassen zu können.

Da ich mich nunmehr im Strudel der Selbstzerstörung befand, begehrte mein Stolz nur schwach auf. Ich gehe, ich verlasse ihn, dachte ich eines Morgens, als ich hörte, wie Marco im Bad vor sich hin sang. Mein Masochismus hielt mich jedoch mit der vertrauten und perversen Sucht danach, ganz tief zu sinken, zurück. Ich wollte ihn erbittert sehen und am Ende seiner Geduld, ich wollte Eiseskälte und Abscheu in seinem Blick erkennen: Nur so würde ich das völlige Scheitern unserer Ehe und meines Lebens greifbar spüren.

An die folgenden Monate habe ich keinerlei Erinnerung, außer daran, daß es unaufhaltsam abwärts ging. Unser Haus wurde zur Bühne, auf der ich das Schlechteste aus mir herausholte, wobei mich die Erinnerung an die unvergeßliche Ehefarce meiner Eltern inspirierte. Je mehr Marco meinem Vater zu gleichen schien, um so besser gelang es mir, meiner Mutter zu ähneln.

Ich wechselte zwischen Szenen stiller Klagen (mach das Licht aus, ich habe Kopfschmerzen, ich habe keinen Hunger, mir ist wirklich nicht nach Ausgehen, du kommst immer später, hör auf, mich zu fragen, wie es mir geht) und wütenden, unkontrollierten Aggressionen: Hör auf zu lügen, behandele mich nicht wie eine Verrückte! Lauf doch zu deiner Nutte! Ich weiß, daß du deine Hure immer mitnimmst, wenn du wegfährst! Du widerst mich an!

Am Ende von solchen Szenen drehte Marco mir den Rücken zu, aschfahl im Gesicht, und ich blieb zitternd und atemlos im leeren Zimmer zurück. Als Weihnachten kam, schaffte ich es, mir eine schlimme Grippe einzufangen, dank der ich mich dem unerträglichen Ritual der großen vereinten Familie entziehen konnte.

Abends, bevor er zu den Großeltern ging, gab Marco mir mein Geschenk. Ich legte es auf den Nachttisch, ohne es zu öffnen, wie ich auch später die Geschenke nicht öffnete, die Josette, Marcos Onkel und Tante und Marina ihm für mich mitgegeben hatten.

An Silvester legte ich mich um sechs ins Bett. Marco kreiste unruhig durchs Haus. Ich hörte, wie er sich in der Küche zu schaffen machte, den Fernseher einschaltete, ihn anschließend wieder ausmachte. Um acht kam er in mein Zimmer. »Ist dir wirklich nicht nach Ausgehen zumute? Wir könnten uns einen Film ansehen oder …«

»Ich glaube, es ist offensichtlich, daß mir nicht danach ist! Wenn du Verlangen nach Unterhaltung verspürst, geh doch alleine aus, ich halte dich bestimmt nicht zurück.«

»Ist gut.«

Eine halbe Stunde später kam er elegant gekleidet und frisch geduscht wieder, um sich von mir zu verabschieden. »Ich gehe aus«, sagte er leise.

»Grüß mir dein Flittchen. Und amüsiert euch gut«, sagte ich und setzte mich in den Kissen auf.

Er wollte etwas erwidern, doch der Funken Wut erlosch sogleich wieder und wich einem Ausdruck von resigniertem Unbehagen. »Ciao, gute Nacht.«

Kurze Zeit später hörte ich die Tür zufallen und legte mich wieder hin. Wie weit war es mit mir gekommen? War es möglich, daß ich es binnen weniger Monate geschafft hatte, einen leidenschaftlichen Ehemann in diesen feindseligen Fremden zu verwandeln, der sich nur danach sehnte, wegzukommen? Ich fühlte mich wie ein Wissenschaftler, der mit einemmal die zerstörerische Macht des Werkzeugs begreift, an dem er gearbeitet hatte. Entsetzt und ungläubig blickte ich auf die Scherben, die mich umgaben.

Jubelgeschrei, Autohupen, Feuerwerksexplosionen: Es hatte Mitternacht geschlagen. Von einer immer größer werdenden Angst gepackt, stand ich auf, um ein Beruhigungsmittel zu nehmen. Dann setzte ich mich ins Wohnzimmer und schaltete den Fernseher ein. Auch auf dem kleinen Bildschirm lief eine große Party: Vor der Kulisse eines Nachtlokals stieß man zu den Klängen einer entfesselten Band aufs neue Jahr an. Küsse, Umarmungen, wichtige Persönlichkeiten, die mit ihren Sektkelchen den Kameras zuprosteten und die üblichen Wünsche aussprachen.

Ich dachte an Marco und Giulia, die sich in ebendiesem Augenblick auf irgendeinem Fest umarmten und auf ihre gemeinsame Zukunft anstießen. Was hatte ich getan? *Wieso?* Ich sprang auf, unfähig, länger sitzen zu bleiben.

Ich erinnere mich, daß ich in die Küche ging und noch eine Tablette schluckte. Meine Kehle war trocken. Als ich den Kühlschrank aufmachte, um kaltes Wasser zu holen, sah ich eine Flasche Champagner. Wahrscheinlich hatte Marco sie gekauft, damit wir uns, nachdem er einen Abend mit seiner armen Ehefrau verbracht haben würde, zuprosten könnten ... Von Wut gepackt, entkorkte ich die Flasche mit zitternden Händen. Ich hob das Wasserglas und trank. Gutes neues Jahr, Laura. Und dann trank ich weiter. Schließlich ging ich zu Bett. Als ich aufwachte, war es zehn Uhr morgens und Marco noch nicht wieder da.

Ich entdeckte, daß drei Fingerbreit Whisky – gerade einmal drei Fingerbreit – anstelle von Wasser bei der Tabletteneinnahme deren Wirkung auf angenehme Weise veränderten. Zu der künstlichen Ruhe, die weder Angst noch sonstige Gefühle beinhaltete, gesellte sich das *physische* Bewußtsein eines Wohlgefühls.

Die Tage erschienen mir erträglicher, und von Zeit zu Zeit empfand ich sogar einen Funken Lebensfreude, so etwas wie vage Erregung, unbestimmte Erwartung, einen plötzlichen Freudenschauer, der mich schwach werden ließ.

Gerade die Erkenntnis um diese angenehmen Gefühle hinderte mich daran, mit der Wirklichkeit Kontakt aufzunehmen und die Schwelle der Kontrolle zu übertreten: Wohl wissend, daß die Mischung aus Alkohol und Beruhigungsmitteln tödlich sein konnte, achtete ich darauf, mit der Dosis nicht zu übertreiben.

Manchmal ersetzte ich die drei Fingerbreit Whisky durch zwei Gläser Weißwein. Ich kaufte Flaschen und versteckte sie in meinem Schrank hinter den Kleidern: Es war der einzige Ort, an dem Marco sie nie suchen würde.

Plötzlich hörte ich auf, ihn zu beschimpfen und anzugreifen: Konzentriert auf mich selbst und in einen leichten Rauschzustand vertieft, sah ich mit einer sonderbaren Mischung aus Vertrautheit und Gleichgültigkeit, wie er sich zurechtmachte, ausging, wiederkam, aß, telefonierte. Es war, als betrachtete ich ein Bild oder eine Nippesfigur.

Irgendwann begann ich wieder zu reden, doch an diese Zeit erinnere ich mich nur sehr undeutlich. Mit Sicherheit empfing ich Anrufe und Besuche von Verwandten, ich habe jedoch keinerlei Erinnerung daran. Ich weiß nur, daß die Beziehung zu Marco besser wurde, und als wir wieder anfingen, miteinander zu reden, empfand ich eine Aufregung, die ich nicht mehr gewöhnt war, so daß ich die Pillendosis erhöhte.

Manchmal – dies ist eine weitere meiner wenigen Erinnerungen – spürte ich Marcos neugierigen und verblüfften Blick auf mir ruhen: Unter irgendeinem Vorwand ging ich in mein Zimmer, holte den Whisky heraus und trank einige Schlucke direkt aus der Flasche. Dieser Blick verursachte mir ein Gefühl von lästigem Unbehagen.

Später, beim Aufräumen einer Schublade, sollte ich ein Polaroidbild mit dem Datum 25. Januar 1995 finden. Ich bin darauf zu sehen, wie ich im Garten vor dem »Häuschen am Ende der Welt« Schnee schippe, mit lachendem Gesicht, das halb von einer rosa Wollmütze verdeckt ist.

Mit wem war ich nach Selvino gefahren? Hatte Marco dieses Foto gemacht? Eines scheint mir gewiß: In den ersten Wochen des Jahres muß mich jemand dazu bewegt haben, mich zu regen, und mein Verhalten hatte den Anschein von Normalität. Ich nahm den Spaten in die Hand, schützte mich vor der Kälte, lächelte in die Kamera.

Das schwarze Loch in meinem Gedächtnis löst sich am Spätnachmittag des 12. März auf, zusammen mit der Wirkung des letzten Beruhigungsmittels.

Ich widerstehe der Versuchung, noch eines zu nehmen: An jenem Abend hat Nonna Josette ein Essen organisiert, um Marcos Geburtstag zu feiern, und ich will nicht den geringsten Anlaß geben, zum Störenfried oder zum Gegenstand mitleidsvoller Zuvorkommenheit zu werden.

Ich lasse die Badewanne vollaufen und bleibe lange ins Wasser eingetaucht liegen. Ich fühle, wie sich die schmerzenden und wie Saiten angespannten Nackenmuskeln lockern. Ich hülle mich in meinen Bademantel, trockne mich ab, föne mir das Haar, schminke mich und beiße die Zähne zusammen, um nicht loszulaufen und einen Schluck zu trinken. Als ich den Schrank öffne, um ein Kleid herauszunehmen, sehe ich die Flasche. Ich wende meinen Blick ab und richte ihn auf die Kleiderbügel. Ich entscheide mich für eine kurze, goldfarbene Stricktunika mit langem Arm und Rollkragen, da sie mir ein Gefühl von Wärme gibt. Ich friere, und meine Arme schmerzen. Ich ziehe die Tunika an und betrachte mich im Spiegel. Wie viele Kilo habe ich abgenommen?

»Alles in Ordnung?« fragte Marco mich, als wir im Auto saßen.

»Ja, danke.«

»Du siehst toll aus.«

Sollte ich mich noch mal bedanken? Ich deutete ein Lächeln an und schnallte mich an.

»Deine Haare sind ganz schön gewachsen. Das steht dir besser«, bemerkte er, während er den Motor anließ. Wie lange sah er mich schon an, ohne mich wahrzunehmen?

»Ich habe mich nur ein wenig geschminkt.« *Wenn du noch einmal sagst, daß ich gut aussehe, bringe ich dich um*, fügte ich in Gedanken hinzu. Zu seinem Glück beschränkte er sich darauf, zu nicken.

Ich lehnte den Kopf gegen den Sitz und schloß die Augen, um jeden weiteren Versuch einer Unterhaltung zu unterbinden. Ohne die Pillen spürte ich, wie sich die vertraute Aggressivität in mir regte.

»Wir bleiben nicht lange, Laura. Nach dem Essen verabschieden wir uns und …«

Ich öffnete die Augen. »Wir werden zusammen mit den anderen gehen.«

»Entschuldige, ich meinte das wegen dir.«

»Ich muß mich entschuldigen. Ich bin ein wenig nervös.«

»Es ist doch nur eine Familienfeier, Laura!«

Ich verzichtete darauf, zu antworten, daß Nonna Josette auch meinen Vater und Marina eingeladen hatte: Ich hätte ihm erklären müssen, daß sein Fremdgehen mir deren Fremdgehen ins Gedächtnis zurückgebracht und dabei die ganze frühere Feindseligkeit geweckt hatte. An diesem Abend würde ich mich dennoch zwingen, sie zu verbergen. Warum zum Teufel hatte ich mir in den Kopf gesetzt, kein Beruhigungsmittel zu nehmen? Alles wäre soviel leichter.

Kurz darauf, als wir uns zu Tisch setzten, erfuhr ich, daß das Schlimmste noch kommen sollte: Josette hatte auch Pierpaolo Mugnani eingeladen. »Seine Frau ist krank, und er kommt etwas später«, verkündete sie mit heiter unbekümmerter Stimme.

Pierpaolo Mugnani. Giulias Kuppler. Ich entschuldigte mich und lief ins Bad. Ich muß etwas trinken, ich halte das nicht aus, ich gehe sofort, dachte ich mit feuerrotem Gesicht.

Leise klopfte es an der Tür. »Kann ich hereinkommen, Laura?« Es war Nonna Josette.

Ich atmete tief durch und bemühte mich, meine Selbstkontrolle wiederzuerlangen: Ich wollte nicht zeigen, wie gedemütigt und verletzt ich mich fühlte.

»Es ist offen«, sagte ich und tat, als würde ich mich im Spiegel betrachten.

Sie trat hinter mich, und ich drehte mich zu ihr um. »Ich komme sofort.«

»Laß dir Zeit … Dieses Kleid steht dir ausgezeichnet. Und du bist toll in Form.«

»Das hat Marco auch zu mir gesagt.«

»Und auch sein Freund Mugnani wird sich davon überzeugen.« Sie warf mir einen sonderbaren Blick zu. »Ich dachte, es sei an der Zeit, daß er dich kennenlernt.«

»Um ihm zu zeigen, daß ich jünger und hübscher als Giulia bin?« gab ich verbittert zurück.

»Um ihn daran zu erinnern, daß sein Freund Marco eine bezaubernde Frau hat«, lächelte Josette. Doch ihre Stimme war ernst.

»Unsere Ehe ist am Ende. Diese zähe Dame hat gewonnen.«

»Nur eine Schlacht, Laura.«

Nonna Josette wußte also von Marco und Giulia. »Ich bin zu müde, um zu kämpfen«, flüsterte ich und senkte den Blick.

»Wovon müde? Ich habe das Gefühl, daß du dich bisher lediglich darauf beschränkt hast, zuzusehen. Nur Mut, geh an den Tisch zurück und fange an zu kämpfen.«

Während wir auf Mugnanis Kommen warteten, begann ich zu trinken, wobei ich das Glas mit der verstohlenen Geschicklichkeit, die Alkoholikern eigen ist, immer wieder füllte. Ich fühlte, wie sich meine Panik langsam verflüchtigte und kühler Bestimmtheit wich: Um nichts auf der Welt würde ich dem Freund meines Mannes den Anblick einer armseligen, gedemütigten Ehefrau bieten.

Er kam, als das Essen schon fast vorbei war. Ich war mit Josette in die Küche gegangen, um die Käseplatte und noch zwei Flaschen Wein zu holen: Als wir wieder ins Zimmer kamen, hatten sich alle anderen schon begrüßt.

»Ich bin Laura«, sagte ich, während ich auf einen großgewachsenen und blonden jungen Mann zuging und ihm die Hand entgegenstreckte. Der leicht verunsicherte Gesichtsausdruck, mit dem er mir seinerseits die Hand reichte, elektrisierte und ermutigte mich. *Giulias Kuppler hat ein schlechtes Gewissen*, dachte ich, während ich in schelmisch-vertraulichem Ton hinzufügte: »Setz dich zu mir, wir haben drei Jahre nachzuholen!«.

Du bist betrunken, beruhige dich, nur nicht übertreiben. Zum Teufel, gab ich mir selbst zur Antwort, ich habe doch lediglich Oberwasser.

»Es ist wirklich unerklärlich, daß wir uns erst jetzt kennenlernen.« Pierpaolo lachte, sichtlich erleichtert, und rückte seinen Stuhl neben meinen.

Auch ich lachte. »Gar nicht so unerklärlich: Wenn alle Freunde von Marco so attraktiv sind wie du, dann kann ich bestens verstehen, warum er sie von mir fernhält.« Ich unterstrich dieses *attraktiv* mit einem Zwinkern unschuldiger Bewunderung.

»Bei einer Ehefrau wie dir wäre ich auch eifersüchtig!«

Einen Augenblick lang genoß ich still den bewundernden Blick, den Pierpaolo mir zuwarf. Dann sagte ich scherzhaft: »*Eifersüchtig*?« Marco? Wir sind doch inzwischen ein altes Paar ohne Leidenschaft und Spannung«. Ich streckte meine Hand nach dem Glas aus. Es war leer, doch Pierpaolo füllte es sofort nach. Und dann füllte er auch seines.

»Hast du Valerio heute gesehen?« Es war Marcos Stimme. Valerio war der Beauftragte für Handelsfragen bei Mugnani.

»Ja, die Papiere bringt dir morgen ...« Er unterbrach sich plötzlich.

Giulia vorbei. Beendete ich den Satz für mich. Ich schaute Marco in die Augen und freute mich, als ich sah, wie er den Blick sofort verlegen senkte.

Pierpaolo schenkte sich noch ein Glas Wein ein und hob es. »Aber warum heute abend von der Arbeit reden? Stoßen wir doch lieber auf deinen Geburtstag an!«

»Wenn ihr mit dem Käse fertig seid«, griff Josette das Stichwort auf, »dann können wir zur Torte übergehen.«

Marco blies die Kerzen aus, Nonno Francesco entkorkte den Champagner, Marina schnitt die Torte an ... Dann gingen wir zur Sitzecke hinüber. Obwohl ich viel getrunken hatte, wußte ich, was ich tat, und war bester Laune. Und das war ausschlaggebend für die fröhliche Atmosphäre, die sich einstellte: Nachdem die Sorge um mich verflogen war, schienen alle erleichtert. Während ich scherzte und redete, spürte ich, wie Josette mich anerkennend, mein Vater glücklich und Marco angenehm überrascht anblickten.

Gut, weiter so, trink noch ein Schlückchen, bevor du nachläßt, befahl ich mir selbst. Fast als würde Pierpaolo meine Gedanken lesen, nahm er eine Whiskyflasche und setzte sich mit zwei Gläsern auf den Teppich zu meinen Füßen. Auch er trank viel.

Dieser Mann gefällt mir wirklich, dachte ich begeistert. Ich lachte über die Witze von Marcos Onkel, darüber, wie Josette einen alten jüdischen Antiquitätenhändler nachahmte und wie Pierpaolo von seiner ersten tragikkomischen Motorradtour mit Marco erzählte.

Während er redete, hielt er einen Arm vertraulich auf meine Knie gestützt, und dieser Körperkontakt verwirrte mich auf angenehme Weise. Ich spürte, daß auch er sich von mir angezogen fühlte. Ich hielt ihm mein Glas hin, damit er es nachfüllte, und gab meinerseits meine erste Begegnung mit Marco in dem Nürnberger Restaurant zum besten, wobei ich auf witzige Weise seine anmaßenden und unaufhaltsamen Annäherungsversuche hervorhob.

Alle bis auf Marco lachten. »Trinkst du nicht etwas zuviel, Laura?« fragte er mit zusammengekniffenen Augen.

Pierpaolo verhöhnte ihn mit lauter und fröhlicher Stimme: »*Zuviel*? War nicht dein eigenes Motto immer, *es ist niemals zuviel*?«.

Wir verließen das Haus der Großeltern um ein Uhr nachts,

Pierpaolo und ich eng umschlungen und betrunken. Marco wartete an der geöffneten Autotür auf uns.

»Hey, mein Freund«, lachte Pierpaolo, »du wirst doch jetzt nicht ins Bett wollen! Der Abend ist noch jung, und Laura und ich haben drei Jahre nachzuholen.«

»Du hast auch eine kranke Frau, die zu Hause auf dich wartet.«

»Du bist unfair! Das ist ein Tiefschlag«, griff Pierpaolo ihn grinsend an. Seine Arme hielten weiterhin meine Taille umschlungen.

Ich erinnere mich, daß wir Marco zwangen, uns in eine nahe gelegene Pianobar zu bringen. Pierpaolo und ich fingen an zu tanzen, und Marco begann zu trinken, während er uns finstere und immer leerere Blicke zuwarf. Auch er war dabei, sich zu betrinken, vorsätzlich und freudlos, und seine Eifersucht empfand ich als ebenso angenehm wie Pierpaolos Arme, die sich um meine Schultern gelegt hatten. Von da an, bis zu unserer Rückkehr nach Hause, verliert sich meine Erinnerung.

Marco schließt die Tür auf, und die Pendeluhr empfängt uns mir vier Schlägen. Mit tänzelnden Schritten gehe ich ins Bad, ziehe mich aus, verstreue alle Kleidungsstücke auf dem Boden und gehe nackt in Richtung Schlafzimmer. *Du hast dich vertan, du schläfst nicht mehr hier, das ist Marcos Platz.*

Was macht das schon. Ich schlüpfe in die Laken, kauere mich zusammen, schlinge meine Arme um die Knie und stelle erstaunt fest, daß ich nicht so betrunken bin, wie ich dachte. *Mein Gott, willst du etwa noch mehr trinken*? Ich möchte nur nicht diese Traurigkeit spüren, gebe ich mir zur Antwort.

Eine Hand reißt plötzlich die Laken hoch und deckt mein Gesicht auf. »Ich habe mich noch nie so unwohl gefühlt wie heute abend.«

Ich richte mich in den Kissen auf. »Seltsam, solche Situationen dürften dir nicht ...«

»Ich wage nicht einmal daran zu denken, welche Meinung sich mein bester Freund von meiner Frau gemacht hat!«

»Eine ausgezeichnete.« Ich lache.

»Er ist ein verheirateter Mann, Laura!«

»Du auch«, erwidere ich gelassen. »Und ich glaube nicht, daß für dich die Ehe ein Hindernis darstellt.«

»Ein *Hindernis?* Wobei?«

»Wenn du dich selbst meinst, dann kennst du die Antwort.«

»Ich meine *dich*. Was hast du dir in den Kopf gesetzt? Was willst du erreichen?«

»Ich setze mir keine Grenzen.«

»Genau. Ab und zu vergesse ich das Chaos, aus dem ich dich herausgeholt habe.« Er ist rasend vor Wut.

Ich setze mich aufrecht hin. »Ich stecke noch mittendrin. Was hindert dich eigentlich daran, dich aus dem Staub zu machen?«

»Du bist betrunken, Laura.«

»Nicht mehr *krank* oder *verrückt*?«

Er sieht mich schweigend an, dann senkt er den Blick. »Wir sollten lieber schlafen.«

Ich will aus dem Bett steigen. »Ich gehe besser in mein Zimmer schlafen.«

Zwei Hände packen mich wie Klauen und werfen mich nieder. »Du bleibst hier! Du bist meine Frau, und …«

»Willst du mich vergewaltigen?« provoziere ich ihn.

Er antwortet nicht. Sein Körper liegt plötzlich auf meinem, und seine Arme lassen mir keinen Spielraum, während er mit stiller Wut in mich eindringt. Seine Bewegungen und seine Stöße sind erbarmungslos drängend.

Ich höre auf, mich zu winden, bliebe still liegen und lasse diesen Überfall mit weit aufgerissenen Augen über mich ergehen. Der Griff lockert sich, Marcos Hände tasten meinen Körper ab.

Er hält kurz inne und blickt mich an. »Oh, Laura«, wimmert er, »was ist nur mit uns geschehen?« Seine Lippen suchen nach meinen, und ich spüre sein tränennasses Gesicht. Ich klammere mich an seine Schultern und drücke mich an ihn. Mein Körper hat seinen wiedererkannt und begehrt ihn. Ich halte den Atem an und spüre, wie sich ein schwaches Beben in mir ausbreitet und immer und immer stärker wird …

IX

Nach jener Nacht hätten wir unseren Enttäuschungen freien Lauf lassen, die Mißverständnisse aufklären, Ängste aussprechen, uns unsere Fehler vorwerfen sollen. Indem wir uns angeschrien und beschimpft hätten, wären wir aus dieser zehn Monate dauernden Hölle aufgetaucht, von jeglichem Groll befreit und erpicht darauf, uns endlich der Freude hinzugeben. Unsere Leidenschaft wäre gestärkt daraus hervorgegangen, wie es allen ergeht, die sich lieben, nachdem sie das Ausmaß des eingegangenen Risikos begriffen haben.

Doch die Angst, das kurze Glück jener Nacht aufs Spiel zu setzen, führte dazu, daß wir das, was uns getrennt hatte, einfach begruben. Ich schlief wieder in unserem Zimmer, und wir lebten weiter, als wäre nichts geschehen. Eine Woche später kam Marco mit zwei Flugtickets für die Malediven nach Hause. »Wir müssen unseren dritten Hochzeitstag feiern«, sagte er.

Wenn ich mich an jene Tage zurückerinnere, zieht sich mir das Herz zusammen, denn in diesem Urlaub akzeptierten wir stillschweigend und resigniert unsere oberflächliche Beziehung ohne Höhen und Tiefen.

Wir waren nicht mehr daran gewöhnt, allein zu sein, zu reden und uns zu lieben. Und als wir es wieder tun wollten, wurden wir von Unbehagen gelähmt und von Wehmut übermannt. Um unsere Leidenschaft wiederzufinden, hätten wir die Hölle, in der wir sie begraben hatten, aufdecken müssen, doch wir waren viel zu sehr vom Schmerz gezeichnet, um uns ihr noch einmal zu stellen. Und so gaben wir uns mit dem kleinen Trost zufrieden, wieder zusammenzusein. Wir wirkten wie ein altes Paar in Ferien, das sich beim Reden auf das Wesentliche beschränkt, wie die, die einander schon alles gesagt haben: Hast du Hunger? Soll ich dir etwas zu trinken holen? Wollen wir schwimmen gehen? Dieser Fisch schmeckt ausgezeichnet, es ist wunderschön hier, schlaf gut, mein Schatz.

Ausgestreckt an einem Bilderbuchstrand, der von Palmen gesäumt war und vom smaragdfarbenen Meer umspült wurde, lasen wir Zeitung und sonnten uns schweigend. Ab und zu hätte ich ihn gern angeschrien: Öffne deine Augen, erzähl mir von Giulia, sag mir, ob du sie verlassen hast, sag mir, was du für mich empfindest, sag mir noch einmal, daß du mich willst und daß wir auch ohne Sebaldo glücklich werden können … Die Unsicherheit und die Zweifel stiegen in einer Woge immer größer werdender Angst auf und schnürten mir wie ein Knoten den Magen zu. Ich konnte mich nicht überwinden zu reden, und Marcos bedachtsame Worte, seine gezwungene Heiterkeit und sein selbstvergessener Blick machten mir klar, daß auch er von dem gleichen Gefühl der Ohnmacht überwältigt war.

Mit jenem Urlaub hatten wir einen letzten Versuch unternommen, wirklich wieder zusammenzukommen, doch wir waren gescheitert. Die Rückkehr nach Hause war für beide eine so große Erleichterung, daß uns der kleine Sieg, den wir errungen hatten, mehr als zufriedenstellend erschien: unsere Ehe überleben zu lassen.

Noch oft sollte ich später die acht Monate, die dann folgten, rekonstruieren und analysieren, Monate, die mich ahnungslos zu der erschütternden Entdeckung brachten, daß unsere Ehe tot war. Heute ist mir alles klar. Was uns trennte, war unsere grundlegende Verschiedenheit.

Marco hatte auf dem Wege von der Kindheit zum Erwachsenenalter sein Selbstwertgefühl und den ihm angeborenen Optimismus gestärkt. Das phantasievolle und über alles geliebte Kind, das sich selbst Geschichten erzählte, war zu einem faszinierenden Dreißigjährigen geworden, der zutiefst davon überzeugt war, daß das Leben eine Art Spaziergang ist, durch heitere Geschehnisse hindurch und an Dingen vorbei, die man mitnehmen kann. Er kannte weder die Mühsal, etwas zu erobern, noch den Schmerz, etwas zu verlieren: Sogar das gewöhnliche Problem, eine Arbeit zu finden, war ihm erspart geblieben. Bevor er mich geheiratet hatte, waren die einzigen Sorgen, die er kennengelernt hatte, jene künstlichen und angenehmen in seiner Beziehung mit Giulia.

Die Geduld und die Ausdauer, mit der er unsere erste furchtbare Krise anging, war nichts anderes als die Unfähigkeit zu akzeptieren, daß das Schönste in seinem Leben, unsere Liebe, ihm ungestraft entzogen wurde. Die Beziehung zu Giulia war eine trostspendende Flucht, nach der er die Kraft wiederfand, weiterzukämpfen.

Nachdem die Leidenschaft in jener Märznacht wiedererwacht war, hatte er aufrichtig geglaubt, daß zwischen uns wieder alles wie früher sei. Von dem traurigen Urlaub auf den Malediven kehrte er jedoch in dem Bewußtsein zurück, daß wir gescheitert waren. Seine angeborene Fähigkeit, das Glück im Nu zu erkennen, war ebenso stark ausgeprägt wie die, die Zeichen für sein Ende zu deuten.

Für mich galt das leider nicht. Die Begegnung mit Marco in Nürnberg war meine erste, zufällige Begegnung mit einer glücklichen Wirklichkeit gewesen. Und als die unglückliche

Vergangenheit wiederaufgetaucht war, um mir die Rechnung zu präsentieren, indem sie mich damit konfrontierte, keine Kinder bekommen zu können, war ich nach und nach wehrlos wieder in die vertraute Hölle gerutscht.

Die neuerwachte Leidenschaft war eine zweite, ebenso zufällige Chance, den Abhang wieder hinaufzuklettern. Als wir von den Malediven zurückkamen, wurde mir klar, daß unsere Ehe nie mehr den Zauber der ersten Jahre wiedererlangen würde, doch frustriert und enttäuscht, beschloß ich, daß ich alles tun würde, um sie am Leben zu erhalten. Ich hörte auf zu trinken. Nach wenigen Wochen schluckte ich auch keine Beruhigungsmittel und Schlaftabletten mehr.

Langsam nahmen wir das Leben aller Paare auf: Wir gingen ins Kino, ins Restaurant, zum Einkaufen in den Supermarkt; sonntags aßen wir bei den Großeltern oder bei meinem Vater; Pierpaolo Mugnani stellte mir seine Frau Terry vor, und unsere Isolierung bekam den Anschein von sozialer Eingliederung.

In jenem Sommer brachen wir zu viert zu der berühmten Reise in die Bretagne auf, die immer wieder verschoben worden war, und die Gegenwart unserer Freunde bewahrte uns vor Unbehagen und Schweigen.

Anders als Marco, der dafür geschaffen war, das Maximum zu erkennen und zu erreichen, paßte ich mich heiter unserer Routine an und hielt sie für das größtmögliche Glück.

Und so bemerkte ich weder Marcos wachsende Ruhelosigkeit noch den Graben, der sich zwischen uns auftat. Erst am 31. Dezember, dem letzten Tag in jenem Jahr, fand ich mich plötzlich vor dem Abgrund wieder.

Seit zwei Wochen waren wir schweigend übereingekommen, für Silvester die Einladung von Terry und Pierpaolo anzunehmen, die bei sich zu Hause eine Party geben wollten, doch um sechs Uhr nachmittags kam Marco nach Hause und sagte, er würde lieber zu den Großeltern gehen. Er erklärte, daß er einen schweren Tag hinter sich hätte und ihm nicht nach Menschenmenge und Lärm zumute sei. Viel angenehmer wäre ein ruhiger Abend im Familienkreis.

»Tut es dir sehr leid, Laura?« fragte er.

Ich bemerkte, daß sein Gesicht müde und angespannt war. »Überhaupt nicht«, beeilte ich mich zu versichern.

»Während du dich fertigmachst, gehe ich ins Wohnzimmer und sehe noch ein wenig fern.«

Es war halb acht, als das Telefon klingelte. Einmal, zweimal, dreimal ... Ich erinnere mich, daß ich gerade dabei war, mir das rote Kleid anzuziehen, das Nonna Josette mir geschenkt hatte, und daß ich auf dem Weg zum Telefon innerlich fluchte, weil Marco sich nicht entschließen konnte, dranzugehen. Ich hob den Hörer mit der freien Hand ab und erkannte sofort Giulias Stimme. *Leg sofort auf*, befahl ich mir. Doch ich hörte weiter zu.

»Also, Marco, kommst du wirklich nicht zu den Mugnanis?« Trocken, ungeduldig.

»Ich bin weder Masochist noch Sadist.«

»Du bist nur ein Feigling. Heute abend hättest du die wunderbare Gelegenheit, deiner Frau kurz und schmerzlos die Augen zu öffnen, aber du ziehst die Flucht vor.«

»So siehst du das also? Ich wollte nur eine Situation vermeiden, die peinlich und unangenehm für alle wäre. Die ahnungslosen Gäste eingeschlossen.«

»Und *unsere* Situation, wie findest du die? Lustig? Oder angenehm?«

»Wir brauchen Zeit, das ist alles. Jedenfalls ist das nicht der richtige Augenblick, um darüber zu reden.«

»Und wenn sich die Verzögerung nicht als falscher Alarm herausgestellt hätte? Wenn ich nun tatsächlich schwanger wäre?«

»Zum Glück bist du es nicht, und ich sehe keinen Anlaß, übereilt zu handeln.«

»Sechs Monate heimlicher Treffen und Überlegungen kommen mir nicht gerade *übereilt* vor.«

»Nein, aber auf lange Sicht gesehen sind es nur sechs Monate.«

»Wohin bringt uns diese Ansicht, Marco?«

»Zu unserer Zukunft, zum Beispiel.«

»Wenn es so weitergeht, werden wir sie noch mit sechzig aus der Ferne betrachten. Ich will eine Familie, Kinder haben. Und ich habe die Nase voll von deinen ...«

Ich legte den Hörer langsam ab. Ich schlüpfte mit dem Arm in den baumelnden Ärmel des roten Kleides, nahm meine Tasche und einen Mantel aus dem Schrank und ging aus dem Haus. Als ich die Tür schloß, hörte ich, wie Marco gereizt etwas erwiderte. Ich erinnere mich, daß ich loslief, ohne zu wissen, wohin. Ich empfand weder Schmerz noch Demütigung, noch Wut. Ich war vor Erstaunen erstarrt.

Ich dachte an das, was ich soeben gehört hatte, mit einer Ungläubigkeit, die nichts anderes zuließ als den Wunsch, es zu begreifen. Marco und Giulia hatten ihre Beziehung vor sechs Monaten wiederaufgenommen. Im August, als wir zusammen mit den Mugnanis in die Bretagne gefahren waren, waren sie schon zusammen. Vor einigen Tagen oder Wochen hatte Giulia geglaubt, schwanger zu sein.

Und wohin hatte ich geschaut, während mein Mann sich, immer unruhiger, schuldiger und verängstigter, von mir losgelöst fühlte? In all den Monaten hatten wir im gleichen Bett geschlafen. Wie war es möglich, daß ich nichts gemerkt hatte?

Er hatte seine Beziehung zu Giulia wiederaufgenommen und mich weiter umarmt und mir gesagt, daß er mich liebt. Dieser Gedanke brachte mich mit einem Schlag in die Wirklichkeit zurück. Ich stand zitternd vor Wut und Kälte in einer

Straße, die ich nicht kannte. Wie lange war ich gelaufen? Wohin ging ich? *Weg von Marco. Für immer*, gab ich mir zur Antwort.

Ich sah hoch und erblickte einen festlich strahlenden Schriftzug: Frohe Festtage. Und das Schild eines Cafés. Ich ging hinein und rief ein Taxi.

Ich ließ mich zum Haus von Marina und meinem Vater bringen: Es war der einzige Ort, wo ich hingehen konnte, und ich hoffte, daß sie noch nicht ausgegangen waren, um Silvester zu feiern.

Der Fahrer hielt genau in dem Augenblick vor dem Eingang, als sie weggingen. Ich zahlte schnell und holte sie ein. »Könnt ihr mich einige Tage bei euch wohnen lassen?« fragte ich hastig, ohne sie auch nur zu grüßen.

»Natürlich.« Sie sagten es gleichzeitig, mit dem gleichen verwunderten Ausdruck, doch mein Vater fügte als erster hinzu: »Ist etwas passiert, Laura?«

»Ich habe gerade Marco verlassen.«

Marina legte ihren Arm um mich und führte mich zum Hauseingang. »Laß uns reingehen, dann erzählst du uns alles in Ruhe.«

Kurz darauf saß ich auf dem Sofa zwischen ihnen und sagte mit fester Stimme: »Es gibt nichts zu erklären. Ich habe heute abend entdeckt, daß Marco die Beziehung zu Giulia wiederaufgenommen hat und nur nach dem nötigen Mut sucht, es mir zu sagen, um dann mit ihr zu leben«.

»Bist du dessen ganz sicher?«

Ich erzählte von dem Anruf, den ich mitgehört hatte, ohne ein Detail auszulassen, Giulias befürchtete Schwangerschaft eingeschlossen. »Befürchtet ist der falsche Ausdruck«, präzisierte ich sarkastisch, »wenn man berücksichtigt, daß sie es sehr eilig hat, eine vielköpfige Familie zu gründen.«

Marina sah mich einige Augenblicke lang gedankenversunken an. »Und Marco? So wie du das gerade geschildert hast, sieht es nicht so aus, als hätte er es ebenso eilig.«

»Du irrst dich! Er ist nur ein Feigling, der nicht weiß, wie er das Problem angehen soll.«

Mein Vater lächelte. »Wenn bei dir zu bleiben ein *Problem* wäre, hätte er es sicher eilig, es zu lösen.«

»Du kennst dich ja mit Fremdgehen und Verlassen bestens aus, oder?« griff ich ihn an und freute mich, als ich sah, wie das Lächeln verschwand und sein Gesicht sich verfinsterte.

Marina ergriff meine Hand. »Wir sprechen hier nicht über deinen Vater, sondern über Marco«, sagte sie sanft. »Und ich bin auch der Meinung, daß es einfach ist zu gehen, wenn keine Liebe mehr da ist.«

»Willst du etwa damit sagen, daß Marco noch in mich verliebt ist?« rief ich aus.

»Er hängt sicher noch an dir.«

»Mir war bisher nicht klar, daß ich einen Sultan mit einem Hang zum Harem geheiratet habe.«

Marina seufzte. »Es gibt noch ganz andere Dinge, reale, die dir nicht aufgefallen sind.«

»Genau. Und das größte war Giulia: Sechs Monate hat er in unserem Bett geschlafen und hat nicht …«

Mein Vater fiel mir ins Wort: »Eine andere zu haben heißt nicht zwingend, seine eigene Frau nicht mehr zu lieben.«

»Bei dir war es sicher nicht so«, stieß ich hervor.

»Jetzt reicht's!« erhob Marina ihre Stimme. »Alte Wunden aufzureißen bringt gar nichts, außer noch mehr Leid zu schaffen. Du bist nicht deine Mutter, und Marco ist nicht dein Vater: Wenn du diese Wahrheit nicht akzeptierst, ist deine Ehe tatsächlich zum Scheitern verurteilt.«

»Sie ist bereits gescheitert«, sagte ich, von Marinas Scharfsinn überrascht. Wann hatte sie den Kern all meiner Probleme erkannt? *Und woher willst du das wissen*? mahnte mich die Stimme. *Es ist das erste Mal, daß du so offen mit der »Nutte« redest.*

»Entschuldige«, flüsterte ich.

Marina schüttelte den Kopf. »Ist nicht wichtig. Wichtig ist, daß du die Situation prüfst, ohne schwarzzusehen und ohne voreilige Schlüsse zu ziehen. Hörst du mir mal zu, ohne mich zu unterbrechen? Wenn ein Mann jede Ausflucht nutzt und alle Vorkehrungen trifft, damit seine Frau nichts von seinem Verrat erfährt, dann ist er sich einfach nicht sicher, ob er sie verlassen will. Das meinte dein Vater: Marco hat eine Beziehung zu Giulia, doch er zögert und deckt sie nicht auf, weil er sich über sich selbst klarwerden muß. Mit anderen Worten, zumindest unbewußt hängt er noch an dir. Warum willst du an seiner Stelle entscheiden? Ihn jetzt zu verlassen bedeutet, ihn Giulia zu überlassen, auf Giulias Spielregeln einzugehen ...«

»Und was sollte ich sonst tun?«

»So tun, als hättest du das Gespräch nicht mit angehört, ihn sofort anrufen, um irgendwie zu erklären, warum du plötzlich weggegangen bist. Wenn du deinen Mann noch liebst, vergiß den Stolz und geh zu ihm zurück ... nicht, um passiv darauf zu warten, was geschieht, sondern um ihn dir zurückzuholen. Bis heute hatte Giulia leichtes Spiel, weil du nichts wußtest. Jetzt, da du die Wahrheit kennst, kannst du dich wehren, deine Waffen ziehen.«

Auch Josette hatte mich vor so langer Zeit aufgefordert zu kämpfen.

»Und wenn ich verliere?« fragte ich.

»Dann wirst du endlich gelernt haben zu kämpfen.« Es war mein Vater, der das sagte.

X

Weder mein Vater noch Marina begriffen den wahren Grund, warum ich ihren Ratschlag befolgte, denn ich hatte nicht die geringste Lust zu kämpfen. Marco von einem Tag auf den anderen zu verlassen hätte bedeutet, ihm den Grund dafür erklären zu müssen, mich einer erniedrigenden Klärung zu stellen, gezwungen zu sein, meine Fehler zur Kenntnis zu nehmen. Und nicht nur das: Ich hätte stehenden Fußes eine neue Wohnung suchen, sie einrichten und darin allein sein müssen, ohne die kleine, liebevolle Welt, die ich mir im Laufe der Jahre geschaffen hatte.

All das machte mir angst. Und es war keine irrationale oder instinktive Angst: Ich war mir meiner Zerbrechlichkeit und der Labilität meines so mühsam wiedergefundenen Gleichgewichtes absolut bewußt. Mir selbst überlassen, mit der Aussicht auf Tage ohne eine Menschenseele und ohne Termine, hätte ich wieder Zuflucht in Alkohol und Beruhigungsmitteln gesucht.

Später begriff ich, daß bei der Entscheidung, nach Hause zurückzukehren, auch das Unterbewußtsein eine Rolle gespielt hat: Trotz allem liebte ich meinen Mann immer noch. Auch wenn ich von Beginn an darauf verzichtete, gegen Giulia zu kämpfen, so trug ich doch einen Funken Hoffnung auf ein Wunder in mir: Marco würde ihrer vielleicht überdrüssig oder niemals den Mut finden, mich zu verlassen. In irgendeiner Weise hing er noch an mir, wie mein Vater und Marina doch behaupteten.

Vom ersten Augenblick an wußte ich, daß er mir die Erklärung für mein Fortlaufen nicht abnahm: Als er mich nach dem Telefongespräch mit Giulia nicht mehr antraf, begriff er sofort, was geschehen war. Hätte er wirklich mit ihr zusammenleben wollen, so wäre das der Augenblick gewesen, es zu gestehen. Er tat es jedoch nicht – ein eindeutiger Beweis dafür, daß er sich seiner Gefühle und dessen, was er wollte, nicht sicher war.

So dachte ich zumindest damals: Es war eine tröstliche Analyse der Situation, das Alibi, das meine Entscheidung zu schweigen veredelte, anstatt sie mir als ungebührlichen Kompromiß erscheinen zu lassen. Ich beging den Fehler, nicht tiefer zu analysieren, warum mein Mann seine Beziehung nicht beichtete. Giulia war sogar in der Aufregung eines Streits der Wahrheit viel näher gekommen als ich, indem sie sein Zögern als Feigheit bezeichnete: Marco hatte genau wie ich Angst, sein Leben umzukrempeln und die Folgen einer Trennung, die er als schmerzlich und schwierig empfand, auf sich zu nehmen. Sein »An-mir-Hängen« bedeutete gerade einmal Mitleid, Skrupel, Pflichtbewußtsein: Und bevor er sich offenbarte, wollte er sicher sein, ein neues Leben ohne diese quälende Bürde beginnen zu können.

Das Gefühl von frustrierter Liebe, das er inzwischen für mich empfand, war alles in allem ein kleines Hindernis im Vergleich zu denen, die ihm sein hedonistisches Naturell und seine instinktive Abneigung gegen Komplikationen und Schmerz in den Weg stellten. Auch er hoffte auf seine Weise auf ein Wunder: mich verlassen zu können, ohne zu leiden.

Wohl wissend, auf welch brutale Weise ich seine Beziehung zu Giulia entdeckt hatte, brachte er mich in der Erwartung nach Hause, ich würde ihn mit Wut, Mißgunst und Vorwürfen überhäufen: Da er meine ungestüme Art kannte, konnte er sich nicht vorstellen, daß ich anders reagieren würde. Im Grunde seines Herzens hoffte er sogar, daß ich es so bald wie möglich und auf die abscheulichste Weise tun möge, damit er das schlechte Gewissen loswerden und sich davon überzeugen könnte, daß es in einer so tief gesunkenen Beziehung nichts mehr zu retten gäbe.

Meine stille Selbstbeherrschung rief bei ihm zunächst Erstaunen, dann Unbehagen und Besorgnis hervor. Plötzlich verstand er mich nicht mehr, er wußte nicht, wie er sich benehmen sollte und was er von mir zu erwarten hatte.

Nach einigen Wochen hörte er jedoch auf, mich zu beäugen und wie ein Geist um mich herumzuschleichen. Wollte ich etwa lieber so tun, als wüßte ich von nichts? Das sollte mein Problem sein, nicht seines. Als er zu diesem befreienden Schluß gelangt war, nahm er seine Gewohnheiten wieder auf und zog die größten Vorteile daraus. Er hielt es nun nicht mehr für nötig, nach Entschuldigungen zu suchen, wenn er abends nicht zum Essen kam, oder einen Vorwand zu erfinden, ein Wochenende wegzubleiben: Er beschränkte sich darauf, es mir mitzuteilen, davon ausgehend, daß ich die Wahrheit kannte und die Tatsache, daß ich nicht reagierte, einem stillen Einverständnis für seine Treffen mit Giulia gleichkam.

Unsere Ehe, nunmehr jeglicher Intimität und Erwartung beraubt, hatte sich in einer Kompromißsituation stabilisiert, die uns Mühen und das Risiko eines Krachs, der uns in unseren Festen erschüttern würde, ersparte. Früher oder später würden wir die Rechnung mit Giulia jedoch begleichen müssen. Vor allem Marco: Ich konnte mir unschwer vorstellen, welchem Druck er seitens einer Frau ausgesetzt war, die immer verzweifelter würde. Ich kannte meinen Mann und konnte mir daher gut vorstellen, wie groß sein Unbehagen sein mußte.

Ich hätte mich zwischen sie stellen können, indem ich die selbstsichere und aufgeklärte Ehefrau spielte. Was mich davon abhielt, war jedoch nicht so sehr die tiefe Abneigung gegen gewisse Strategien, sondern vielmehr die Gewißheit, daß sie ohnehin scheitern würden. Giulia besaß eine treffsichere Waffe, um Marco an sich zu binden: ihm ein Kind zu schenken. Wann immer sie ihm nur sagen würde, sie sei schwanger, würde ich aus ihrem Leben verschwinden. Und es erstaunte mich, daß sie es vorzog, einen zermürbenden und unnützen

Krieg fortzuführen, statt ganz einfach diese Waffe einzusetzen.

Später, bei einem furchtbaren Streit, sollte mir Marco ins Gesicht schreien, daß zum Kindermachen zwei gehörten. Wer, glaubte ich, sei er? Ein unwissender Samenspender? Eine Zeugungsmaschine, die man auf Befehl benutzte? Zum damaligen Zeitpunkt kam mir dieser Zweifel nicht einmal: Ich sah in Giulia die Rivalin von solch einschüchternder und niederschmetternder Macht, daß sie den geringsten Verteidigungsversuch gleich im Keim erstickte.

Dennoch siegten Neugierde und Masochismus über jegliche Furcht, als sich die Gelegenheit ergab, sie persönlich kennenzulernen. Ich wollte mich selbst von ihrer Macht überzeugen, sie und Marco zusammen sehen, begreifen, dank welcher magischen Alchimie ihre Leidenschaft die Zeit und alle Wunden, die ihr zugefügt worden waren, überdauert hatte.

Es war an einem Abend Ende Juni. Marco kehrte von der Arbeit heim, kam in die Küche, um mich zu begrüßen, und ging ins Wohnzimmer fernsehen. Die Nachrichten bestimmten unser Abendessen, indem sie uns die Gelegenheit boten, ungezwungen zu schweigen oder aber das Schweigen mit Bemerkungen oder Gesprächen zu unterbrechen, die nichts Persönliches hatten. An jenem Abend wirkte Marco besonders schweigsam auf mich. Nach dem Essen räumte ich den Tisch ab, steckte die Teller in den Geschirrspüler und stellte die Kaffeemaschine auf den Gasherd.

Als ich mit dem Kaffee wieder ins Wohnzimmer kam, sah er sich eine Autowerbung an. »Nächste Woche gibt Mugnani senior ein Fest in seinem Haus«, sagte er ohne Umschweife.

»Aha. Was feiert er denn?«

»Seinen vierzigsten Hochzeitstag und den Börsengang seiner Gesellschaft. Er hat alle Direktoren und die wichtigsten Geschäftspartner eingeladen.«

»Dich also auch.«

Er nickte. »Mich und meine Ehefrau ... Wenn dir jedoch nicht danach ist hinzugehen, kann ich mir eine plausible Entschuldigung einfallen lassen.«

»Ich würde gern Terry und Pierpaolo wiedersehen. Natürlich nur, wenn dir danach ist, mich mitzunehmen.«

»Giulia wird auch dort sein.« Es war das erste Mal, daß er sie so deutlich erwähnte, wobei er eine Präsenz betonte, die über Mugnanis Fest hinausging.

Ich fühlte, wie mir das Blut in den Kopf schoß. »Na und?« fragte ich, selbst von meiner Reaktion überrascht. Seit Monaten lebte ich mit dem Wissen um Giulia.

Marco warf mir einen hastigen Blick zu. »Ich weiß, daß du sie nicht sehr sympathisch findest. Das ist alles.«

Er hatte den Stein geworfen und die Hand sofort wieder zurückgezogen. Anstatt sein und mein Unbehagen angesichts einer Begegnung mit seiner Geliebten hervorzuheben, hatte er es vorgezogen, alles auf meine launische Antipathie zu reduzieren. »Es wird mir die Gelegenheit geben, meine Meinung zu revidieren«, provozierte ich ihn.

»Ich habe dich gewarnt. Tu, was du für richtig hältst, Laura.«

Am nächsten Tag rief Terry Mugnani an. Ein einziges Mal, während unseres Urlaubs in der Bretagne, hatten wir uns über Giulia unterhalten: Terry hatte sich verpflichtet gefühlt klarzustellen, daß sie nie etwas unternommen hatte, um Giulias Treffen mit Marco zu begünstigen. Da sie aber die beste Freundin ihres Mannes und eine angesehene Mitarbeiterin in der Firma sei, bräuchte Giulia weder Einladungen noch Vorwände, um ihr Haus oder Pierpaolos Büro aufzusuchen, wann immer Marco da war.

Einigen verbitterten Andeutungen hatte ich entnommen, daß Terry wußte, daß die beiden ihre Beziehung wiederaufgenommen hatten: Unser Verhältnis war zwar freundschaftlich, doch niemals so eng oder intensiv geworden, um ganz vertraut miteinander umzugehen. Ich nahm an, daß es ihr leid für mich tat und daß sie verärgert darüber war, Giulia nicht vor die Tür setzen zu können. Ich spürte, daß sie als Ehefrau auf meiner Seite stand und froh gewesen wäre, es mir zu sagen, wenn ich das Thema nur offen angeschnitten hätte.

Das tat sie mit ihrem Anruf: »Ich habe gerade von Pierpaolo erfahren, daß du beabsichtigst, zu dem Fest meines Schwiegervaters zu kommen«, sagte sie geradeheraus. »Ich glaube wirklich nicht, daß das die richtige Entscheidung ist.«

»Spielst du auf Giulia an?«

»Ja. Warum willst du dich einem so peinlichen Abend aussetzen?«

»Die gleiche Frage könntest du ihr stellen«, wich ich aus.

»Giulia ist gefühllos! Und außerdem wird sie in ihrer vertrauten Umgebung sein, unter Leuten, die sie kennt und die von ihrer Beziehung zu Marco wissen.«

Ihre so hastig und klar ausgesprochenen Worte führten mir zum erstenmal das Ausmaß meines Niedergangs als betrogene, bemitleidete und ausgeschlossene Ehefrau vor Augen. Alle wußten Bescheid. Und alle, wahrscheinlich auch Terry, warteten darauf, daß ich über kurz oder lang die Bühne verlassen würde.

Bitterkeit stieg in mir hoch. »Ich werde zu der Feier kommen, Terry.«

»Darf man wissen, wieso?«

»Ich weiß es nicht. Jedenfalls habe ich nichts mehr zu verlieren.«

Ich wusch mir das Haar zu Hause. Ich vermied es, mich besonders sorgfältig zu schminken. Ich widerstand der Versuchung, ein kurzes geblümtes Kleid mit besticktem Leibchen im Stil einer jungen romantischen Ehefrau anzuziehen. Auch eine enganliegende, sexy Tunika hielt ich für unpassend. Ich wollte einen ganz natürlichen Eindruck machen, so daß niemand – und schon gar nicht Giulia – in mir eine Ehefrau sehen sollte, die danach trachtete, sich zu messen und Eindruck zu machen.

Ich ahnte nicht einmal, wie gut mein Plan aufgehen sollte. Bevor ich aus dem Haus ging, nahm ich zwei Beruhigungstabletten mit einem halben Glas Whisky: Seit Monaten hatte ich das nicht mehr getan, doch dies war ein besonderer Anlaß, und ohne eine kleine Hilfestellung, da war ich mir sicher, würde ich die Selbstbeherrschung nicht behalten können.

Als ich ins Auto stieg, dachte ich im stillen, daß auch Marco gut daran getan hätte, ein Schlückchen zu trinken: Er war sichtlich angespannt und unterdrückte alle meine Versuche, ein Gespräch in Gang zu bringen. Anstatt mich beleidigt zu fühlen, verspürte ich beinahe mütterliches Mitgefühl für ihn: der Ärmste, es tat mir leid, ihn so zu sehen, warum konnte er sich bloß nicht entspannen?

Als wir bei den Mugnanis ankamen, fühlte ich mich locker und angenehm entspannt. Marco stellte mich Pierpaolos Eltern vor, dann kam Terry, trennte mich von meinem Mann, nahm mich am Arm und machte mit mir eine Runde durch das Wohnzimmer, wobei sie mich einigen Gästen vorstellte. Lächeln, Händedrücken, Höflichkeitsfloskeln.

Wir setzten uns auf ein kleines Sofa in der Ecke. »Ich habe Giulia noch nicht gesehen«, bemerkte ich und nahm ein Glas von dem Tablett, das der Kellner uns hinhielt. Ich wurde immer entspannter und immer zufriedener mit meiner Selbstbeherrschung.

Terry zeigte sie mir: »Sie kommt gerade herein. Es ist nicht nötig, daß ...«

»Ist es die im schwarzen Kostüm?« unterbrach ich sie.

»Zeig nicht mit dem Finger auf sie, Laura! Ja, sie ist es.«

»Sie scheint mir keine große Schönheit zu sein«, bemerkte ich, während ich sie weiter beobachtete. Sie war kleiner als ich, sehr dünn, hatte scharfe Gesichtszüge und pechschwarzes, lockiges Haar. Von weitem sah sie aus wie eine Mestizin. Während sie sich unterhielt, lehnte sie sich mit einem Arm an die Schulter eines jungen Mannes, der mit ihr hereingekommen war.

»Du bleibst hier«, sagte Terry. »Ich hole Pierpaolo und bin gleich wieder da.«

Meine Erinnerung an jenen Abend reißt in dem Moment ab, in dem der Kellner mir erneut das Tablett reichte und ich noch etwas trank. Terry erzählte mir später, daß ich vor dem Essen ungeachtet ihrer Bitten immer weitertrank und meine Beine mich nicht mehr hielten, als ich aufstand, um zum Tisch hinüberzugehen. Mit Pierpaolos Hilfe brachte sie mich ins Gästezimmer und legte mich aufs Bett.

Ich wachte am nächsten Morgen bei mir zu Hause, in meinem Zimmer, auf. Ich kann mich weder daran erinnern, um wieviel Uhr Marco und ich Mugnanis Haus verließen, noch daran, wie ich ins Auto stieg, und auch nicht an die Fahrt nach Hause. Marco erwähnte meine Betrunkenheit und den Abend mit keinem Wort, wahrscheinlich weil etwas vorgefallen war, das ihn weitaus mehr beleidigt und verletzt hatte als mein unrühmlicher Zusammenbruch: Giulia hatte ihn verlassen.

Auch das erfuhr ich später von Terry. Den Rest reimte ich mir selbst zusammen. Hätte ich mir an jenem Abend nicht in den Kopf gesetzt, Marco zu den Mugnanis zu begleiten, hätte ich Giulias Wut und die darauf folgende Entscheidung, sich von Marco zu trennen, nicht ausgelöst. Meine Ehe war definitiv an der Endstation angekommen, und Marco, der meiner und des anstrengenden Wartens müde war, war bereit, mit der Vergangenheit abzuschließen.

Ein letztes Zögern wurde ihm leider zum Verhängnis. Da er mir um des lieben Friedens willen gestattet hatte, mit ihm zusammen zu den Mugnanis zu gehen, war er gezwungen, mich als seine Frau vorzustellen und somit seinen Stand als verheirateter Mann zu festigen. Giulia, die ohnehin schon aufgebracht war, hatte diesem Affront nicht standgehalten. Um Marco eifersüchtig zu machen und ihn zu demütigen, bevor sie ihn verließ, war sie mit einem anderen Mann auf dem Fest erschienen. Es war ihr gelungen: Hätte sie diesen Fehler nicht begangen, wäre Marco schon am nächsten Tag schuldbewußt und zu allem bereit wieder zu ihr gerannt. So hatte sie allerdings lediglich bewirkt, daß er noch wütender wurde, als sie selbst es war. Gewiß handelte es sich nicht um eine köstliche Qual, die eingefädelt wurde, um die Leidenschaft künstlich am Leben zu erhalten, sondern um eine schmerzvolle Krise. Tagelang sah ich Marco niedergeschlagen und trübsinnig herumlaufen: Er war sicher, daß die Liebesbeziehung zu Giulia nun vorbei war, und er blieb nur bei mir, weil er nichts mehr zu verlieren hatte.

Sie nahmen ihre Beziehung wieder auf, als der Sommer zu Ende ging. Mein Mann kam wieder spät heim, aß auswärts und verschwand übers Wochenende. In gewisser Weise war ich darüber erleichtert, denn die Langeweile, das Schweigen und das Unbehagen unseres Zusammenlebens waren inzwischen unerträglich geworden.

Mitte Oktober verkündete Marco mir, daß er drei Wochen Urlaub genommen habe. Er wollte einige Tage bei seiner Mutter in New York verbringen, die er seit langem nicht gesehen hatte, und sich dann den Teilnehmern einer Reise anschließen, die einer seiner Klienten zu den Great Lakes organisiert hatte.

Erst nach seiner Abreise erfuhr ich von Josette, daß Giulia mit ihm dort war.

XI

Mehr noch als die Nachricht an sich demütigte mich die harte und mißbilligende Weise, in der Nonna Josette mich ausschimpfte. »Wie kannst du solch eine Situation ertragen? Wo sind deine Würde und deine Selbstachtung geblieben?«

Ich nickte mit gesenktem Kopf. »Du hast recht. Meine Ehe ist am Ende, und ich kann es nur noch zur Kenntnis nehmen.«

»Und was wirst du als nächstes machen? Wirst du in eine andere Wohnung umziehen, dich auf ein anderes Sofa setzen und faul in den Tag hineinleben? Ist das alles, was du vom Leben erwartest? Zur Kenntnis nehmen, was der Zufall oder andere Menschen für dich entscheiden? Es ist unbegreiflich, daß ein junges Mädchen wie du keine Pläne, keine Interessen und keine Freundschaften hat. Warum hast du dir nie eine Arbeit gesucht?«

»Ich wollte Mutter sein. Ein Kind haben.«

»Leider war das nicht möglich. Doch nachdem die berechtigte Verbitterung überwunden war, hättest du handeln und dir andere Interessen oder Alternativen suchen müssen.«

»Und zwar?«

»Ein Kind adoptieren zum Beispiel.«

»Man adoptiert kein Kind, um die eigenen Probleme zu lösen, Nonna Josette.«

»Das stimmt. Aber dann sucht man nach anderen Lösungen; die naheliegendste, verzeih, wenn ich es wiederhole, ist, sich eine Arbeit zu suchen. Ich habe mich immer gewundert, daß du nichts machst: Wie kannst du morgens aufwachen und nur darauf warten, daß es Abend wird? Merkst du denn nicht, wie frustrierend und entwürdigend so eine Lebensweise ist?«

»Es ist nicht leicht, Arbeit zu finden, wenn man keine Abschlüsse hat und nichts kann!« protestierte ich.

»Es ist nicht leicht, eine feste und gutbezahlte Anstellung zu finden. Doch für jemanden, der wie du nicht auf einen sicheren Arbeitsplatz und auf ein festes Gehalt angewiesen ist, gibt es ganz viele Möglichkeiten. Es genügt, die Kleinanzeigen in den Tageszeitungen zu lesen, um es zu merken! Willst du eine anspruchsvollere Arbeit? Dann schreib dich, was weiß ich, in einen Stenographiekurs ein, oder lern Buchhaltung, Sprachen ... All das erscheint dir zu mühsam und interessiert dich nicht? Dann engagiere dich eben karitativ: Sich um seinen Nächsten zu kümmern ist ein ausgezeichnetes Mittel, nicht mehr ausschließlich um sich selbst zu kreisen und die eigenen kleinen Probleme wieder auf ein realistisches Maß zu reduzieren.«

Ich errötete. »Erscheint dir meine Ehekrise als kleines Problem?«

»Ich habe den Eindruck, daß sie eine weitere Tatsache ist, der du nicht ins Auge sehen wolltest und die du nur passiv erduldet hast.«

»Was bleibt mir denn jetzt noch übrig, außer meine Niederlage zur Kenntnis zu nehmen und mich zu trennen? Du hast doch selbst gesagt, daß die Situation unrühmlich ist.«

»Dein Leben ist unrühmlich, mein Mädchen. Wenn du dich nicht entschließt, etwas zu ändern, dann wird deine Zukunft zu einer Aufeinanderfolge von Niederlagen und Trennungen.«

Sie ging ohne ein Lächeln weg. Ich hatte noch nie Selbstachtung, und dennoch verletzte es mich zutiefst, als ich die fehlende Achtung in Josettes Worten spürte. Da ich sie gern hatte, lag mir viel an ihrem Urteil, und im Grunde meines Herzens hoffte ich, sie hielte mich für einen besseren Menschen, als ich selbst es tat. Das war jedoch nicht so: Und es fiel mir zudem schwer, mich in ihrer erbarmungslosen Beschreibung eines faulen Mädchens wiederzuerkennen, das keine Interessen hatte, handlungsunfähig und daher zu Niederlagen und Einsamkeit verurteilt war.

All ihr Verständnis galt Marco, dem armen Opfer einer solchen Ehefrau. Sie hatte mir die Nachricht, er sei zusammen mit Giulia verreist, ohne die geringste Rücksicht oder auch nur ein einziges mißbilligendes Wort über ihn direkt ins Gesicht gesagt, offenkundig davon überzeugt, daß mich zu betrügen ein erworbenes Recht, eine legitime Abwehr sei ... Es war überdies offenkundig, daß Josette jetzt auf Giulias Seite stand.

Marco hat sie nach New York zu seiner Mutter mitgenommen, dachte ich mit aufwallender Wut. Und ich stellte mir meinen Mann vor, wie er ihr verkündete, er hätte seine Beziehung zu Giulia wiederaufgenommen, wie er mit ihr in dem niedlichen, mit rosa und blau geblümtem Baumwollstoff ausgeschmückten Zimmer schlafen ging, wie er mit ihr zu den Great Lakes aufbrach und sie seinen Reisegefährten als seine Partnerin vorstellte ... All das, während ich ahnungslos zu Hause auf ihn wartete. Warum hatte er mir nicht gesagt, daß Giulia mit ihm nach Amerika reisen würde? Warum hatte er das Ende unserer Ehe offiziell gemacht, ohne vorher mit mir darüber zu sprechen? Die Antworten hatte mir indirekt Nonna Josette geliefert: Ich war so eine Null, daß mein Mann mich nicht einmal wahrnahm. Als gäbe es mich überhaupt nicht.

Plötzlich hatte ich den Eindruck, wieder zu dem weit zurückliegenden Morgen zurückgekehrt zu sein, an dem mir der ehrbare Sergio Milli nach der furchtbaren Abtreibung das Bündel Banknoten in die Hand gedrückt hatte: Ich war ganz unten angekommen. Ich konnte nichts mehr gegen mich selbst unternehmen. Doch anders als damals spürte ich eine Regung, die mich selbst am meisten erstaunte: Ich wollte wieder aufstehen, mir selbst helfen, wieder Mut fassen. Ich fand all den Verletzungen, die mir zugefügt worden waren, zum

Trotz nicht, daß ich der Liebe unwürdig war. Und ich würde niemandem mehr gestatten, mich zu verletzen oder mich mit eisiger Mißachtung zu behandeln, wie Nonna Josette es getan hatte. Nur in einem Punkt hatte Marcos Großmutter recht: Ich mußte mir eine Arbeit suchen, irgendeine Arbeit, um aus der tödlichen Leere meiner Tage wiederaufzutauchen.

Erst als ich begann, Achtung vor mir selbst zu haben, fiel mir auf, wo überall meine Grenzen lagen. Mein Leben war, wenn auch voller Katastrophen, auf aberwitzige Weise recht abgesichert gewesen: Ich hatte niemals Geldprobleme gehabt, ich hatte mich nie mit der Außenwelt messen müssen, nie hatte mir jemand Pflichten auferlegt, die Mühe, die nötig war, etwas zu bekommen oder ein Ziel zu erreichen, war mir fremd: Sogar die Ehe war eine leichte Eroberung gewesen, da der erste Mann, in den ich mich verliebte, mir bereits wenige Tage nach unserem Kennenlernen einen Heiratsantrag machte.

Meine Grenzen waren auf all das zurückzuführen: Mir fehlte völlig der Sinn fürs Praktische, ich hatte keine Ahnung, wie die Arbeitswelt war, ich war allein bei dem Gedanken an ein Vorstellungsgespräch vor Befangenheit wie gelähmt, ich wußte nicht, wie ich mich mit anderen messen sollte, Konkurrenz war mir fremd, ich hatte weder eine Waffe für den Angriff noch für die Abwehr.

Wohl wissend, daß ich nichts Unmögliches von mir verlangen konnte, andererseits jedoch voller Ungeduld, endlich etwas zu tun, wählte ich aus den Anzeigen in der Tageszeitung ein Stellenangebot aus, das meinen Mangel an Fähigkeiten am ehesten zu verzeihen schien. Eine Fabrik für Modeschmuck suchte Hausfrauen, Rentnerinnen und Studentinnen, die für eine »einfache und gutbezahlte« Heimarbeit geeignet waren. Ich wählte die in der Anzeige aufgeführte Nummer in Rom, und eine sehr nette Frau erklärte mir, daß die Arbeit darin bestünde, Ketten aufzuziehen, Steine in Ringe, Broschen und

Armbänder einzupassen und verschiedene Modeschmuckstücke zusammenzusetzen. Das ganze Material würde von der Firma gestellt.

»Wenn Sie an dem Angebot interessiert sind«, fügte die Dame hinzu, »kommt einer unserer Mitarbeiter mit der Lieferung zu Ihnen und gibt Ihnen die nötigen Anweisungen. Wir zahlen einen bestimmten Betrag pro Stück, gemäß einer Liste, die Sie zusammen mit der Ware erhalten. Wir haben Mitarbeiterinnen, die auf vier Millionen Lire im Monat kommen. Doch die Firma gibt weder Arbeitszeiten noch eine Mindeststückzahl vor. Jeder von Ihnen steht es frei, sich so einzurichten, wie es Ihnen paßt.«

»Grundsätzlich bin ich interessiert«, sagte ich. »Um sicher zu sein, müßte ich mit Ihrem Angestellten sprechen und sehen, worin die Arbeit, die ich machen müßte, genau besteht ...«

»Selbstverständlich! Wir möchten die Personen, die uns anrufen, auch kennenlernen, bevor wir mit der Zusammenarbeit beginnen. Wir überlassen Ihnen Schmuck und Steine von beträchtlichem Wert, da müssen wir sicher sein, Ihnen vertrauen zu können. Übrigens, ich habe eine Kleinigkeit vergessen: Die erste Lieferung erfolgt nach Überweisung einer Kaution von einer Million Lire, die nach Beendigung des Arbeitsverhältnisses wiedererstattet wird. Die Summe ist kaum der Rede wert, verglichen mit dem Wert dessen, was ...«

»Das ist kein Problem.«

»Ausgezeichnet. Geben Sie mir bitte Ihre Telefonnummer, damit wir Ihnen Bescheid geben können, wenn der Mitarbeiter in Ihrer Gegend ist.«

In der Zwischenzeit ging ich in eine Buchhandlung im Zentrum, um nach einigen Büchern über Schmuck zu suchen. Ich wußte nicht, ob ich bestimmte Muster für meine Arbeit bekommen würde oder ob das Bestücken mit Steinen und die

Zusammenstellung meiner Phantasie überlassen sein würden. Für den letzteren Fall wollte ich mich lieber genauestens informieren und nicht unvorbereitet sein.

Es handelte sich gewiß nicht um eine wirkliche Anstellung und auch nicht um eine aufregende Beschäftigung: Dennoch unterschätzte ich nicht ihre positiven Seiten wie das Fehlen von Vorstellungsgesprächen und ermüdenden Auswahlverfahren und die Möglichkeit, zu Hause zu arbeiten und so jegliche Art von Widerstreit und Auseinandersetzung zu vermeiden. Ich konnte mich organisieren, wie ich wollte, und es hing ganz von mir ab, eine einfache handwerkliche Arbeit persönlicher und interessanter zu gestalten.

Ich kaufte drei Bände und entdeckte fasziniert eine mir unbekannte Welt: Modeschmuck hatte eine lange Geschichte, und viele große Goldschmiede hatten sich an harten Steinen und einfachen Legierungen versucht, um sie in Kunstwerke zu verwandeln. Ich bewunderte die prachtvollen Broschen aus den Dreißigern und Vierzigern, und ich blieb bei dem modernen Design stecken, erstaunt über die perfekte Genauigkeit industrieller Produktion: Einige Schmuckstücke sahen wie echte Juwelen aus.

Ich war daher verwirrt und enttäuscht, als der Vertreter, ein junger Mann mit hastigen Bewegungen, einen Koffer öffnete und die erwarteten Materialien auf den Tisch legte: Es waren grob gearbeitete Formen aus glänzendem Messing, harte, grelle Steine von sichtlich falscher Farbe und kleine Perlen, die an die Ketten erinnerten, die es in Überraschungs-Ostereiern gibt.

Zuletzt holte er einige Rollen steifen Draht und eine unbeschriftete Dose hervor: »Das ist der Kleber für die Steine«, erklärte er mir. »Um Kleberreste zu entfernen, reicht einfacher Nagellackentferner. Es ist wichtig, daß die Steine ganz genau anliegen. Was die Ketten betrifft, die aufgezogen werden sollen, denken Sie daran, zwischen zwei Perlen immer einen

Knoten zu machen.« Er hielt mir drei kopierte Blätter hin. »Wenn Sie unsicher sind, hier sind alle Anweisungen.«

Er ging davon aus, daß ich die Arbeit annehmen würde, und das weckte meinen Unwillen. »Sie müssen mir etwas Zeit zum Überlegen geben«, sagte ich schroff.

»Überlegen?« fragte er, als hätte er dieses Wort noch nie in seinem Leben gehört.

»Ja. Ich hatte etwas anderes erwartet.«

»Und zwar?«

Ich zeigte auf die Bücher, die auf dem Tisch ausgebreitet waren. »Ich habe nicht den Eindruck, als handele es sich hier um Materialien von großem Wert, im Gegenteil, sie sind wirklich minderwertig.«

»Das sagen Sie. Wir haben schon jede Menge Bestellungen für nächstes Weihnachten, und unser Modeschmuck ist sehr gefragt. Es ist nur wichtig, daß er perfekt gearbeitet ist.« Er sah mir direkt in die Augen. »Ich habe noch achtzehn weitere Frauen aufzusuchen, daher müssen Sie sich entscheiden: Wollen Sie die Sachen behalten, oder soll ich sie wieder mitnehmen?«

»Ich behalte sie«, sagte ich, noch bevor ich darüber nachdenken konnte, ob es wirklich das war, was ich wollte.

»Dann müssen Sie mir jetzt die Kaution geben.«

Er zog eine bereits vorbereitete Quittung hervor. Mit der Schnelligkeit eines Taschenspielers zauberte er Dinge ans Tageslicht und bot sie einem dar.

»Eine Million scheint mir als Kaution übertrieben«, merkte ich an.

»Ich soll nur ausliefern und kassieren. Wenn Sie sich beschweren wollen, rufen Sie in der Fabrik an. Sie müssen sich nur beeilen.«

»Gut«, antwortete ich, diesmal nach blitzartiger Überlegung: Hatte ich denn überhaupt Arbeitsalternativen?

Ich nahm den Quittungsblock, und noch bevor ich zu

schreiben anfing, sagte der Angestellte: »Lassen Sie sie ohne Empfänger, die Firma macht ihren Stempel drauf.«

Erst als ich ihn zur Tür begleitete, fiel mir ein, ihn nach den wichtigsten Informationen zu fragen: Wann würde er wieder vorbeikommen, um den fertigen Schmuck abzuholen, wieviel würde ich pro Stück verdienen, und wie würde ich bezahlt werden?

»Sie rufen an, wenn Sie fertig sind. Jemand wird alles abholen, läßt Ihnen eine Empfangsbestätigung über die Stücke hier und liefert Ihnen neue Materialien. Die Zahlung erfolgt dreißig Tage nach Ablieferung der Arbeit, und Sie bekommen einen Scheck direkt nach Hause geschickt.«

Ein letztes Mal stellte er seine Geschicklichkeit zur Schau, zog ein zweimal gefaltetes Blatt heraus und reichte es mir. »Das ist die Preisliste: Für jedes Stück steht da der Lohn. Die Firma wird Ihnen erklärt haben, daß nur perfekt ausgeführte Arbeiten bezahlt werden, achten Sie daher darauf, die Anweisungen genau zu befolgen.«

Als ich allein war, sah ich mir die berüchtigten »Materialien«, die auf dem Tisch verstreut lagen, noch einmal genau an: Sie waren, wenn das überhaupt möglich war, noch schäbiger, als sie mir beim ersten Hinsehen erschienen waren. Aber was interessierte mich das schon? Diesen Schmuck zu verkaufen war das Problem der Firma, nicht meines, und nach dem, was der Mitarbeiter gesagt hatte, mangelte es nicht an Liebhabern. Ich mußte mich nur darauf beschränken, sorgfältig zu kleben und einzufädeln.

Ich machte mich sofort an die Arbeit. Zuallererst unterteilte ich die Steine nach Farben und Größen und füllte sie in Gläser, um sie gut sehen zu können. Dann sortierte ich die Gegenstände, in die Steine eingesetzt werden sollten, legte jeweils Ringe, Armbänder, feste Halsketten und Broschen zusammen. Schließlich las ich die Beschreibungen. Da es sich um Schwarzweißkopien handelte, war nicht zu erkennen, welche Steine für die verschiedenen Fassungen verwendet werden sollten: Offensichtlich war es egal, Hauptsache, man wählte für jedes Stück einen Stein gleicher Größe.

Wie mir schien, bestand die einzige Schwierigkeit im Aufziehen der Ketten. Die Zeichnung, aus der hervorgehen sollte, welche drei Bewegungen man ausführen mußte, um einen Knoten zwischen zwei Steine zu machen, war nicht klar, und ich beschloß, diese Arbeit bis zum Schluß aufzuschieben.

Fünf Tage später hatte ich alles fertig. Die Arbeit war schwieriger gewesen, als es zunächst den Anschein gehabt hatte. Der von der Firma mitgelieferte Kleber hielt nicht richtig, und ich mußte einen anderen in einer Farbenfabrik kaufen. Manche Ringe und Armbänder hatten Öffnungen, zu denen ich erfolglos nach Steinen in der passenden Größe suchte: Ich behalf mir mit etwas größeren, die ich besonders sorgfältig befestigte. Viele Perlen waren beim Knoten abgeblättert, was die miserable Qualität bestätigte. Ich fand die gleichen im Kurzwarenladen um die Ecke: Für zehntausend Lire gab man mir ein ganzes Säckchen mit gut fünfzig Perlen.

All das entmutigte mich dennoch nicht: Es machte die Tätigkeit abwechslungsreicher, als sie eigentlich war.

Als ich bei der Firma anrief, um ihnen mitzuteilen, daß ich die Arbeiten ausgeführt hätte, war wieder die nette Dame dran, mit der ich beim erstenmal gesprochen hatte. Nachdem sie nicht mit Lob für meine Schnelligkeit sparte, fragte sie mich, ob ich alles auch wirklich wie angefordert ausgeführt hätte. Zu meiner Beruhigung teilte sie mir mit, daß der Mitarbeiter in den nächsten Tagen, wenn er wieder in Mailand sei, vorbeikommen würde, um die Ware abzuholen.

Er kam drei Tage später. Es war nicht der rüpelhafte junge Mann, den ich kennengelernt hatte, sondern ein Herr um die Fünfzig mit grauem Schnurrbart und sehr gediegenem Aussehen. Als ich die verschiedenen Objekte auf dem Tisch ausbreitete, begann er, sie aufmerksam und mit einem Ausdruck wachsender Verblüffung zu betrachten.

»Das ist es leider nicht«, sagte er schließlich und schüttelte den Kopf.

»Was stimmt denn nicht?« fragte ich erstaunt.

»Viele Steine sind schlecht eingesetzt, ihre Anordnung entspricht nicht der in unserem Anleitungsbuch, die Knoten in den Ketten sind ...«

»Einen Augenblick!« fiel ich ihm ins Wort. »Von welchem *Anleitungsbuch* sprechen Sie? Mir wurde lediglich ein Blatt mit zusammenfassenden Informationen ausgehändigt ... Was die Steine betrifft, so war ihre Größe aufs Geratewohl bemessen, und ich mußte zaubern, um sie einsetzen zu können. Ihr habt mir einen Kleber hiergelassen, der nicht hielt, einen Faden, der zu steif war, um Knoten zu machen, abblätternde Perlen ...«

Der Herr lächelte unentwegt. »Mein liebes Mädchen, Sie hätten uns telefonisch benachrichtigen sollen, dann hätten wir das, was nicht in Ordnung war, ersetzt. So haben Sie sich die Arbeit völlig umsonst gemacht: Unsere Firma hat einen Namen zu verlieren, und wir können es uns sicher nicht leisten, unseren Kunden so schlecht gearbeitete Gegenstände zu liefern.«

»Wollen Sie mir damit etwa sagen, daß Sie die Arbeit, die ich gemacht habe, nicht bezahlen werden?« fragte ich, außer mir vor Wut. Was mich am meisten erstaunte, war der Schwindel, der sich abzeichnete und dessen Opfer ich geworden war.

»Leider nein, sie wird nicht bezahlt.«

»Ausgezeichnet. Dann geben Sie mir die Million zurück, die ich überwiesen habe, und wir reden nicht mehr darüber.«

Der Mann räusperte sich. »Wir werden die Kosten für die

Materialien berechnen müssen, die Sie unbrauchbar gemacht haben, und die Summe von Ihrer Kaution abziehen. Es wird einige Wochen dauern, bis die Verwaltung ...«

»Ich könnte Sie verklagen«, unterbrach ich ihn eisig. Jetzt wurde mir der ganze Schwindel klar, der nur darauf zielte, ahnungslosen Frauen wie mir die Million zu entlocken.

»Uns anzeigen? Und weshalb? Auf der Quittung für die Kaution, die Sie unterschrieben haben, war die Klausel über Bezahlung beschädigter Materialien deutlich aufgeführt. Wenn man Ihre Arbeit betrachtet, wird unwiderlegbar klar, wie schlecht Sie sie ausgeführt haben. Und darüber hinaus hat auch noch die Verwendung eines nicht geeigneten Klebers die mögliche Wiederverwertung einiger Steine unmöglich gemacht.«

»Wir reden hier von gefärbtem Glas, nicht von Brillanten oder Smaragden!«

»Es handelt sich um Steine, die mit dem Laser geschnitten und in einem besonderen, sehr teuren Verfahren eingefärbt werden«, erklärte der Mann süffisant lächelnd.

Jetzt lächelte ich. »Das werde ich von einem Sachverständigen prüfen lassen. Da ich den Schaden bezahlen muß, gehören die Gegenstände, die ich fertiggestellt habe, mir, und ich kann damit machen, was ich will ...«

»Da irren Sie sich«, erwiderte der Mann unbeeindruckt. »Ich muß alles in die Firma zurückbringen, um eine genaue Schätzung des Betrages, der uns zusteht, ermitteln zu lassen. Ich sage es Ihnen in Ihrem Interesse: Es kann sein, daß der eine oder andere Gegenstand noch zu verkaufen oder wiederzuverwerten ist, und in dem Fall wird Ihnen sogar der Lohn gezahlt.«

Ich war versucht, ihm zu sagen, sie könnten den gesamten überwiesenen Betrag behalten und daß ich meine Interessen vertreten würde, indem ich mich an die Carabinieri wandte. Ich merkte jedoch, daß meine Wut plötzlich verraucht war und ich keinen anderen Wunsch hatte, als dieses Kapitel abzuschließen.

Auch wenn ich mich von einer schwindlerischen Organisation hatte hintergehen lassen, so war diese erste Arbeitserfahrung wertvoll. Ich hatte greifbar gespürt, wie hilfreich eine Beschäftigung war, um die Langeweile zu bekämpfen und sich von finsteren Gedanken abzulenken: Auf den Modeschmuck konzentriert, hatte ich in den fünf Tagen nicht ein einziges Mal an Marco gedacht, an Giulia und an die Entscheidungen, die ich nach deren Rückkehr aus den Vereinigten Staaten würde treffen müssen.

Und nicht nur das: Trotz des miesmacherischen Angestellten wußte ich, daß ich ausgezeichnete Arbeit geleistet hatte. Auch dank der Bücher, die ich gelesen hatte, hatte ich eine Welt entdeckt, die mich faszinierte, und vor allem ein unerwartetes Interesse für die Herstellung und den Entwurf von Schmuck. Warum sollte ich das nicht ausbauen? Ich hatte alle Zeit der Welt, noch mehr Bücher zu lesen, einige Skizzen anzufertigen sowie etwas gefärbtes Glas und einige Rohlinge zu kaufen, an denen ich meine Fingerfertigkeit üben konnte.

Drei Tage vor Marcos Rückkehr kam Marina mich besuchen und verbarg nicht ihre Überraschung, als sie den Wohnzimmertisch sah, der mit Büchern, Blättern, Stiften, kleinen Perlen und bunten Steinen übersät war.

Ich berichtete ihr kurz von meiner Erfahrung mit der betrügerischen Firma, und wir lachten beide darüber. Dann erzählte ich ihr ernsthaft von meinem Versuch. »Ich habe nichts zu verlieren, und es ist außerdem hochinteressant, Schmuck zu zeichnen.«

Marina zeigte sich begeistert. Und ihr Lob, als ich ihr die Arbeiten, die ich angefertigt hatte, zeigte, schien aufrichtig.

»Marco ist mit Giulia nach Amerika gefahren«, sagte ich plötzlich zu ihr.

»Ich weiß. Seine Großmutter hat es mir erzählt.«

Ich erstarrte. »Ich wußte nicht, daß ihr so vertraut miteinander seid.«

»Sind wir auch nicht: wir telefonieren nur ab und zu. Auch Josette macht sich Sorgen um dich, und ...«

»Josette macht sich nur um das Glück ihres Enkels Sorgen. Jedenfalls ist Marcos Leidensweg zu Ende. Unsere Situation ist nach dieser Reise mit seiner Geliebten untragbar geworden.«

Marina seufzte. »Ich kann dir nicht widersprechen. Was immer du brauchen solltest, Laura, denk daran, daß dein Vater und ich für dich da sind. Du kannst auf uns zählen.«

XII

Während seines Amerikaurlaubs hatte Marco mich nur zweimal kurz angerufen und war dabei so unpersönlich wie möglich geblieben. Wenige Stunden vor seiner vorgesehenen Rückkehr rief er mich ein drittes Mal an: Sein Stiefvater hatte einen Herzinfarkt gehabt, und er mußte nach New York zurück, statt wie geplant nach Italien einzuchecken. »Ich werde bei meiner Mutter bleiben, bis die Ärzte eine Prognose geäußert haben«, sagte er, bevor er auflegte.

Terry Mugnani beeilte sich, mir zu sagen, daß Giulia dagegen mit den anderen Reisegefährten nach Rom zurückgekehrt war. Aber mehr noch als diese Nachricht erleichterte mich die Tatsache, daß mir noch ein paar Tage mehr blieben, ehe ich mit Marco das Problem unserer Scheidung in Angriff nehmen mußte. Meine Erleichterung verursachte mir nicht einmal Schuldgefühle: Ich kannte seinen Stiefvater nicht gut genug, um mehr als ein allgemeines Mitleid wegen seines Infarktes zu empfinden.

Ich verbrachte die Tage allein in der Wohnung, die noch mein Zuhause war, und konzentrierte mich voll und ganz auf mein neues Hobby. Die Stunden verflogen auf angenehme Weise und in absoluter Freiheit: Ich konnte essen, wann ich wollte, meine Skizzen und mein Arbeitsmaterial über den ganzen Tisch verteilen, das Bett in letzter Minute machen und die Zimmer dann aufräumen, wenn ich das Bedürfnis hatte, mir die Beine zu vertreten.

Doch was mich am meisten begeisterte, war das Gefühl, mir selbst zu genügen: Endlich war ich mit mir selbst im reinen, endlich waren meine Zufriedenheit, mein Gemütszustand und mein Geltungsbedürfnis nicht mehr von anderen abhängig. Wenn ich daran zurückdenke, was in jenen Monaten geschah, bin ich mir sicherer denn je, daß die Ereignisse unser Innerstes widerspiegeln und Situationen sich im Einklang mit unserer Persönlichkeit entwickeln.

Eine Woche nachdem Marina meine Schmuckentwürfe und Muster gesehen hatte, kam sie erneut zu Besuch vorbei. An ihrem unschlüssigen Gesicht und ihrer Unsicherheit merkte ich gleich, daß sie gekommen war, um mir irgendetwas mitzuteilen, jedoch nicht den Mut fand, anzufangen.

»Raus mit der Sprache«, sagte ich später scherzend zu ihr, als wir bei einer Tasse Tee zusammensaßen. Da sie mich immer noch zögernd ansah, fügte ich im gleichen Ton hinzu: »Hat Marco Giulia in Las Vegas geheiratet? Habe ich mein ganzes Geld durch eine Fehlinvestition verloren? Werde ich verhaftet? Was auch immer du mir sagen willst, ich bin hart im Nehmen!«

Marina lächelte sichtbar erleichtert. »Ich habe keine schlechte Nachricht für dich!«

»Dann eben raus mit der guten Nachricht.«

»Ehrlich gesagt habe ich überhaupt keine Nachricht, es ist nur …« Sie unterbrach sich. »Versprichst du mir, daß du nicht wütend wirst und mir nicht sagst, daß ich mich um meine eigenen Angelegenheiten kümmern soll?«

»Versprochen.« Unterdessen platzte ich beinahe vor Neugier.

Ich habe mit deinem Vater über deine Arbeiten, über dein Interesse an Schmuck und über deine originellen Entwürfe gesprochen. Ich brauche dir wohl nicht zu sagen, wie glücklich er war ... Du weißt selbst am besten, wie sehr er darunter gelitten hat, daß du die Uni verlassen und nur noch in den Tag hineingelebt hast. Aber ich will nicht wieder mit den alten Geschichten anfangen«, beeilte sie sich zu sagen. »Dein Vater – und auch ich – haben nun lediglich Angst, daß dein Interesse mit der Zeit nachläßt und du es nicht schaffst ...«

Nun unterbrach ich sie. »Daß ihr wenig Vertrauen in mich habt, ist Teil der alten Geschichten.« Das war kein Vorwurf, sondern mehr eine Feststellung.

Marina schüttelte den Kopf und lächelte mir erneut zu. »Das hat nichts mit Vertrauen zu tun, Laura. Jedes begeisterungsfähige Mädchen würde den Mut verlieren, wenn es merken würde, wie schwierig es ist, die eigenen Ideen zu verwirklichen. Niemand will irgendwann feststellen müssen, daß er völlig umsonst gearbeitet hat. Deshalb möchten wir gerne ...«

Sie zögerte wieder. Dann holte sie Luft und fuhr fort: »Es hat keinen Sinn, weiter um den heißen Brei herumzureden, Laura. Einer der besten Freunde deines Vaters ist Francesco Fazi. Die beiden haben zehn Jahre zusammen gearbeitet, und vor acht Monaten hat dein Vater ihn in seiner Bank als stellvertretenden Direktor eingestellt. Mir ist eingefallen, daß seine Frau Anna gemeinsam mit ihrem Bruder eine kleine Schmuckfabrik führt. Gestern abend haben wir Anna und Francesco zum Essen eingeladen, und wir haben lange über dich gesprochen. Nun ja, jedenfalls würde sie gern deine Zeichnungen und deine Arbeiten sehen. Ganz unverbindlich natürlich. Aber wenn sie ihr gefallen, wovon ich überzeugt bin, wirst du bestimmt etwas für ihre Firma machen können.«

»Ich weiß nicht, wie ich dir danken soll, Marina.«

»Du kannst dir gar nicht vorstellen, wie erleichtert ich bin! Mir schlug das Herz bis zum Hals, als ich zu dir gekommen bin, ich hatte Angst, du würdest auf deinen Vater und mich wütend sein, weil wir uns in deine Angelegenheiten einmischen ...«

»Im Gegenteil, ich bin euch dankbar. Ich hätte niemals den Mut gehabt, Firmen abzuklappern und mit meinen Arbeiten hausieren zu gehen, und irgendwann hätte ich es bestimmt satt gehabt, umsonst zu arbeiten«, gestand ich aufrichtig.

Am nächsten Tag begleitete Marina selbst mich zu Anna Fazi. Anna Fazi war immer noch eine sehr attraktive Frau, obwohl sie auf die Sechzig zugehen mußte. Sie hatte dichtes, kupferrotes Haar, ein herzliches Lächeln und einen aufmerksamen Blick. Zunächst vermied sie es taktvoll, über die Arbeit zu sprechen.

Sie erzählte mir von ihrer jüngsten Tochter, die sich in einen Tierarzt verliebt und sofort sechs Hunde ins Haus geholt hatte. Dann vom ältesten Sohn, der mit zwanzig in die Schweiz gefahren war, um dort Urlaub zu machen, und zwei Monate später verheiratet zurückkehrte, zusammen mit seiner Frau, die bereits das erste ihrer vier Kinder im Leib trug. Und schließlich von dem anständigen farbigen Hausangestellten mit guten Referenzen, der in Wirklichkeit ein Hehler war: Als die Carabinieri kamen, um ihn festzunehmen, fanden sie in seinem Zimmer Unmengen gestohlener Sachen. Ich wiederum erzählte von dem unglaublichen Betrug, auf den ich hereingefallen war.

Inzwischen war ich entspannt und fühlte mich pudelwohl, als Anna Fazi wie beiläufig auf die Mappe zeigte, die ich an den Stuhl gelehnt hatte. »Möchtest du mir deine Arbeiten zeigen, Laura?«

Sie betrachtete alles aufmerksam und nickte von Zeit zu Zeit wohlwollend. Schließlich sagte sie lächelnd: »Mir scheint, du hast viel Phantasie und ein gutes Farbempfinden. Wir stellen vor allem modernen Schmuck her und kopieren zum Teil Markenprodukte. Doch für das nächste Jahr planen wir eine eigene Serie, und da könnten wir vielleicht ein paar Ideen von dir verwenden. Bevor du dich aber an die Arbeit machst, solltest du dir unsere Muster und Entwürfe ansehen, damit du dich mit unserem Stil vertraut machen kannst. Ich werde für dich einen Termin mit meinem Neffen vereinbaren: Er ist für die neue Serie verantwortlich und wird dir die fertigen Muster zeigen.«

»Ich sehe sie mir sehr gerne an. Ich hätte nie zu hoffen gewagt ...«

»Ich muß deine Begeisterung leider ein wenig bremsen, Laura. Es handelt sich um eine relativ kostengünstige Produktion, bei der die Gewinnspanne recht klein ist. Was ich dir bieten kann, ist viel Arbeit für wenig Geld.«

»Das paßt mir ausgezeichnet.«

»Du wirst Dutzende von Versuchen machen müssen, ehe einer deiner Entwürfe genommen wird. Und es ist noch nicht einmal gesagt, daß ...«

»Es paßt mir trotzdem ausgezeichnet«, wiederholte ich.

Das war die Wahrheit. Die Vorstellung, mit ansehen zu müssen, wie meine Entwürfe im Mülleimer landeten, schreckte mich nicht mehr, weil ich nicht mehr auf das Urteil anderer angewiesen war. Ich hatte die heimliche Hoffnung, für diese Art Job begabt zu sein, und wenn der Versuch mit Anna Fazi scheitern würde, würde ich es eben bei anderen Firmen versuchen. Selbst wenn ich meinen Vater und Marina noch einmal um Hilfe würde bitten müssen. Ich hatte nicht mehr diesen stolzen Wahn, alles allein schaffen zu müssen, nur weil ich vor der ganzen Welt Angst hatte und ihr mißtraute.

Marco kehrte Ende November aus New York zurück. Er rief mich an, um mir mitzuteilen, daß er gerade gelandet und in etwa einer Stunde zu Hause sei, sofern der Verkehr es zuließ. Ich bereitete mich also seelisch auf die Konfrontation vor: Ich ging davon aus, daß er es ebenso eilig hatte, die Fronten zu klären, wie Giulia es eilig hatte, mit ihm ein gemeinsames Leben zu beginnen.

Eine Scheidung war demnach objektiv betrachtet unvermeidlich, auch wenn ich nun nicht mehr dieselbe Dringlichkeit verspürte wie anfangs, als Nonna Josette mir von der Reise erzählt hatte. Beinahe zeitgleich hatte mein Vater mir gesagt, daß eine seiner Wohnungen, und zwar in Fiera, frei geworden war und daß er sie mir gerne zur Verfügung stellen würde, wenn ich sie bräuchte. Ich hatte sofort angenommen. Ich nahm mir vor, Marco zu bitten, die paar Tage, die es dauern würde, die Wohnung zu streichen, noch in unserer gemeinsamen Wohnung bleiben zu dürfen: Nachdem mein Zorn wieder verraucht war, wollte ich einfach nur, daß unsere Wege sich trennten, ohne daß wir einander Beleidigungen an den Kopf warfen und uns Vorwürfe machten.

Derart gütlich gestimmt, wartete ich auf ihn, in der Hoffnung, daß er meinen Wunsch teilte, und vor allem, daß seine Schuldgefühle oder seine Eile, alles zu klären, ihn nicht dazu verleiten würden, Dinge zu sagen, dich mich die Selbstbeherrschung verlieren lassen könnten.

Doch all meine Ängste erwiesen sich als unbegründet. Marco öffnete mit seinem Schlüssel die Tür, während ich mir in der Küche einen Kaffee machte und dabei Radio hörte. Als ich seine Stimme vernahm, zuckte ich zusammen. Er umarmte mich herzlich, und ohne jede Spur von Verlegenheit sagte er mir, wie gut ich aussah, fragte, ob auch für ihn eine Tasse Kaffee da sei, und nachdem er sich hingesetzt hatte, berichtete er mir von seinem Stiefvater. Es hatte ihn offenbar ziemlich schwer erwischt, doch er hatte sich erholt, war inzwischen entlassen und endlich wieder nach Hause zurückgekehrt. Marcos Mutter ließ mich grüßen und hoffte, mich bald wiederzusehen.

Nun erst sah ich ihm in die Augen. »Ich weiß, daß Giulia mit dir in Amerika war«, sagte ich ruhig. »Ich glaube, wir müssen reden.«

Marco winkte ab. »Können wir das ein anderes Mal machen? Ich bin sehr müde.«

Ich war im Begriff zu erwidern, daß er gar nicht so aussah, doch ich hielt mich zurück. »In Ordnung. Sag mir, wann du soweit bist.«

Nach etwa zehn Minuten ging er ins Bett, mit der Begründung, daß die Zeitverschiebung ihn völlig fertigmache. Ich war mir sicher, daß das ein Vorwand war, um sich vor einer Diskussion zu drücken, auf die er keine Lust hatte. Noch bis vor wenigen Wochen hätte mich seine Feigheit auf die Palme gebracht. Doch nun beschränkte ich mich – wenn auch leicht überrascht – darauf, zur Kenntnis zu nehmen, daß er trotz des Liebesurlaubs mit Giulia immer noch ein wenig verwirrt war.

Doch das war sein Problem. Was mich betraf, so stand mein Entschluß fest, und das genügte, um in aller Seelenruhe darauf zu warten, daß auch er sich entschied. In gewisser Weise kam mir Marcos Zaudern ganz gelegen: Ohne in die Verlegenheit zu geraten, mich wie ein ungebetener Gast fühlen zu müssen, konnte ich die Renovierung der neuen Wohnung und den Umzug organisieren.

Und das tat ich in den nächsten Tagen: Ich ging mit Marina die Badezimmerarmaturen aussuchen, die ausgewechselt werden mußten, kontaktierte eine Malerfirma, die die Wände streichen sollte, zahlte einen Zeichentisch und ein Regal für die Arbeitsmaterialien an.

Unterdessen verhielt sich Marco weiterhin so, als wären wir ein altes, in den Zwängen der Gewohnheit erstarrtes Ehepaar. Morgens verabschiedete er sich, nachdem wir die üblichen Floskeln ausgetauscht hatten, und wenn er abends heimkam, fragte er mich, wie es mir ging, ob das Abendessen fertig sei und ob jemand für ihn angerufen hätte. Dann setzten wir uns schweigend vor den Fernseher. Alles war wieder wie vor seiner Reise in die Vereinigten Staaten, doch da ich nun wußte, daß es sich um die letzten Tage handelte, die wir gemeinsam verbrachten, konnte mir das nichts mehr anhaben. Wenn überhaupt, verspürte ich eine leise Furcht: Wann würde er sich zu der berüchtigten Diskussion durchringen? Meine Wohnung war fast fertig, und nun war es an mir, das Thema auf den Tisch zu bringen.

Der Zufall kam mir noch einmal zu Hilfe und löste das Problem auf ganz natürliche Weise.

Wir hatten gerade das Abendessen beendet, als das Telefon klingelte. »Ich geh schon«, sagte Marco und ging ins Schlafzimmer. Ich nahm an, daß er auf einen Anruf von Giulia wartete und deshalb nicht im Wohnzimmer abnahm.

Doch er kehrte gleich darauf wieder zurück. »Da ist ein gewisser Pietro Berti, der mit dir sprechen will«, sagte er. Seine Stimme klang überrascht, als hätte Bill Clinton nach mir gefragt.

Für einen Augenblick war auch ich überrascht: Dann fiel mir aber wieder ein, daß Pietro Berti der Neffe von Anna Fazi war. Seit ungefähr zwei Wochen wartete ich darauf, daß er mit mir ein Treffen vereinbaren würde, um mir die besagten Muster der neuen Schmuckserie zu zeigen.

Ich lief zum Telefon. Er war es wirklich. Er entschuldigte sich wegen der späten Uhrzeit und dafür, daß er mich erst jetzt anrief, und sagte mir, daß er mich am nächsten Morgen um zehn erwartete, falls ich es einrichten könnte. »Meine Tante hat mir von den Zeichnungen und Entwürfen erzählt, die Sie ihr gezeigt haben. Können Sie sie bitte mitbringen? Ich würde sie mir auch gerne einmal ansehen.«

Als ich ins Wohnzimmer zurückkehrte, war mein Gesicht vor lauter Aufregung gerötet.

»Wer war das?« fragte Marco beiläufig.

Ich zögerte einen Moment: Ich hatte Marco weder von meinen katastrophalen Versuchen erzählt, während seiner Abwesenheit in der Schmuckbranche Fuß zu fassen, noch hatte ich ihm etwas von den Möglichkeiten gesagt, die sich mir dank der Hilfe meines Vaters und Marinas eröffnet hatten. Ich nahm mir wieder einmal vor, das nachzuholen, wenn wir über unsere Scheidung gesprochen haben würden: Meine beruflichen Pläne waren gewissermaßen eng damit verknüpft.

»Und, wer war das?« fragte Marco erneut, diesmal mit unverhohlener Neugier.

Ich mußte ihm also alles von Anfang an erklären. Unter Auslassung der demütigenden Anschuldigungen von Nonna Josette, mit denen alles angefangen hatte, erzählte ich ihm von dem Inserat, auf das ich mich gemeldet hatte, von den fünf Tagen, in denen ich wie eine Besessene bunte Steine aufgezogen und eingesetzt hatte, und von der Kaution in Höhe von einer Million Lire, die sich in Luft aufgelöst hatte.

Marcos wachsendes Vergnügen ließ mein Unbehagen schwinden, und so fuhr ich fort und ließ mich in allen Einzelheiten über die letzte Begegnung mit dem vornehmen Betrüger aus. Ich versuchte, seine Leidensmine nachzuahmen, mit der er die montierten Teile begutachtete, und die Schamlosigkeit, mit der er mir den Wert der Steine und die Schäden, die ich verursacht hatte, vorbetete, ich beschrieb minutiös den Kleber, der nicht klebte, und die »wertvollen Materialien«.

Und schließlich erzählte ich ihm von der Hilfe meines Vaters und Marinas, die mich mit Anna Fazi bekannt gemacht hatten. »Pietro Berti ist ihr Neffe, und morgen früh erwartet er mich, um sich meine Arbeiten anzusehen. Wie dem auch sei, ich habe endlich eine Beschäftigung gefunden, die mir Spaß macht, und …«

»Warum hast du mir das nicht früher erzählt?« fragte Marco mich ernst.

»Ich habe es dir doch jetzt gesagt.«

»Ich freue mich für dich. Warum zeigst du mir nicht deine Arbeiten?«

Ich sah ihn an. »Unsere Unterhaltung ist noch nicht zu Ende, Marco.«

»Na, dann schieß los. Was gibt es noch für Neuigkeiten?«

»Ich dachte, du hättest mir etwas zu sagen. Seit dem Abend, an dem du aus Amerika zurückgekommen bist, haben wir noch ein Gespräch offen, und ich denke, daß jetzt der Moment gekommen ist ...«

»Warum diese Eile?«

Ich holte tief Luft. »Ich ziehe aus.«

»*Du ziehst aus*?«

»Während du in New York warst, ist eine Wohnung meines Vaters frei geworden, und ich habe sie genommen. Ich habe in den letzten Tagen alles fertig gemacht.«

Marco sah mich mit einer Grimasse an. »Es ist wirklich eine Menge passiert, während ich weg war.«

Ich erwiderte seinen Blick. »Auch bei dir, würde ich sagen.«

»Wenn du auf Giulia anspielst ...«

»Ich will nicht streiten, Marco.«

»Nein, du willst nur gehen«, entgegnete er pikiert.

»Unsere Ehe ist am Ende, und die Scheidung scheint mir für alle Beteiligten die beste Lösung.«

»Das ist ja unglaublich! Du hast dir eine Wohnung gesucht und sie eingerichtet, ohne auch nur ein Sterbenswörtchen darüber zu verlieren. Wenn der Anruf von diesem Berti dich nicht zufällig daran erinnert hätte, wäre ich in den nächsten Tagen nach Hause gekommen, und du wärst einfach nicht mehr dagewesen. Findest du das *korrekt*?«

»Es war auch nicht korrekt, mit Giulia wegzufahren, sie zu

deiner Mutter mitzunehmen und dann mit ihr kreuz und quer durch Amerika zu ziehen. Du hast mich vor deiner ganzen Familie gedemütigt ... Was fällt dir ein, den Beleidigten zu spielen? Was dachtest du denn, wie ich reagieren würde? Ach ja, richtig: Du bist ja davon ausgegangen, daß ich nichts davon erfahren würde, schließlich hast du mir ja als anständiger, *korrekter* Mensch nichts davon gesagt!« Ich hielt keuchend inne.

»Es ist nicht so, wie du denkst. Das ist eine lange Geschichte.«

»Ich möchte sie lieber nicht hören! Deine Affäre mit Giulia interessiert mich nicht. Und wie auch immer die Dinge stehen, unsere Ehe ist gescheitert.«

»Du hast auch wirklich alles dafür getan, oder?«

Ich ging nicht auf seine Ironie ein. »Wenn es dir mit deinen Anschuldigungen bessergeht, will ich dir nicht widersprechen.«

»Mir ginge es erst dann besser, wenn ich begreifen würde, was ich falsch gemacht habe.«

»O Gott, ich hoffe, du meinst das nicht ernst!«

»Merkst du denn gar nicht, was du mir in all den Jahren angetan hast?«

»Ich habe gesagt, ich will nicht streiten.«

»Nachdem du mich aus deinem Leben und aus deinem Bett geworfen hast, hast du mich mit deinen Verdächtigungen, deinen Anschuldigungen und deiner Verachtung gequält. Manchmal, wenn ich dich so stumm und abwesend gesehen habe, hätte ich am liebsten geschrien. Du hast deinen ganzen Zorn gegen mich und gegen unsere Ehe gerichtet, und ich habe mich gefragt, welche Schuld mich eigentlich trifft, wofür du mich bestrafen willst. Vielleicht für das Kind, das wir nicht bekommen haben?«

»Meinetwegen kannst du mir auch dafür die Schuld zuschreiben«, sagte ich spöttisch.

Marco sah mich schmerzerfüllt an. »Du machst einen Fehler. Meine einzige Schuld bestand darin, daß ich dir nicht deutlich gemacht habe, wie unwichtig ein Kind im Vergleich zu uns beiden war. Du hast mir genügt. Doch du hast mir nicht erlaubt, das Thema anzusprechen, du hast mir nicht erlaubt, dich zu trösten, dir zu helfen. Mir ist nichts anderes übriggeblieben, als hilflos und unglücklich dabei zuzusehen, wie unsere Beziehung in die Brüche ging.«

»Bis es dir gelungen ist, deine Stimmung auf andere Art zu heben.«

»Mit deinem Sarkasmus kannst du deine Probleme sicher nicht lösen!«

»Nein, Probleme lösen sich viel angenehmer mit einer kleinen Affäre!«

»Fängst du schon wieder an? Wenn du über Giulia reden willst, dann tun wir das. Aber du mußt auch mir zuhören.«

»Ich will mich auf keinen Fall auf einen Streit einlassen ...«

»Wovor hast du Angst?«

»Vor gar nichts. Oder meinst du, es gäbe noch etwas zu befürchten oder zu retten?«

Er sah mich mit zusammengekniffenen Augen an. »Lauf nicht weg ... Ich meine es ernst: Wir können wie zwei zivilisierte Menschen in dieser Wohnung zusammenleben und uns ein Scheidungsverfahren ersparen. Tausende von Paaren machen es so. Die Ehe endet, aber man hält sie am Leben ...«

»Und Giulia würde das akzeptieren?« unterbrach ich ihn wie versteinert. »Ich dachte, ihr wolltet heiraten und Kinder haben.«

»Jetzt nicht mehr. Während dieser Reise in Amerika haben wir begriffen, daß wir uns mit den Jahren auseinanderentwickelt haben. Den ganzen Tag zusammenzusein und in einem Zimmer zu schlafen war eine aufschlußreiche Erfahrung: Wir haben wegen der Klimaanlage gestritten, wegen der Zahnpasta, wegen der Bettdecke, darüber, welches der richtige Weg ist, in welches Restaurant wir gehen ... Kurzum, wir sind ständig aneinandergeraten, weil wir einfach abgrundtief verschieden sind.«

»Und welche Rolle käme mir dabei zu? Soll ich etwa die Böse sein, die zwischen euch steht und damit eure Leidenschaft immer neu entfacht?«

»Meine Liebe zu Giulia war in dem Augenblick zu Ende, als ich dich kennengelernt habe. Und inzwischen bin ich zu keiner Leidenschaft mehr fähig. Das zwischen ihr und mir ist nur noch reine Freundschaft.«

»Und Sex, nehme ich an.«

Er lächelte mir verbittert zu. »Ich bin weder ein Eunuch noch ein Heiliger, Laura.«

»Darf ich dich etwas fragen?«

»Nur zu.«

»Warum willst du unbedingt, daß ich bei dir bleibe, wenn wir doch keine Leidenschaft mehr füreinander empfinden und unsere Ehe vorüber ist?«

»Das habe ich dir doch schon gesagt: Es scheint mir ein annehmbarer Kompromiß, der für uns beide von Vorteil ist. Du kannst dich in Ruhe auf deine neue Arbeit konzentrieren, ich kann ohne großartige Erschütterungen mein Leben weiterleben. Ich hasse Veränderungen und Überraschungen. Außerdem glaube ich, daß wir auch unseren Familien einiges ersparen, wenn wir zusammenbleiben.«

»Auch deiner Mutter?«

»Wenn du auf Giulia anspielst, solltest du wissen, daß sie sie noch nie leiden konnte. Als wir bei ihr angekommen sind, hat sie als erstes ein Hotel für uns reserviert. Laura, ich will dich zu nichts zwingen. Ich bitte dich nur, ein paar Tage über meinen Vorschlag nachzudenken.«

»In Ordnung, ich werde darüber nachdenken.« Ich war völlig verblüfft über diesen Vorschlag und über das, was Marco mir erzählt hatte.

DRITTER TEIL

XIII

»Ich wollte dir nur kurz hallo sagen, Laura.«

Ich erkannte sofort Pietros unverwechselbare Stimme. »Wo bist du?«

»Ich bin mit den Japanern essen. Ich bin nur kurz rausgegangen, um dich anzurufen.«

»Wie läuft es denn so?«

»Momentan stopfen sie sich mit rohem Fisch voll.«

»Hast du ihnen den Musterkatalog noch nicht gezeigt?«

»Ich habe alles in ihrem Hotel gelassen. Ich werde ihn ihnen später zeigen, wenn ich sie zurückbringe. Mister Nobunaga hat den Katalog gesehen und scheint grundsätzlich sehr interessiert zu sein ... Es tut mir leid, daß wir unser Abendessen verschieben mußten«, sagte er plötzlich.

»Mach dir deswegen keine Sorgen, Pietro.«

»Was machst du so?«

»Ich habe geduscht und wollte gerade ins Bett gehen.«

»Wir könnten morgen abend zusammen ausgehen.«

»Morgen kommt mein Mann zurück, und wir sind bei seinen Großeltern zum Abendessen eingeladen.«

»Na, dann sehen wir uns morgen früh im Büro. Glaubst du, du kannst auf einen Sprung vorbeikommen?«

»Ja, um zehn habe ich eine Verabredung mit deiner Tante.«

»Ausgezeichnet. Und nun werde ich mal langsam zu meinen Haien zurückkehren, Laura.«

»Zu denen auf dem Teller oder den anderen?« fragte ich lachend.

»Spitze Zähne haben die alle, ich kann sie gar nicht auseinanderhalten! Bis morgen, gute Nacht.«

Ich kehrte ins Badezimmer zurück, fönte meine Haare zu Ende und ging, von einem wohligen Gefühl durchströmt, zu Bett. Pietro hatte jedesmal diese Wirkung auf mich, und erst nach Monaten war mir bewußt geworden, wie wichtig die Begegnung mit ihm für meine Entscheidungen, ja für mein gesamtes Leben geworden war. Es war genau vor einem Jahr passiert.

Als ich auf dem Weg zu dem Treffen mit Anna Fazis Neffen gewesen war, hatte ich ihn mir als typischen jungen Mann vorgestellt, der gleich von der Schulbank in das Familienunternehmen einsteigt und für den Arbeit nichts weiter bedeutet als den direkten Weg zu einem dicken Bankkonto, einem dicken Auto und Macht. Doch statt dessen erwartete mich ein etwa fünfunddreißigjähriger Mann von herzlicher und angenehm ruhiger Art. Nachdem er meine Entwürfe und die mit bunten Steinen und kleinen Perlen versehenen Muster aufmerksam betrachtet hatte, blickte er mich an. »Was Ihnen fehlt, ist vor allem Erfahrung.«

Worauf Pietro Berti mir die Arbeiten echter Profis gezeigt hatte, und innerhalb weniger Minuten war mir klargeworden, welche Kluft zwischen meinen stümperhaft überladenen Versuchen und der harmonischen Ausgewogenheit ihrer Farben und Formen lag.

»Werde ich es denn jemals lernen?« entfuhr es mir.

»Natürlich werden Sie das. Vorausgesetzt, Sie legen ihre

Kunstbücher beiseite und sehen sich Geschäftskataloge an. Handarbeit ist heutzutage durch maschinelle Fertigung ersetzt: Alles wird industriell geschmolzen, gepreßt, ausgestanzt, eingraviert und eingefaßt. Das heißt, wenn man ein phantasievolles Schmuckstück entwirft, muß man die computerisierten Herstellungsmethoden berücksichtigen. Die skarabäusförmige Brosche zum Beispiel, die Sie entworfen haben, ist sehr schön, aber nicht realisierbar, denn wir haben keine Maschine, die für ein derart große Gehäuse mit so vielen Einfassungen geschaffen ist.«

Am nächsten Tag hatte Pietro mich mitgenommen, damit ich die kleine Fabrik besichtigen und mit eigenen Augen sehen konnte, was er mir erklärt hatte. Obgleich sein ehrliches Urteil und die Konfrontation mit der Realität meine Hoffnungen auf eine baldige Zusammenarbeit fürs erste zunichte gemacht hatten, fühlte ich mich keineswegs entmutigt. Im Gegenteil, als ich nach Hause zurückkehrte, brannte ich förmlich darauf, das Gelernte in die Tat umzusetzen und mich an neue Muster zu wagen. Pietros Stärke bestand nämlich vor allem darin, anderen Selbstvertrauen zu geben.

Als Marco mich fragte, ob ich über seinen Vorschlag nachgedacht hätte, erwiderte ich, daß ich bleiben würde: Es war zumindest den Versuch wert. Inzwischen fühlte ich mich einigermaßen gerüstet, einen Kompromiß einzugehen, der, wie er selbst gesagt hatte, einige positive Seiten beinhaltete. Nun, da wir uns damit abgefunden hatten, daß unsere Ehe gescheitert war, konnten wir freundschaftlich und mit gegenseitigem Respekt vor der Freiheit des anderen zusammenleben und uns so ein lästiges Scheidungsverfahren und allzu große Veränderungen, die uns möglicherweise aus der Bahn werfen konnten, ersparen. Außerdem fühlte ich mich geborgen, wenn ich mit Marco zusammenlebte: Immerhin war jemand da, ein Mensch, mit dem ich mich an den Tisch setzen, reden, ins Kino oder ins Theater gehen konnte.

Heute weiß ich, daß all das nur Vorwände waren, mit denen Marco und ich versuchten, den wahren Grund, der uns zusammenhielt, vor uns selbst zu verbergen: Wir waren immer noch verliebt in die Erinnerung an Nürnberg und an unsere Ehe. Und wir wollten diese Erinnerung retten. Eine panische Angst zu scheitern lähmte uns, und unser Stolz verbot uns, einander um Hilfe zu bitten.

Und so stürzten wir uns vom ersten Tag an in die Rolle zweier Ehegatten, die aus reiner Zweckmäßigkeit und um des lieben Friedens willen beschlossen haben zusammenzubleiben. Und wir waren so freundschaftlich, tolerant, respektvoll und nett zueinander, daß das Rollenspiel mit der Zeit unsere Hand führte und wir den dumpfen Zorn gar nicht bemerkten, der langsam und heimtückisch in uns aufstieg.

Die Alarmglocken gingen ausgerechnet an dem Abend zum erstenmal, als ich mich nach dem Telefonat mit Pietro wohlig im Bett ausstreckte und für mich Bilanz aus dem letzten Jahr zog. Auf einmal hörte ich, wie ein Schlüssel im Schloß gedreht wurde und kurz darauf Marcos Stimme erklang: »Ich bin's, Laura. Bist du noch wach?«

Überrascht stand ich auf und ging ihm entgegen. »Wolltest du nicht erst morgen früh zurückkommen?«

»Ich bin schneller fertig geworden und habe den letzten Flug noch bekommen. Alles in Ordnung?«

»Alles bestens. Hast du schon zu Abend gegessen?«

Er verzog das Gesicht. »Ich hatte die Wahl zwischen Hirschschmorbraten und vegetarischer Platte. Aber mach dir keine Gedanken, ich gehe jetzt erst einmal duschen, und dann mache ich mir ein Brötchen.«

»Ich habe Kalbsbraten und fleischlose Tortellini zur Auswahl.«

»Hattest du jemanden zum Essen da?«

»Tiefkühlkost«, sagte ich mit einem Grinsen.

»Dann werde ich den Braten probieren.«

Ich wärmte ihn auf und deckte eine Seite des Tisches. Während ich in der Küche auf Marco wartete, klingelte erneut das Telefon. Es war fast Mitternacht, und erschrocken lief ich los, um den Hörer abzunehmen. Ich atmete erleichtert auf, als ich Pietros Stimme und die gute Nachricht hörte, die er mir verkündete: Die Japaner hatten begeistert die gesamte Kollektion bestellt und damit fast die ganze Weihnachtsproduktion aufgekauft. Amüsiert erzählte er mir von dem Haiblick, mit dem Mister Nobunaga sich auf die besten Stücke gestürzt hatte, und von seinem Wunsch, am nächsten Tag die Fabrik zu besichtigen. »Vielleicht will er die auch kaufen«, meinte er lachend.

Als ich in die Küche zurückkehrte, trank Marco vor dem bereits leeren Teller ein Glas Wein.

»Entschuldige, das war ein geschäftlicher Anruf. Willst du ein Stück Käse? Oder Obst?«

»Ist die Firma abgebrannt? Oder waren Einbrecher da?«

»Das war Pietro Berti. Er wollte mir nur sagen, daß er ein ausgezeichnetes Geschäft unter Dach und Fach gebracht hat, mit den ... «

»Das sollte kein Verhör werden. Es kommt mir nur etwas komisch vor, daß um diese Zeit noch jemand anruft, das ist alles.«

»Pietro hat mich vor ein paar Stunden schon einmal angerufen. Er dachte, ich sei allein zu Hause und es würde mich freuen zu hören ... «

»Du mußt dich nicht rechtfertigen, Laura.«

»Natürlich muß ich das nicht. Also kann ich jetzt den Tisch abräumen, oder möchtest du noch etwas?« versuchte ich das Thema zu wechseln.

»Ich räume selber ab.«

»Gut, dann gehe ich wieder ins Bett. Gute Nacht, Marco.«

»Ihr seid schon ziemlich intim geworden, du und dieser Berti«, begann er wieder.

»Intim?« Ich sah ihn fest an. »Wenn du dich damit auf die Arbeit beziehst, ja.«

»In einem Geschäftsjahr hat er nur zwei deiner Entwürfe angenommen. Das scheint mir keine so intensive Zusammenarbeit zu sein, daß sie derart aufdringliche Anrufe rechtfertigen würde.«

»Ich bin mit dem Ergebnis mehr als zufrieden. Und ich bin Pietro dankbar, daß er soviel Zeit investiert, um mich diesen bestimmt nicht leichten Beruf zu lehren.«

»Hat er keine Frau?«

»Nein. Ich glaube nicht.«

Mit sarkastischem Blick schüttelte er den Kopf. »Aha, und woran liegt das wohl?«

»Ich weiß nicht, worauf du hinauswillst.«

»Wenn ein Mann über dreißig keine Frau oder Freundin hat, stimmt immer irgend etwas nicht. Vielleicht solltest du dir einmal Gedanken darüber machen, Laura.«

»Ich persönlich finde es faszinierender, über den gegenteiligen Fall nachzudenken, nämlich über Männer, die sowohl eine Frau als auch eine Freundin haben. Und die die Augen stets für sich bietende Gelegenheiten offenhalten.«

»Tatiana!« rief er lachend aus. »Ich wußte, daß du dir ein vollkommen falsches Bild machen würdest, als du mich mit ihr beim Essen gesehen hast. Du hast ihr wirklich einen vernichtenden Blick zugeworfen, als ich sie dir vorgestellt habe.«

»Wenn ich euch in einem Restaurant in Moskau getroffen hätte, hätte ich nicht einmal mit der Wimper gezuckt. Wie zum Teufel kann man nur *Tatiana* heißen?«

»Die Ärmste kann ja nun wirklich nichts dafür«, sagte Marco immer noch lachend.

»Das stimmt. Aber ich glaube kaum, daß ihre Eltern sie

zwingen, in einem lila Minirock und mit einer baumelnden Atlasschleife am Hintern herumzulaufen!«

»Sie ist aber ein sehr amüsantes Mädchen. Ich bin mit ihr essen gegangen, weil ...«

»Deine Angelegenheiten interessieren mich nicht.«

»Ich will ja nur meinen Ruf verteidigen! Tatiana hat ihren Vorgesetzten wegen sexueller Belästigung angezeigt, und ich habe sie kontaktiert, um den Fall gütlich zu regeln.«

»Es läßt sich nicht leugnen, daß sie überaus sexy ist.«

»Nein.« Marco machte eine kurze Pause, dann sah er mich an. »Aber nun mal ehrlich: Läuft da etwas zwischen dir und diesem Pietro Berti? Du mußt es mir natürlich nicht sagen.«

»Dann mache ich von meinem Recht zu schweigen Gebrauch.«

In Wahrheit wußte ich einfach nicht, was ich ihm hätte antworten sollen. Pietro war der vertrauenswürdigste Mann, den ich je kennengelernt hatte. Sein herzliches und extrovertiertes Auftreten konnten leicht täuschen und den Eindruck erwecken, er sei ein offener und intuitiver Mensch. Doch wenn man ihn besser kannte, merkte man, daß Pietro das genaue Gegenteil war: streng, mißtrauisch und so rational, daß er geradezu kleinkariert wirkte. Erst nach vielen Monaten hatte er mir die Tragödie seines Lebens anvertraut: Das Mädchen, das er geliebt hatte, war drei Wochen vor ihrer Hochzeit an Leukämie gestorben. Seitdem waren sieben Jahre vergangen, und er hatte den schmerzlichen Verlust immer noch nicht überwunden.

»Dich kennenzulernen hat mir sehr geholfen«, hatte er anschließend geflüstert. Das war das einzige Geständnis, zu dem er sich je hatte hinreißen lassen. Seine Blicke, sein Tonfall und seine offensichtliche Freude, mit mir zusammenzusein, hatten mir zu verstehen gegeben, daß er mich liebte. Doch die Vernunft bremste diesen Instinkt, und seine moralische Strenge verbot ihm, es mir zu gestehen: Ich war eine verheiratete Frau.

Eines Tages hatte ich ihm die Wahrheit über meine Beziehung zu Marco gesagt, und sein einziger Kommentar hatte gelautet: »Du solltest dich scheiden lassen.«

Solange ich mich nicht scheiden ließ, würde er es niemals zulassen, mich zu lieben. Ich für meinen Teil war mir über die Art meiner Zuneigung zu ihm viel zu unsicher, als daß ich mich hätte entschließen können, meinen Mann zu verlassen.

Pietro war das Gegenteil von Marco, und seine Gegenwart hatte meine besten Seiten zum Vorschein gebracht. Ich hatte entdeckt, daß ich sanft, nachdenklich, konstruktiv und geduldig sein konnte. Doch der Kompromiß, in dem ich lebte, wuchs mir über den Kopf und lähmte meine Fähigkeit, zu verstehen und zu handeln. Liebte ich Pietro oder einfach nur den Herzensfreund? Gab mir die Tatsache, daß er sich so sehr von meinem Mann unterschied, Sicherheit, oder rief sie ein gewisses Unbehagen hervor? Wer war mir ähnlicher: der Mann, der, wenige Tage nachdem wir uns begegnet waren, beschlossen hatte, mich zu heiraten, oder der, der ohne die Gewißheit, mich für immer zu wollen, unfähig war, sich mir zu öffnen?

Das waren Fragen, auf die ich vergebens Antworten suchte. Und tief in meinem Herzen hoffte ich feige, daß Pietro mir nicht seine Liebe gestehen und mich damit zu etwas zwingen würde, ehe ich sicher war, ihn meinerseits zu lieben.

Mein großer Fehler bestand darin zu glauben, daß alle Entscheidungen, die die Lage klären würden, von mir und von ihm abhingen. Ich hatte vergessen, daß auch Marco Teil des Spiels war und ich unbedingt mit Manövern von seiner Seite rechnen mußte. Etwa einen Monat später, Ende 1996, läuteten die Alarmglocken zum zweitenmal. Ich habe noch jeden Gedanken, jeden Augenblick dieses Abends lebhaft in Erinnerung.

Es ist sieben Uhr, und ich habe heftige Kopfschmerzen. Ich liege im Bett und warte, daß das Schmerzmittel seine Wirkung tut. Ich höre Marco unter der Dusche singen und sich dann mit dem elektrischen Rasierer rasieren. Er macht sich fertig, um zu dem Fest von Terry und Pierpaolo zu gehen, und plötzlich habe ich das deprimierende Gefühl, alles schon einmal erlebt zu haben: ein Déjà-vu.

Ich weigere mich, an den fürchterlichen Streit vor einer Stunde zu denken, ich weigere mich, mich von dieser Traurigkeit beherrschen zu lassen, die einen zu Silvester überfällt, wenn man mit dem vergangenen Jahr abrechnet. Doch diese Abrechnung steht mir unweigerlich bevor. Das spüre ich an dem Pochen in meinen Schläfen, an der Unruhe, die mir die Kehle zuschnürt, an meiner Ohnmacht, der Unfähigkeit, mich zu rühren. Warum will ich vor der Wahrheit fliehen? Ich habe diesen Moment schon einmal erlebt und kenne das Drehbuch meiner Ehe, die mittlerweile zu einem zu häufig aufgeführten Schauspiel verkommen ist, auswendig.

Marco und ich sind wie zwei erschöpfte Roboter, die stets die gleichen Situationen, die gleichen Sätze, die gleichen Gesten und sogar die gleichen vorhersehbaren Bühneneinlagen wiederholen. Wie für alle Paare, die am Ende ihrer Beziehung stehen, ist das einzig Neue, was passieren kann, ein Ereignis, das zu einer Trennung führt.

Um halb acht ruft Pietro mich an, um mir einen guten Rutsch ins neue Jahr zu wünschen. Seine Schwester hat gerade ein Kind bekommen, und er mußte seine Eltern nach Rom begleiten, wo sie wohnt. Er wiederholt noch einmal sein Bedauern, Silvester nicht mit mir verbringen zu können. Ich antworte, daß ich ohnehin beschlossen hätte, zu Hause zu bleiben, weil diese Nacht für mich schon immer die traurigste Nacht des ganzen Jahres gewesen sei.

Ich habe gerade aufgelegt, als ich Marco im Türrahmen stehen sehe. Offensichtlich hat er das Gespräch mit angehört. »Ich dachte, du würdest mit ihm ausgehen«, sagt er überrascht.

»Das habe ich nie behauptet!«

»Ich bin einfach davon ausgegangen. Jedenfalls war ich sicher, daß du auf keinen Fall zu den Mugnani willst, um mit ...«

»Wärest du nicht so sehr mit Singen beschäftigt gewesen, hätte ich dich informiert.«

»Tut mir leid. Wie geht es deinem Kopf?«

»Besser. Ich werde mir jetzt einen Tee machen, und dann versuche ich zu schlafen. Bist du fertig?«

Er sieht mich einen Moment schweigend an. »Ich habe keine Lust mehr auszugehen. Um die Wahrheit zu sagen, hatte ich von Anfang an keine.«

»Und Giulia?« frage ich. Auch ihre innige Freundschaft gehört zum Drehbuch.

»Ich habe ihr gestern gesagt, daß ich noch nicht sicher bin, ob ich zu den Mugnanis komme, und ich denke, sie geht auch nicht hin. Außerdem weiß sie, daß sie dort nicht gerade ein gerngesehener Gast ist.«

»Hattest du eine Natascha in Aussicht?« unterstelle ich.

»Nein, eine Großmutter«, erwidert er ernst. »Heute abend versammelt Josette die ganze Verwandtschaft bei sich zu Hause, und sie hat mich gefragt, ob wir auch kommen wollen. Da ich dachte, daß du schon etwas vorhast, habe ich ihr abgesagt.«

»Warum hat sie mich nicht direkt angerufen?«

»Um dir die Verlegenheit zu ersparen, absagen zu müssen. Euer Verhältnis ist nicht mehr besonders herzlich. Das sage ich nicht, um mit dir zu streiten, damit das klar ist.«

»Ich habe sie sehr gern, aber es tut mir weh, daß sie so schlecht von mir denkt, und deshalb halte ich mich lieber von ihr fern.«

Marco reißt die Augen auf. »Schlecht von dir denken? Josette liebt dich abgöttisch, in ihren Augen gibt es keine gute Eigenschaft, die du nicht besitzt. Als ich aus New York zurückgekommen bin, kam sie in mein Büro und hat mir – ohne Rücksicht auf meine Sekretärin – Schimpfwörter an den Kopf geworfen, die mich erröten ließen, wenn ich sie wiederholen müßte.«

In die Freude, so sehr geliebt zu werden, mischt sich sofort ein Gefühl der Scham wegen all der ausgeschlagenen Einladungen, förmlichen Telefonate und steifen Unterhaltungen in den letzten Monaten. »Glaubst du, wir können die Einladung deiner Großmutter noch annehmen?« fragte ich sofort.

Marco beginnt zu strahlen. »Natürlich!«

Um Viertel nach neun kommen wir im Haus der Großeltern an. Umarmungen, Händeschütteln, Lächeln. Alle scheinen sich aufrichtig zu freuen, mich zu sehen, vor allem Josette. Ihre jungen Augen strahlen, als sie auf den Personen ruhen, die sich um sie versammelt haben. Ihr Haus ist einladend, die Atmosphäre heiter, das üppige Essen ausgezeichnet.

Zehn Minuten vor Mitternacht kommen mein Vater und Marina, die mit einer alten Tante von Marina zu Abend essen mußten. Als Josette sich nach ihrer Gesundheit erkundigt, fühle ich mich merkwürdig überrascht. Ich wußte gar nicht, daß Marina eine Tante hat, ich wußte nichts über ihre Verwandtschaft und ihre eigene Familie. Ich hatte die Geliebte meines Vaters immer als etwas gesehen, das plötzlich aus dem Nichts aufgetaucht war, um das Leben meiner Mutter zu zerstören.

»Alles in Ordnung, Laura?« Das ist Marcos Stimme.

Mitternacht. Anstoßen, Neujahrswünsche, noch mehr Umarmungen. Die Zwillinge reißen das Fenster auf und werfen zwei alte Teller hinaus: das bringt Glück, sagen sie. Nonna Josette schreit, sie hätten ihr altes Service aus Limoges zerstört, aber es ist offensichtlich, daß es sie nicht wirklich kümmert.

Viertel nach zwölf. Wir beginnen ausgelassen und lautstark mit einem Gesellschaftsspiel, das sich um einen Kaufmann dreht. Mein Vater ist der Marktschreier, Nonna Josette hamstert Karten und streitet wütend mit Marco, weil er sich weigert, ihr die mit der Schloßherrin für hunderttausend Lire zu verkaufen. Nonno Francesco erinnert sie daran, daß sie mit echtem Geld spielen, und wirft ihr vor, wie immer eine Verschwenderin zu sein.

Um halb drei stehen Marcos Onkel und Tante auf: Es ist Zeit, die Zwillinge ins Bett zu bringen.

Wir finden, daß es für uns alle schon recht spät geworden ist. Nonna Josette kommt zu mir, als ich meinen Mantel suche. »Danke, daß du gekommen bist«, sagt sie.

»Ich danke dir. Für alles.«

»Halt durch, Kleine, du wirst einen großen Sieg davontragen.«

»Ich weiß nicht, was ich will«, gestehe ich unweigerlich. »Ich weiß nicht einmal, in welcher Schlacht ich überhaupt kämpfe ...«

Nonna Josette schüttelt fröhlich den Kopf. »Das Wichtigste ist nicht das Mitmachen, sondern der Sieg!«

Um Viertel vor drei sitzen wir im Auto. »War doch gar nicht so schlimm, oder?« sagt Marco, als er den Motor anläßt.

»Es war sehr schön«, erwidere ich aufrichtig. »Josette hat wirklich ...«

»Du hättest etwas netter zu deinem Vater sein können. Um Mitternacht ist er zu dir gekommen, um dich zu umarmen, und du hast so getan, als würdest du ihn gar nicht sehen.«

»Ich habe ihn wirklich nicht gesehen!« protestiere ich.

»Dein Vater ist ein anständiger Mensch. Und Marina auch.«

»Ich habe doch gesagt, es war ein schöner Abend. Warum willst du ihn jetzt kaputtmachen?«

»Fällt es dir so schwer zu verzeihen?«

»Es fällt mir schwer zu vergessen. Aber ich versuche es.«

»Ich wollte dir nicht weh tun, verzeih mir.« Er nimmt meine Hand, und ich ziehe sie nicht weg, um weder Kummer noch Spannungen heraufzubeschwören, denn das könnte ich nicht ertragen.

Um drei sind wir zu Hause.

Um halb vier kommt Marco in mein Zimmer. »Bist du noch wach?« Ohne auf eine Antwort zu warten, setzt er sich auf meine Bettkante. Ich rutsche automatisch zur Seite, um ihm Platz zu machen.

»Es war kein schlechtes Jahr«, sagt er.

»Nein ... ich weiß nicht.«

»Bist du in Pietro verliebt?«

Diese Frage kommt unerwartet, doch seltsamerweise bin ich nicht überrascht. »Ich weiß nicht«, antworte ich.

»Jedesmal, wenn ich mich zu einer Frau hingezogen fühle, muß ich sofort daran denken, wie ich dich in Nürnberg kennengelernt habe. Was ich für dich empfunden habe, ist einzigartig ...«

Ein Knoten schnürt mir die Kehle zu, doch meine Stimme ist fest. »Ich weiß, aber das Leben geht weiter.«

Ich merke, wie er erstarrt. »Schon.«

»Wir müssen jetzt schlafen, Marco.«

Er schickt sich an aufzustehen, doch dann überlegt er es sich anders und faßt mich an den Schultern. »Ich habe dich sehr geliebt. Du kannst dir nicht vorstellen, wie sehr ...«

Dieses Verb in der Vergangenheitsform versetzt mir einen Stich. Ich senke den Blick. »Ich dich auch«, flüstere ich.

»Schick mich nicht weg.« Schweigend schlüpft er unter die Decke, streckt sich hinter mir aus und schlingt seine Arme um mich. »Gute Nacht«, sagt er leise.

Wir sind wie zwei Schiffbrüchige, die sich an ein Floß klammern, und auch das habe ich schon einmal erlebt. Ich halte den Atem an, aus Angst, daß er die Umarmung lockert, doch Marco preßt sich reglos an mich und atmet leise. Diese Berührung ruft beinah einen körperlichen Schmerz hervor. Plötzlich drehe ich mich um und klammere mich an ihn.

Marco sieht mich zögernd an, ich nähere mein Gesicht dem seinen. Wenn du mich zurückweist, sterbe ich, sage ich stumm zu ihm.

Und Marco nimmt mich mit einem Stöhnen.

Schließlich beugt er sich über mich und sieht mich an. Ich kann in seinem Blick lesen, was er mich nicht zu fragen wagt: Was empfindest du für mich? Hat sich etwas verändert? War es nur körperliches Verlangen? Ist unsere Ehe wirklich zu Ende? Wollen wir es noch einmal versuchen?

Allein der Gedanke zu scheitern versetzt mich in Panik. Ich will es nicht noch einmal versuchen, ich will mich nicht noch einmal unsicher und unglücklich fühlen müssen.

»Stimmt etwas nicht?« frage ich mit heiterer Stimme. »Für mich war es wunderschön.«

Ich sehe Enttäuschung in seinen Augen aufleuchten, aber vielleicht habe ich mich auch getäuscht. Vielleicht wollte Marco nur wissen, ob es mir gefallen hat, wie alle eitlen Männer.

Er steht auf und räkelt sich. »Ich gehe in mein Bett.« Er küßt mich auf die Stirn. »Es war so schön, daß wir es wiederholen sollten. Wer verbietet es uns?«

Und wir wiederholten es in der Tat. Von Zeit zu Zeit kam Marco in mein Zimmer und schlüpfte für ein paar Stunden in mein Bett. Diese zufälligen und unverbindlichen Begegnungen wurden stillschweigend zu einem Bestandteil unserer Abmachung, so wie das Mittagessen bei den Großeltern, die Einladungen bei den Mugnanis oder die gemeinsamen Abende im Kino. Indem wir den Sex auf eine angenehme und zulässige Übung reduzierten, nahmen wir ihm nicht nur jeglichen Zauber, sondern auch uns selbst jedwede Handlungsfähigkeit. Wenn die Sehnsucht nach den glücklichen Tagen zu groß wurde oder der Kompromiß, den wir getroffen hatten, uns unerträglich schien, brauchten wir nur miteinander zu schlafen, um die Kraft zu finden weiterzumachen und zugleich die Kraft zu verlieren, wirklich zu kämpfen.

XIV

Ende Januar bekam Marina eine böse Grippe, die sie völlig auslaugte und ihr den Appetit nahm. Meinem Vater gelang es schließlich, sie zu überzeugen, sich eine Haushaltshilfe zuzulegen, und Marina selbst erzählte mir begeistert von Clara, einem kubanischen Mädchen, das der Pfarrer ihr vorgestellt hatte.

Gleich nach ihrer Ankunft in Italien, bei ihrer ersten Dienststelle, war die Ärmste vom Hausherren belästigt worden und hatte ein Kind bekommen, das inzwischen zweieinhalb Jahre alt war und mit ihr in einer kleinen christlichen Gemeinschaft wohnte. Vor einem Monat, erzählte Marina weiter, war die Gemeinschaft verlegt worden, und bald sollte auch das Kloster geschlossen werden. Clara war auf der Suche nach einer festen Anstellung bei einer Familie, die in der Lage war, sie und ihren Sohn aufzunehmen. In der Zwischenzeit arbeitete sie stundenweise bei Marina und einer anderen Dame, während die Nonnen auf den Kleinen aufpaßten.

Es überraschte mich, wie Marina sich für ihre Haushaltshilfe einsetzte. Doch wie groß ihr Einsatz wirklich war, begriff ich erst eine Woche nach ihrem Anruf, als sie Marco und mich zum Mittagessen einlud. Als sie uns die Tür öffnete, hielt sie ein Kind an der Hand. »Das ist Antonio, Claras Sohn«, sagte sie mit beinahe mütterlichem Stolz.

Das Kind richtete seine zwei großen schwarzen Augen zuerst auf mich und dann auf Marina. »*Das nonna*«, sagte es und zeigte mit dem Finger auf sie.

Ich fühlte mich sofort unangenehm berührt. »Hast du dir ihn und seine Mutter ins Haus geholt?« fragte ich schroff.

»Clara bringt ihn mit, wenn sie zum Arbeiten herkommt. Heute hatte sie etwas zu erledigen, und wir haben sie gebeten, ihn bei uns zu lassen. Er ist ein reizendes Kind, und er stört überhaupt nicht.«

Kurz darauf bemerkte ich, daß auch mein Vater äußerst liebevoll mit dem Kleinen umging. Er fütterte ihn, sprach mit ihm und antwortete geduldig auf seine Fragen. Und als Antonio auf seinen Schoß sprang, sang er ihm »Hoppe, hoppe, Reiter« vor und tat so, als würde er ihn aus dem Sattel werfen, worauf der Kleine vergnügt quietschte.

»Wie viele schlechte Väter wärst du ein hervorragender Großvater geworden«, sagte ich auf einmal boshaft. Es war wirklich boshaft, was ich tief in mir drin fühlte.

Marco protestierte sofort. »Wie alle schlechten Witze ist auch deiner unangebracht und unsinnig.«

»Ich bitte um Entschuldigung.« Wenige Minuten später entzog ich mich dem verlegenen Schweigen, das entstanden war, und ging ins Badezimmer. Als ich zurückkehrte, war Antonio vom Schoß meines Vaters auf Marcos Schoß umgezogen, und Marco machte ihm aus einer Orangenschale eine lange Spirale.

Als Marina kurz darauf in die Küche ging, um Kaffee zu kochen, folgte ich ihr und konnte meinen Zorn nicht länger zurückhalten. »Du hättest mich an einem anderen Tag einladen und mir diesen Anblick einer glücklichen kleinen Familie ersparen können. Es sei denn, du hast mich zu Demonstrationszwecken eingeladen«, stieß ich zwischen den Zähnen hervor. Der Verdacht war mir gerade erst gekommen.

»Ich nehme an, das ist wieder einer deiner Witze, aber ich verstehe ihn nicht«, erwiderte Marina eisig.

»Wenn du gedacht hast, daß der Anblick des kleinen Wonneproppens mich überzeugen würde, ihn mir samt seiner Mutter ins Haus zu holen, hast du dich gewaltig getäuscht. Und ich finde es geschmacklos, daß ...«

»Clara hat eine Stelle in der Nähe von Bergamo gefunden, bei einem netten Witwer mit zwei Kindern, der mit seinen beiden verheirateten Schwestern im Hause der Eltern lebt. Und heute morgen ist sie hingefahren, um ihre Sachen dort hinzubringen. Da ich deine Wohnung und deine Abneigung gegen fremde Kinder kenne, hätte ich nicht einmal im Traum daran gedacht, Clara und Antonio bei dir unterzubringen.«

»Aber du dachtest wahrscheinlich, daß mein Herz zerfließen würde vor lauter Kinderliebe und daß ich Hals über Kopf losstürzen würde, um ein Kind zu adoptieren!«

»Wann hörst du endlich damit auf, deine Phantasien auf andere zu übertragen? Und wann hörst du auf, immer einen neuen Vorwand zu suchen, um mich und deinen Vater zu hassen?« fuhr Marina mich an. Ich hatte sie noch nie so wütend gesehen, und auf widerwärtige Weise freute mich das.

»Seit meine Mutter tot ist, suche ich nach einem Grund, euch *nicht* zu hassen. Aber leider macht ihr mir das manchmal verdammt schwer.«

»Fahr zur Hölle, Laura.«

»Endlich läßt du mal die Maske der liebevollen und einfühlsamen Stiefmutter fallen.«

»Verzieh dich.«

»Mit Vergnügen.« Ich kehrte ins Wohnzimmer zurück.

Marco hatte sich auf den Teppich gesetzt und türmte mit Claras Sohn Bauklötze aufeinander. »Los, komm, es ist Zeit zu gehen«, fuhr ich ihn an.

Mein Vater sah mich verwirrt an. »Jetzt schon?«

»Deine Frau hat mich aufgefordert, das Haus zu verlassen. Kommst du mit, oder soll ich allein gehen?« fragte ich an Marco gewandt.

Ohne auf eine Antwort zu warten, ging ich zur Tür. Ich hörte, wie er sich eilig verabschiedete und dem Kind versprach, daß sie sich bald wiedersehen würden.

Auf dem Rückweg sagte keiner von uns ein Wort. Und als wir zu Hause waren, setzte er sich schweigend vor den Fernseher.

»Willst du einen Kaffee?« fragte ich ihn betont freundlich, als wollte ich ihm zu verstehen geben, daß seine stumme Mißbilligung mich völlig kaltließ.

»Ich will gar nichts.«

»Nicht mal ein Kind?« provozierte ich ihn.

»Hör auf mit deinen Witzen, Laura. Du hast deinen Auftritt gehabt, das genügt für heute.«

»Mein Auftritt war aber nicht so wirkungsvoll wie deiner. Die Rolle des Vaters hast du wirklich herzzerreißend gespielt.«

»Und dein Wutausbruch war wirklich das letzte. Dein Vater und Marina waren fassungslos.«

»Ach, die lieben *Großeltern*, denen das Herzlein übergeht vor lauter Rührung und Zärtlichkeit ...«, sagte ich ironisch.

»Laß uns jetzt damit aufhören.«

»Verstehe. Du möchtest nicht das Risiko eingehen, deine Meinung über mich ändern zu müssen.«

Er lachte bitter. »Das Risiko scheint mir ziemlich weit hergeholt.«

»Weil du genauso bist wie die beiden. Ist euch überhaupt nicht in den Sinn gekommen, daß es mich demütigen und verletzen könnte, wenn ihr mir ein Kind vorsetzt? Den Enkel und Sohn, den ich euch nicht schenken konnte?«

»Du bist doch völlig paranoid! Man darf ja nicht einmal mehr ein Kind niedlich finden, ohne daß du das als zynischen Angriff auf dein seelisches Gleichgewicht empfindest! Du mußt endlich aufhören, zur Salzsäule zu erstarren, sobald irgendeine Frau, meine Tante eingeschlossen, während eines Essens oder einer Feier ihre Kinder erwähnt. Ich kann schließlich nicht jedesmal, wenn wir irgendwo hingehen, Herodes vorschicken, damit er sämtliche Kinder aus dem Weg räumt und ...«

»Das genügt, Marco.«

»Ach richtig, ich vergaß: Wenn man sich der Wahrheit nähert, sollte man schleunigst das Gespräch beenden.«

»Die Wahrheit ist, daß dir ein Kind fehlt. Warum heiratest du nicht Giulia oder irgendeine fruchtbare Tatiana, statt krampfhaft an einer paranoiden und unfruchtbaren Frau festzuhalten?«

»Wenn mir wirklich ein Kind fehlen würde, hätte ich dir längst vorgeschlagen, eines zu adoptieren.«

»Ich hätte niemals zugestimmt.«

»Und ich habe es dir nie vorgeschlagen, weil es offensichtlich keinem von uns beiden fehlt. Das heißt aber nicht, daß ich sämtliche Kinder, die mir über den Weg laufen, ignorieren oder ihnen böse Blicke zuwerfen muß, wie du es heute bei Antonio getan hast.«

»Antonio wirkte auf mich gerissen und aufdringlich.«

»Mein Gott, Laura, du sprichst von einem Kleinkind, das noch nicht einmal drei ist!« protestierte er.

»Ich denke, deine schlechte Meinung von mir hat sich bestätigt. Kann ich mir jetzt einen Kaffee machen?«

Ein paar Tage später rief Marina mich unter einem Vorwand an: Es war offensichtlich, daß sie mir ein Friedensangebot machen wollte, und ich nahm es an, indem ich mich freundschaftlich mit ihr unterhielt, als wenn nichts geschehen wäre. Auch Marco schien unseren Streit vergessen zu haben: Wir sprachen wieder normal miteinander, unterhielten uns mit der gewohnten Selbstverständlichkeit, das heißt, mit dieser uns nunmehr in Fleisch und Blut übergegangenen Vorsicht, die es uns erlaubte, unser Zusammenleben ohne größere Auseinandersetzungen fortzuführen.

Nach dem peinlichen Mittagessen bei meinem Vater jedoch schlich sich ein unterschwelliger Zorn bei mir ein und begann allmählich, an meiner keimfreien Beziehung zu Marco zu nagen. Ich war unruhig, meine Nerven waren zum Zerreißen angespannt, und meine Feindseligkeit ihm gegenüber wuchs. Und ganz langsam schlitterten wir in eine Art kalten Krieg hinein.

Es war die Arbeit, die mir aus der Misere half: Betsey Jones, die neue Kultdesignerin der jungen Londoner Modeszene, hatte Pietro Berti vor vier Monaten gebeten, exklusiv für sie eine Schmuckserie zu entwerfen. Unter den Mustern und Entwürfen, die ihr zugeschickt worden waren, war auch die Skizze einer meiner Anstecknadeln: zwei kleine stilisierte Schildkröten, die – vereint durch einen einfachen Rahmen aus eingefaßten Steinen – eine Herzform bildeten.

Betsey Jones meldete sich unerwartet in der letzten Märzwoche und verkündete, daß die Serie Anklang gefunden habe und sie einen Vertreter der Firma erwarte, um sich auf Preise zu einigen, Liefertermine zu vereinbaren und die Vertragsformalitäten zu klären. Unter den Modellen, die ihr am meisten gefallen hatten, nannte sie auch das von mir entworfene.

Als Pietro mir das sagte, fiel ich ihm vor lauter Glück um den Hals. »Warum kommst du nicht mit mir nach London?« schlug er vor. »Ich glaube, die Jones würde sich freuen, dich kennenzulernen, und mir würdest du auf jeden Fall eine Freude machen.«

Ohne zu zögern, sagte ich zu. Mein Zusammenleben mit Marco beruhte auf gegenseitigem Respekt vor der Freiheit des anderen, und bisher war immer nur er weggefahren und ausgegangen, ohne es vor mir rechtfertigen zu müssen. Also ging ich stillschweigend davon aus, daß ich es ebenso halten könnte. Doch als ich ihm von meiner Reise erzählte, verfinsterte sich sein Blick sofort.

»Was willst du denn in London?«

Ich erzählte ihm von Betsey Jones, von der für sie entworfenen Schmuckserie, von dem Erfolg meiner Skizze und von dem Vertrag, den es zu unterzeichnen galt.

»Du bist weder Bertis Assistentin noch eine gesetzliche Vertreterin der Firma. Du bist nicht einmal angestellt«, entgegnete er, nachdem er mir zugehört hatte. »Ich sehe wirklich keinen Grund für diese Reise.«

»Ich schulde dir keine Erklärung, und deine Erlaubnis brauche ich schon gar nicht.«

»Du hast mir doch unaufgefordert Erklärungen gegeben! Es hätte völlig genügt, wenn du mir gesagt hättest, daß du Lust hast, mit deinem Verehrer eine Reise zu machen.«

»Ich habe Lust, mit meinem Verehrer eine Reise zu machen«, wiederholte ich artig.

»Ich nehme es zur Kenntnis. Endlich hast du dich entschlossen zuzugeben, wie die Dinge zwischen dir und diesem Herren stehen.«

»Wenn du nach einem Aufhänger suchst, um die Scheidung einzureichen, werde ich bestimmt nicht ...«

»Habe ich etwas von Scheidung gesagt? Ich habe dich lediglich gebeten, aufrichtig zu sein.«

»In Wirklichkeit hast du eine Erklärung von mir verlangt. *Was willst du denn in London*?« äffte ich ihn nach.

»Das habe ich aus reiner Neugier gefragt.«

»Wenn du mir sagst, daß du wegmußt, frage ich dich weder wohin noch mit wem du fährst.«

»Reisen gehört zu meinem Job.«

»Es ist gut möglich, daß auch ich in Zukunft öfter verreisen muß. Geschäftlich.«

»Ich würde es dir wünschen. Aber momentan glaube ich kaum, daß die Skizze zweier engumschlungener Schildkröten dir großartige Perspektiven eröffnet.«

Ich spürte, wie mir das Blut in den Kopf stieg. »Dein Sarkasmus und deine Rücksichtslosigkeit machen mir nichts aus. Glücklicherweise gibt es Leute, die meine Arbeit zu schätzen wissen!«

»Und nicht nur die.«

»Worauf spielst du jetzt wieder an?«

»Tu doch nicht so naiv! Glaubst du, dieser Berti würde dir soviel Zeit und Aufmerksamkeit widmen, wenn du nicht ein so hübsches Mädchen wärst?«

»Den Satz habe ich doch schon einmal gehört! Die Jahre vergehen, aber du bist immer noch sexbesessen und armselig wie eh und je.«

»*Sexbesessen*?«

»Und armselig. Aber nicht alle Männer sind wie du. Es gibt auch welche, die in einer Frau mehr als nur Busen und Hintern sehen.«

»Meine neue Sekretärin ist über fünfzig und flach wie ein Bügelbrett. Ich schätze ihre beruflichen Qualitäten sehr, aber es würde mir im Traum nicht einfallen, sie zum Essen oder zu einer Reise einzuladen, um ihr gegenüber meine Wertschätzung zum Ausdruck zu bringen.«

»Du bestätigst nur mit anderen Worten das, was ich gerade gesagt habe, Marco.«

»Nein, meine Liebe. Ich behaupte, daß kein Mann, dein Berti eingeschlossen, sich außerhalb des Büros und außerhalb der Arbeitszeit mit einer Mitarbeiterin treffen würde, die keinen Sex-Appeal hat!«

»Hast du sonst noch etwas zu sagen?«

»Nein. Du kannst mir ja nach deiner Rückkehr aus London sagen, ob ich mich geirrt habe.«

Am Abend vor der Abreise rief Betsey Jones an, um uns mitzuteilen, daß sie nach Mailand kommen würde. Ihr Geschäftsführer hatte einen Termin mit einer Gesellschaft, die daran interessiert war, die Exklusivrechte der Marke Jones für Italien zu kaufen, und sie wollte diese Reise nutzen, um die Schmuckfabrik zu besuchen und die Bedingungen unserer Zusammenarbeit besser einschätzen zu können.

Pietro war perplex, als er es mir erzählte. »Ich fürchte, daß sie in Wirklichkeit noch andere Angebote prüfen oder mit einer größeren Firma zusammenarbeiten wollen, die schon ein gefestigteres Image hat als unsere«, sagte er.

Die Fakten sollten ihm recht geben, denn einen Monat später schickte Betsey Jones das gesamte Material, das sie seinerzeit zur Ansicht bekommen hatte, zurück und begründete mit ein paar allgemeinen Floskeln (veränderte Geschäftsstrategien, logistische Anforderungen) ihre Entscheidung, den Vertrag nicht zu unterschreiben.

Da ich mir Marcos sarkastische Kommentare und meine Reaktion darauf lebhaft vorstellen konnte, zog ich es vor, ihm nicht zu sagen, daß die Reise nach London geplatzt war. Er war es, der in gleichgültigem Tonfall fragte, warum ich doch nicht gefahren war.

»Es hat Probleme gegeben«, erwiderte ich lakonisch.

»Mit der Arbeit oder mit deinem Berti?«

»Hör auf, ihn *meinen Berti* zu nennen.«

»Du hast meine Frage nicht beantwortet.«

»Mit der Arbeit natürlich.«

»Laufen die beiden kleinen Schildkröten doch nicht so gut?« Er grinste.

»Soll ich jetzt lachen?«

»Dich würde nicht mal Woody Allen zum Lachen bringen.«

»Du irrst dich. Vorgestern abend habe ich seinen neuen Film gesehen und ...«

»Du hast mir gar nicht erzählt, daß du im Kino warst!«

»Als ich wegging, warst du nicht da, und als ich zurückkam, auch nicht.«

»Ich war mit meinem Onkel und einem seiner Kunden essen«, sagte er beinahe beleidigt.

»Ich habe dich nicht um eine Erklärung gebeten. Und jetzt möchte ich ins Bett gehen, wenn es dir nichts ausmacht.«

»Auf Raiuno läuft der Film mit Clint Eastwood, der ...«

»Ich bin müde.«

»Wenn die Arbeit dich wirklich so schafft, Laura, bist du vielleicht nicht ...«

»Gute Nacht«, unterbrach ich ihn. Dann kehrte ich ihm den Rücken und verschwand in mein Zimmer.

XV

Wenn ich an diese Monate zurückdenke, sehe ich Marco und mich vor mir, wie wir immerzu wie zwei unerbittliche Streithähne aufeinander losgehen: Da das Schweigen als Waffe seine Wirkung verfehlt hatte, griffen wir unsere Ehe nun verbal an. Der kleinste Satz, die falsche Tonlage, eine Geste, eine Bemerkung genügten, um unsere wortreiche Aggressivität freizusetzen. Es folgten endlose und müßige Diskussionen, in deren Verlauf wir vergaßen, warum sie überhaupt angefangen hatten und worauf wir hinauswollten.

An einem gewissen Punkt konzentrierten wir uns nur noch darauf, die giftigsten Wörter, die subtilsten Anschuldigungen zu finden: Und die Polemik verwandelte sich in die narzißtische Vorführung einer Redekunst, an deren Ende derjenige siegte, der das letzte Wort behielt.

Diese Rauflust machte uns unfähig, normal miteinander zu reden: Wir wurden immer intoleranter und humorloser, waren chronisch schlecht gelaunt. Und letztendlich völlig entkräftet.

Im August beschlossen wir stillschweigend, eine Pause einzulegen: Marco verkündete mir, daß er mit einem Freund nach Griechenland fahren würde, und ich fuhr zum Gardasee, in ein Wellness-Institut, von dem Pietro Berti mir vorgeschwärmt hatte.

Zwei Wochen lang tauchte ich ein in ein irrsinniges Entgiftungs- und Regenerationsprogramm, das aus Massagen, Elektrostimulation, Sauna, Gymnastik, Joggen und Schwimmen bestand. Überall begegneten einem Menschen im Bademantel, die von einem Termin zum nächsten hetzten. Allerorts hing ein säuerlicher Geruch nach ätherischen Ölen in der Luft.

In den ersten Tagen hatte ich das Gefühl, von meinem Körper überwältigt zu werden: Ich wurde untersucht, eingerieben, gewogen, abgetastet, ich existierte nur noch in meiner Körperlichkeit. Doch schon bald wich mein anfängliches Unbehagen einem angenehmen Gefühl der Harmonie und Leichtigkeit: Mein Körpergefühl wiederzufinden war, als würde ich mich zum erstenmal seit langem wieder als ein Ganzes fühlen.

Freitag nachmittag, zwei Tage, bevor ich abreisen wollte, erlebte ich eine freudige Überraschung: Pietro Berti besuchte mich im Institut. »Ich dachte mir, wir verbringen ein Wahnsinnswochenende zusammen, und dann nehme ich dich wieder mit nach Mailand«, scherzte er.

Das Kurprogramm war beendet, und ich verzichtete auf die Schönheitsbehandlung und die letzte Stunde in Atemgymnastik, um mit ihm zusammensein zu können. Wir machten einen langen Spaziergang durch die Wälder über dem Gardasee, entdeckten eine alte Militärstraße, die oberhalb des Sees verlief, und gelangten schließlich zu einem Gasthaus, das von einem achtzigjährigen Pärchen geführt wurde und wo die Rezepte, das Mauerwerk und die Tische noch aus der Zeit ihrer Eltern stammten. Am letzten Abend fuhren wir nach Gargnano, um uns ein Freilichtkonzert anzuhören und uns anschließend zwischen den Verkaufsständen und Lichtern eines großen Spätsommerfestes in der Menge treiben zu lassen.

Es war schön, sich einfach nur fröhlich zu unterhalten, zu scherzen, sich umzusehen: Wenn ich mit Pietro zusammen war, war mir, als würde ich aus einem Alptraum erwachen und zu den Ritualen der Normalität zurückfinden. Warum hatte ich in Nürnberg nicht einen soliden, beruhigenden Mann wie ihn kennengelernt, statt Marco?

Pietro hätte dich nicht belästigt, dir nicht den Kopf verdreht und wäre dir nicht hinterhergelaufen, antwortete mir eine unverschämte Stimme. Wenn Pietro in Nürnberg gewesen wäre, wärt ihr aneinander vorbeigelaufen, ohne euch auch nur anzusehen. Zum hundertstenmal fragte ich mich, ob die Tatsache, daß er so anders war als Marco, mich anzog oder eher daran hinderte, mich in ihn zu verlieben. Ich verscheuchte den Gedanken an meinen Mann und war Pietro insgeheim dankbar, daß er mich überhaupt nicht nach ihm gefragt hatte, so als existierte er gar nicht.

Er tat es am nächsten Tag, als wir nach Mailand zurückfuhren. »Hast du eine Entscheidung getroffen, Laura?« fragte er plötzlich und drehte sich für einen Augenblick zu mir, um mich anzusehen.

Ich verstand sofort, daß er sich auf meine Ehe bezog. »Ich warte, daß Marco eine Entscheidung trifft«, erwiderte ich aufrichtig.

»Wovor hast du Angst?«

»Ich weiß nicht so genau ...« Ich dachte eine Weile nach. »Wenn ich an die Scheidung denke, habe ich das Gefühl, als müßte ich einen Sprung ins Leere machen ... Vielleicht habe ich Angst vor dem, was mich erwartet. Ich versuche, mir das Danach vorzustellen, aber ich kann nichts erkennen ...«

»Ich bin da, Laura.« Er drehte sich erneut zu mir. »Ich will dich nicht unter Druck setzen«, fügte er einfach hinzu, »ich will dir nur sagen, daß, wenn du den Sprung wagst, ein Netz dasein wird.«

»Du bist sehr viel mehr für mich!« protestierte ich.

»Das kannst du mir sagen, wenn der Moment gekommen ist, Laura.«

Den Rest der Fahrt sprachen wir über die Arbeit, über Diäten, Reisen, Musik ... unpersönliche Themen, die jedoch auf angenehme Weise die kurze emotionale Anspannung lösten. Mailand empfing uns mit dem purpurnen Licht eines wunderbaren Sonnenuntergangs, und Pietro parkte in einer Seitenstraße und half mir, mein Gepäck ins Haus zu tragen.

Als ich die Tür öffnete, sah ich die beiden Reisetaschen von Marco im Flur stehen. Und gleich darauf tauchte er auf. Ich stellte ihm Pietro vor und hoffte innerlich, daß er uns die Peinlichkeit seiner zweideutigen oder sarkastischen Witze ersparen würde.

Zu meiner großen Überraschung zeigte er sich von seiner liebenswürdigen und gastfreundlichen Seite. »Ich bin auch eben zurückgekommen und wollte mir gerade einen Eistee machen. Wollt ihr auch einen?«

Ich merkte, daß Pietro einen Augenblick zögerte. »Gern!« antwortete ich für ihn.

Als wir am Küchentisch saßen, erzählte Marco uns von seinem Urlaub am entlegensten Flecken Griechenlands: Während der Überfahrt war ein Mädchen aus ihrer Gruppe krank geworden, und das Boot hatte sie auf einer winzigen Insel mit drei Fischerhütten, fünf Zelten und dreißig Touristen zurückgelassen. Sie hatten den Ort so zauberhaft gefunden, daß sie nirgendwo anders mehr hingefahren waren. In einem Winkel meines Gehirns registrierte ich den Satzfetzen »Mädchen aus unserer Gruppe«: Marco hatte mir lediglich von einem einzigen Reisegefährten erzählt, einem Freund.

Nachdem er seine Erzählung über diesen wunderbaren Urlaub in der Wildnis beendet hatte, wandte Marco sich vertraulich an Pietro. »Und du und Laura, wo seid ihr hingefahren?«

»An den Gardasee«, antwortete ich für ihn. »Pietro hat mich nur abgeholt.«

»Ist der See nicht zu warm im August?«

Ich erklärte ihm, daß ich in einem Wellness-Institut gewesen war. Marco wollte mehr darüber wissen, und so war ich an der Reihe, ihm von dem Regenerations- und Entgiftungswahn zu berichten, dem ich meinen Körper ausgesetzt hatte.

Es war fast neun, als Pietro ging, nachdem er höflich die Einladung, noch zum Essen zu bleiben, ausgeschlagen hatte. Ich begleitete ihn zur Tür und kehrte zu Marco zurück. Ich hatte erwartet, daß er die Maske des freundlichen Ehemannes, mit dem ich Bett und Tisch teilte, fallenlassen würde, sobald wir alleine wären. Doch ich hatte mich wieder einmal getäuscht.

»Pietro ist wirklich nett«, bemerkte er. Unglaublich: Er schien es ernst zu meinen.

Wenige Tage genügten mir, um jeden Zweifel daran auszuräumen, daß jegliche Angriffslust aus Marcos Verhalten gewichen war. Ich war unglaublich erleichtert: Allein die Erinnerung an unsere Auseinandersetzungen bereitete mir Bauchschmerzen. Und so waren wir wieder wohlerzogen, freundlich und respektvoll, ohne zu bemerken, wie unsere Beziehung immer steriler wurde und die Gleichgültigkeit eine immer größer werdende Distanz zwischen uns schuf.

Eines Abends Ende September rief Marco mich an, um mir

mitzuteilen, daß sein Onkel unglücklich gestürzt war und er ihn zum Notarzt hatte bringen müssen, um ihn röntgen zu lassen. »Es wird wahrscheinlich sehr spät, warte nicht auf mich«, sagte er.

Eine Viertelstunde später klingelte das Telefon erneut: Eine junge weibliche Stimme fragte nach Marco, und ich erklärte ihr kurz, was vorgefallen war.

»Können Sie ihm ausrichten, daß Francesca angerufen hat?« bat das Mädchen, ehe es auflegte.

Erst am nächsten Morgen fiel mir der Anruf wieder ein, und ich erstattete Bericht. Marcos Reaktion überraschte mich: Er warf mir meine Vergeßlichkeit vor, fragte mich noch einmal nach dem genauen Zeitpunkt des Anrufs und erkundigte sich immer wieder, ob Francesca auch wirklich nichts anderes gesagt hatte.

Schließlich verlor ich die Geduld und platzte heraus: »Wirst du wohl endlich mit diesem Verhör aufhören?«

Francesca war neunundzwanzig und Bühnenbildnerin. Da weder Kino noch Fernsehen ihr bisher die Möglichkeit gegeben hatten, ihre Erfolgs- und Gehaltsvorstellungen zu realisieren, schrieb sie Liedertexte, organisierte Konzerte, arbeitete mit Theaterzeitschriften zusammen und erledigte die Pressearbeit für die eine oder andere Persönlichkeit. Groß, üppig gebaut und mit langem, leuchtendrotem Haar, war sie eine wahre »Naturgewalt«.

Terry Mugnani war es, die mir von ihr erzählte und sie mir so beschrieb. Sie kam mich eines Nachmittags besuchen, und mit offensichtlichem Unbehagen, erst nachdem sie vorausgeschickt hatte, daß sie lange überlegt habe, ehe sie beschloß, es mir zu sagen, warnte sie mich. Anfangs beschränkte sie sich darauf, mir zu sagen, daß Marco während seines Urlaubs in Griechenland ein Mädchen kennengelernt hatte; dann erzählte sie mir den ganzen Rest.

»Er trifft sie immer noch, und die Jungs sagen, daß er sich immer mehr von ihr einwickeln läßt«, schloß Terry. »Der Moment ist gekommen, wo du ihn zur Rede stellen mußt. Was hast du schon zu verlieren?«

»Nichts«, sagte ich voller Bitterkeit. »Alles, was ich in meinem Leben getan habe, habe ich getan, weil ich *nichts zu verlieren* hatte: Nicht ein einziges Mal hätte ich etwas zu gewinnen gehabt.«

»Das ist nun wirklich nicht der Augenblick, sich dem Weltschmerz hinzugeben. Du mußt sofort mit Marco reden und eine Entscheidung treffen.«

Und genau das tat ich noch am selben Abend und kam direkt zur Sache: »Ich habe gehört, daß du eine Beziehung hast, Marco. Ich will dich weder anklagen noch mit dir streiten, ich will nur wissen, was du vorhast.«

»Wenn du von Francesca sprichst, gibt es nicht viel zu sagen. Sie ist ein Mädchen, das mir gefällt und mit dem ich seit ein paar Monaten viel Zeit verbringe«, entgegnete Marco ebenso direkt.

»Verstehe.«

»Francesca ist seit fünf Jahren mit einem jungen Regisseur verlobt, und früher oder später werden sie heiraten«, fügte er hinzu.

»Und was stellst du dabei dar? Eine nette kleine Abwechslung? Einen Unfall?«

»Offen gestanden stelle ich mir keine Fragen.«

»Ich schon, Marco.«

»Wo liegt das Problem? Hat sich an unserer Beziehung etwas geändert?«

Welche Beziehung, hätte ich am liebsten gefragt. Aber ich zog es vor, mich nicht weiter auf das Glatteis einer Diskussion zu wagen, und tröstete mich damit zu sehen, mit welcher Erleichterung auch Marco das Thema fallenließ. Wir gehörten inzwischen zu den Paaren, die nicht einmal mehr den Mut hatten, einander Fragen zu stellen, aus Angst vor der Antwort. Unsere einzigen Gewißheiten waren nunmehr die Anhaltspunkte dafür, die Wahrheit anzuzweifeln oder zu ignorieren.

Marco kam abends spät nach Hause, verschwand an den Wochenenden, schloß sich in seinem Zimmer ein, um lange Telefonate zu führen, und ich stellte ihm nie irgendwelche Fragen. Doch im Gegensatz zu früher löste sein Interesse für eine andere Frau bei mir diesmal eine weit komplexere und unkontrollierbarere Wut aus.

Bevor wir uns kennengelernt hatten, war Marco mit Giulia zusammengewesen, und von Anfang an hatte ich damit leben müssen, daß sie ihn um jeden Preis zurückerobern wollte: Wie eine ständige Bedrohung schwebte sie über meiner Ehe, eine unausweichliche, unbekannte Größe, die auf fatale Weise allgegenwärtig war. Francesca hingegen hatte sich heimtückisch eingeschlichen, ein Fremdkörper, der bei mir eine heftige Abwehrreaktion hervorrief.

Eines Abends, als ich mit meinem Vater und mit Marina essen ging, sah ich sie zusammen. Sie saßen nicht weit von uns entfernt: Marco hatte sich zu ihr gebeugt und hielt ihre Hände in den seinen. Als er aufsah, bemerkte er mich. Nach kurzem Zögern stand er auf und kam zu uns, um uns zu begrüßen. Dann kehrte er zu ihr zurück.

Nach dem Essen gingen sie an uns vorüber, und Marco lächelte uns zum Abschied zu, ohne stehenzubleiben. Ich bemerkte, daß er einen Arm um ihre Schultern gelegt hatte.

»Das ist das Mädchen, das Giulias Platz eingenommen hat«, sagte ich in betont heiterem, gleichgültigem Ton. Ich konnte die verlegenen und traurigen Gesichter von meinem Vater und Marina nicht ertragen.

»Was für ein vulgäres Mädchen«, sagte Marina.

»Sie ist sehr schön«, berichtigte ich sie. Das war sie in der Tat, mit ihrem strahlenden Gesicht und dieser feuerroten Mähne. Marco war eindeutig verliebt in sie.

In seinen Augen hatte ich dasselbe strahlende Lächeln gesehen, mit dem er mich viele Jahre zuvor in einem Restaurant in Nürnberg angesehen hatte. *Ich bin eifersüchtig*, dachte ich haßerfüllt.

Später wurde mir der Grund meiner hingebungsvollen Abneigung gegen dieses Mädchen bewußt. Mit ihrer Energie, ihrer Schönheit und ihrer Fröhlichkeit hatte sie das einzige Band zerschnitten, das zwischen mir und Marco noch existierte: die Erinnerung an unsere glücklichen Tage. Die Liebe zu ihr hatte der Liebe zu unserer Ehe ein Ende bereitet. Und er brauchte nicht mehr in die Vergangenheit zurückzublicken, um sein Herz mit Freude zu erfüllen: Er brauchte nur noch Francesca anzusehen.

XVI

Ich habe nie zu den Leuten gehört, die ständig in Erinnerungen schwelgen und in der Vergangenheit leben, und in den Tagen, die auf die zufällige Begegnung mit Marco und Francesca folgten, war ich mir dessen noch sicherer. Die Erinnerungen an die Vergangenheit, denen ich mich vergeblich zu entziehen suchte, stürzten mich in einen Zustand tiefster Depression. Was sonst war Wehmut, wenn nicht ein Gefühl des Todes? Ich weinte einem verlorenen Glück und einer zu Ende gegangenen Liebe nach, und ich hätte mir tausendmal lieber Vorwürfe wegen einer Vergangenheit voller verpaßter Gelegenheiten gemacht, statt mich mit der Schönheit dessen zu quälen, was vorüber war.

Dein Vater ist glücklich, warum sollte er seiner alten Familie nachtrauern? hatte mir – mehr als einmal – meine Mutter gesagt. Es war eine grundlegende Wahrheit: Marco empfand keine Wehmut, weil die Gegenwart ihm all das wiedergab, was er verloren hatte, und wer glücklich ist, blickt nicht zurück.

Mein wiedererblühender Stolz war es, der mich rettete. Inzwischen war ich am Tiefpunkt angelangt, und selbst mein Job erschien mir blaß und trivial, verglichen mit Francescas einschüchternder Aktivität. Als ich es bemerkte, schämte ich mich meiner selbst. Was tat ich da? Wo war meine Würde geblieben? Wie konnte ich zulassen, daß zwei Menschen, die sich in ihrer Leidenschaft verloren und mich nicht einmal wahrnahmen, meine Träume und mein Leben bestimmten?

Das war der Punkt, an dem ich meine Beziehung mit Pietro Berti begann. Auch heute, nach vielen Monaten, weiß ich nicht, was genau mich dazu getrieben hat, alles zu überstürzen. War es mein unbewußter Wunsch, Marco zu beweisen, daß auch ich mich von ihm gelöst hatte, oder aber ein plötzliches Gefühl des Trostes und der Wärme, das ich empfand, wenn ich an Pietro dachte? Ich war nicht allein. Dieser ehrliche, zärtliche und freundliche Mann liebte mich und wollte sein Leben mit mir teilen. Meine Zukunft war er. Also gehorchte ich meinem Instinkt, rief ihn an, und kaum daß er abgehoben hatte, fragte ich ihn, ohne einmal Luft zu holen: »Kannst du dieses Wochenende mit mir verbringen? Mir ist jeder Ort recht, Hauptsache, wir sind zusammen.«

»Wann willst du fahren?« fragte er nach einer Weile, die mir wie eine Ewigkeit erschien.

»Von mir aus noch heute, wenn du Zeit hast.«

Zwei Stunden später holte er mich ab und teilte mir mit, daß wir nach Rimini fahren würden, in das Ferienhaus seiner Familie. »Mir ist auf die schnelle nichts besseres eingefallen«, sagte er beinahe entschuldigend.

Mein Vorschlag hatte ihn überrascht, aber offensichtlich erwartete er, daß ich ihm sagte, warum ich ihn gemacht hatte, ehe er darauf, in welcher Weise auch immer, reagierte. Er lud mein Gepäck in den Kofferraum, schob meinen Sitz zurück, damit ich es bequem hatte, und dann fuhren wir los.

Es herrschte viel Verkehr, und bis zur Autobahnauffahrt konzentrierte Pietro sich auf das Fahren. Ich wußte es zu würdigen, daß er sich nicht bemühte, das Schweigen mit dem üblichen Austausch von Banalitäten zu brechen: Uns war beiden klar, daß unsere Beziehung an einem Wendepunkt angelangt war, aber ich wußte, daß er mir keine Fragen stellen würde, ehe ich mich bereit fühlte, zu reden. Er wartete geduldig, und seine Ruhe übertrug sich spürbar auf mich, es war, als wollte er sagen: Entspanne dich, nur keine Eile. So war Pietro eben.

In einer Anwandlung von Dankbarkeit drückte ich seine Hand. »Du weißt gar nicht, wie wohl ich mich bei dir fühle!«

Er schenkte mir ein kurzes Lächeln. »Das freut mich.«

»Mein Mann hat eine andere«, platzte ich plötzlich heraus.

»Tut es dir weh?«

Ich nickte. »Vor einer Woche habe ich sie zusammen gesehen und festgestellt, daß er wirklich verliebt ist. Ich wußte, daß unsere Ehe inzwischen am Ende ist, aber ich habe mich trotzdem schlecht gefühlt, so als würde man sehen, wie ein Sarg in einem Loch verschwindet und eine Zementplatte ihn für immer unter sich begräbt. Es ist schwer zu erklären, Pietro ...«

»Du erklärst es sehr gut.«

»Ich hatte das Gefühl, es zerreißt mich, und ich habe nicht verstanden, warum.«

»Jede Beerdigung ist mit Schmerzen verbunden«, bemerkte Pietro ruhig.

»Mir ging es auch danach noch schlecht. Ich fühlte mich verlassen, gescheitert, todtraurig. Und plötzlich habe ich an dich gedacht und mich sofort besser gefühlt. Deshalb habe ich dich angerufen.«

»Das war gut.«

Ich drehte mich zu ihm. »Mir ist klargeworden, daß du sehr wichtig für mich bist und daß es keinen Grund mehr gibt, bei meinem Mann zu bleiben. Ich bin endlich bereit, mich scheiden zu lassen.«

»Hast du mit ihm darüber gesprochen?«

»Wann denn? Wir sehen uns doch nur noch zwischen Tür und Angel ...«

»Ich will dich nicht drängen, Laura.«

»Glaubst du etwa, ich habe noch nicht lange genug nachgedacht? Glaubst du, daß ich mir meiner Sache noch nicht sicher bin?« fragte ich fast beleidigt.

»Ich habe nur Angst, daß der große emotionale Druck dich plötzlich zu der Entscheidung getrieben hat: Du hast beschlossen, deinen Mann zu verlassen, weil er sich in eine andere Frau verliebt hat.«

Meine Wut wuchs. »Wo bitte schön siehst du da einen *emotionalen Druck*? Ich habe einfach nur zu lange gewartet. Einen Mann zu verlassen, der inzwischen an der Seite einer anderen Frau ein neues Leben beginnen will, scheint mir eine offensichtliche und verständliche Reaktion.«

»Hat Marco dir gesagt, daß er das will?«

»Marco und ich reden nicht mehr darüber«, wiederholte ich.

»Wenn ein Mann gehen will, kündigt er es normalerweise an.«

»Aber nicht alle Frauen bleiben passiv und lassen sich alles gefallen!«

»Stimmt: Manchmal treiben Demütigung und Zorn sie auch dazu, als erste zu gehen. Das nenne ich emotionalen Druck.«

Ich schüttelte den Kopf. »Du hast immer die Nase darüber gerümpft, daß ich mich nicht habe scheiden lassen, und jetzt, wo ich es endlich will, tust du so, als würdest du aus allen Wolken fallen!«

»Ich habe nur die Nase gerümpft, weil du dich so ohne weiteres auf diesen Kompromiß eingelassen hast, und ich freue mich, daß du nun endlich da raus willst. Aber ich würde es lieber sehen, wenn du deinen Stolz und deine Eile einmal vergessen und deinem Mann die Initiative überlassen würdest.«

»Und warum?«

»Ich will nicht, daß unsere Zukunft von irgend etwas überschattet wird, Laura. Dein Mann könnte bald die Nase voll haben von Francesca. Er könnte einsehen, daß es nur eine vorübergehende Vernarrtheit war, und sie verlassen.«

»Das würde für mich nichts ändern!«

»Das glaubst du jetzt. Aber mit der Zeit könntest du Skrupel oder Gewissensbisse bekommen. Es ist nie leicht, eine Ehe zu zerstören, vor allem dann nicht, wenn man auf eine große Liebe wie die eure zurückblickt. Überlaß deinem Mann diese Entscheidung.«

»Und was wirst du bis dahin …«

»Bis dahin werde ich mich damit begnügen, dich gern zu haben und zu wissen, daß du die richtige Entscheidung getroffen hast. Wir können noch das ganze Leben zusammen verbringen, da macht es mir keine angst, ein paar Monate zu warten.«

Als wir in Rimini ankamen, war es bereits dunkel. Das Haus der Bertis lag inmitten von Hügeln im Hinterland. Es war ein kleines, eingeschossiges Bauernhaus, das Pietros Großvater gleich nach dem Krieg zwei Brüdern abkaufen konnte, die es gerade geerbt hatten und die so schnell wie möglich das nötige Geld zusammenbekommen wollten, um eine Pension am Strand zu bauen.

Die beiden Brüder, erzählte Pietro mir, als wir das Haus betraten, waren im Laufe der Jahrzehnte zwei der wohlhabendsten Hotelbesitzer der gesamten Romagna-Küste geworden, während das Haus noch genauso aussah wie vor fünfzig Jahren. »Mein Großvater hat sich darauf beschränkt, die Mauern neu zu streichen, weil er nicht mehr Geld hatte, und dann hat mein Vater sich zu sehr in das Haus seiner ersten Ferien verliebt, als daß er es hätte umbauen können. Meine Mutter hat lediglich zwei Sessel hinzugefügt und Elektroöfen besorgt.«

Pietro beeilte sich, den Zähler anzustellen und die Öfen aufzudrehen. »Vielleicht wäre ich mit dir besser nach Florenz oder Paris gefahren«, sagte er mit einem verlegenen Lächeln. »Aber leider bin ich in romantischen Dingen nicht sehr einfallsreich …«

»Es ist sehr schön hier«, unterbrach ich ihn. Die große Wohnküche erinnerte an das Haus in Selvino, doch die Atmosphäre war authentischer und lebendiger, gerade weil nichts verändert worden war. Zwei Türen führten zu den beiden Schlafzimmern, das einzige Zugeständnis an die Funktionalität bestand in einem kleinen Badezimmer, das in eine Nische eingebaut worden war.

»Ich bin froh, daß es dir gefällt. Hier ist es vor allem im Sommer schön: Mit dem Auto bist du in zehn Minuten am Meer, und wenn du genug hast vom Trubel, bist du ebenso schnell wieder zurück in der Kühle und Stille. Der Bauboom hat dreihundert Meter weiter unten haltgemacht, der obere Teil des Hügels hat nie zu den Baugrundstücken gehört. Unsere einzigen Nachbarn sind Tecla und Bruno, denen eine kleine alte Molkerei gehört. Sie sind immer noch Bauern und zählen zu den wenigen, die den Hof in der Hauptsaison nicht in eine einträgliche Trattoria verwandeln. Sie kochen nur für Freunde, und wir gehören dazu. Ich habe ihnen gesagt, daß wir kommen, sie erwarten uns morgen zum Mittagessen.«

Ich hatte Pietro noch sie so lebhaft erlebt: Offensichtlich verbargen sich hinter seiner Rationalität und seiner Selbstbeherrschung eine Begeisterungsfähigkeit und ein Elan, die er mir gegenüber noch nie an den Tag gelegt hatte. Vielleicht liebt er mich doch nicht genug, dachte ich wenig später unter der Dusche. In der ganzen Zeit, in der ich hin- und hergerissen gewesen war und mich gefragt hatte, was ich für ihn empfand, war es für mich selbstverständlich gewesen, daß er etwas für mich empfand und mich wollte.

An diesem Abend gingen wir zum Essen in ein Restaurant im historischen Zentrum, und mir wurde bewußt, daß ich ihn mit neuen Augen sah: Pietro erschien mir nicht mehr als der geduldige Verehrer, der allzeit bereit war, seine Arme zu öffnen, wenn ich mich entscheiden würde, darin Zuflucht zu suchen, sondern als Mann, von dem ich so gut wie gar nichts wußte, weil ich mit ihm immer nur von mir gesprochen hatte. Bis zu jenem Augenblick hatte er lediglich im Hinblick auf die Sicherheit existiert, die er mir gab, und auf seine treue Ergebenheit, auf die ich, dessen war ich mir immer sicher gewesen, zählen konnte.

Und wenn ich mich getäuscht hatte? Wenn sein Rat, die Scheidung von Marco noch aufzuschieben, die plötzlich aufkeimende Angst verbarg, sich ernsthaft auf mich einzulassen? Wie viele Zweifel, wie viele Unsicherheiten hatte er noch vor mir verheimlicht?

Plötzlich blühte mein alter Masochismus wieder auf: In dem Moment, als Pietro sich als möglicher Quell neuer Enttäuschung und Verbitterung entpuppte, fühlte ich mich heftig zu ihm hingezogen. Er hatte die Macht, mich leiden zu lassen, folglich begehrte ich ihn mit jeder Faser meines Körpers. Ich hatte mich nie bemüht, ihm zu gefallen, denn ich war mir sicher gewesen, daß er mich attraktiv fand: An jenem Abend aber spielte ich bewußt und ohne jede Scham die Verführerin.

Als wir nach Hause kamen, geschah alles ganz selbstverständlich und spontan. Pietro kam zu mir in das größere Zimmer, legte sich neben mich in das alte Nußholzbett und nahm mich in die Arme. »Ich liebe dich«, flüsterte ich, überwältigt von einer quälenden Sehnsucht. In dem zärtlichen und zuvorkommenden Liebhaber fand ich den Mann wieder, der mir vertraut war, und jegliche Spur von Angst verschwand. Nein, mit ihm würde ich niemals Leid erfahren, würden mich keine Zweifel plagen, und erleichtert stellte ich fest, daß ich ihn trotzdem wollte. Sogar mehr denn je zuvor.

Am nächsten Morgen frühstückten wir in einem Café an der Strandpromenade und liefen dann engumschlungen ein Stück Strand entlang. Pietro breitete seinen Mantel zwischen zwei Booten aus, die uns Zuflucht vor dem Wind boten, dann legte er beschützend seinen Arm um meine Schultern. Der Himmel war klar, und große flaschengrüne Wellen brachen sich an den von Möwen bevölkerten Klippen.

»Myriam liebte das Meer im Winter«, sagte Pietro und blickte geradeaus.

Myriam war seine Freundin, die an Leukämie gestorben war. »Es tut noch weh, an sie zu denken, stimmt's?«

»Nein, jetzt nicht mehr. Myriam war meine große Jugendliebe, und die Erinnerung an sie ist eng mit den Träumen, den Plänen, dem unwiederbringlichen Zauber jener Jahre verbunden. Es fällt mir heute schwer, mir das Leben vorzustellen, das wir führen würden, wenn wir geheiratet hätten, denn mein Bild von ihr ist nicht mit den kleinen Problemen und den Auseinandersetzungen des Alltags in Einklang zu bringen. Sie ist verschwunden, ebenso wie die Träume, die das Leben dir nimmt, und die Erinnerung an sie hat endlich aufgehört, mir weh zu tun. Meine Wirklichkeit bist du, Laura.«

»Eine Wirklichkeit mit kleinen Problemen und Auseinandersetzungen ... «, sagte ich lächelnd, um die Melancholie zu vertreiben. Seine Worte hatten mir die Begegnung mit Marco in Nürnberg in Erinnerung gerufen, unsere Ehe, den Traum vom Glück, der auch für mich verschwunden war, und mit ihm der unwiederbringliche Zauber jener lange zurückliegenden Tage.

Pietro faßte mich unters Kinn. »Du bist für mich kein Lückenbüßer oder Rettungsanker, du bist die einzige Frau, mit der ich leben, der Zukunft entgegenblicken und alt werden will. Dennoch kann ich dich nicht auf die gleiche Weise lieben, auf die ich Myriam geliebt habe, denn damals war ich ein Junge, und jetzt bin ich ein Mann. Verstehst du, was ich sagen will?«

Ich nickte stumm. Auch ich konnte ihn nicht so lieben, wie ich Marco geliebt hatte, und es war absurd, daß ich mich wegen etwas gekränkt fühlte, was ich selbst empfand und für selbstverständlich, für natürlich hielt. Warum gelang es mir nicht, Pietro zuzugestehen, was ich mir selbst zugestand?

Die Antwort war offensichtlich: Während ich mich von meinem Mann gelöst hatte, hatte mich die Gewißheit aufrechterhalten, daß er auf mich wartete, bereit, die große Leidenschaft seines Lebens zu leben und mir seine bedingungslose und vollkommene Liebe zu schenken. In Wirklichkeit hatte ich geglaubt, was ich glauben wollte, und hatte in Pietro lediglich die Verkörperung des Mannes gesehen, den ich brauchte.

»Verzeih mir«, sagte ich laut, fast als hätte er meine geheimen Überlegungen hören können.

Später, in der Molkerei von Tecla und Bruno, löste sich meine Traurigkeit vollständig auf. Die Herzlichkeit der beiden, das prasselnde Kaminfeuer, die hausgemachten Tagliatelle und der hervorragende leichte Wein sorgten für eine entspannte und heitere Atmosphäre.

Wir blieben bis sechs Uhr abends bei ihnen, plauderten und spielten Karten. Dann stiegen wir ins Auto und fuhren nach Hause. Auch Pietro zündete den Kamin an. Wir schoben die Sessel vor das Feuer und unterhielten uns wie nie zuvor, voller Spontaneität und Hingabe.

Als Pietro mich in dieser Nacht an sich drückte, empfand ich ein beruhigendes Gefühl der Vertrautheit. Die Tage der Leidenschaft waren vorüber, aber ich war darüber nahezu erleichtert. Nach Jahren voller Angst, Leid und Spannungen hatte ich endlich die Geborgenheit einer erwachsenen Liebe, einer beglückend ruhigen Beziehung gefunden.

Wir blieben bis mittags im Bett. Dann gingen wir zum Essen wieder zu Tecla und Bruno. Und schließlich kehrten wir gemächlich nach Mailand zurück. Wir sprachen über alles, außer über Marco.

XVII

Ich schlief tief und fest, als Marco heimkam.

Plötzlich ging das Licht in meinem Zimmer an, und ich sah meinen Mann auf mein Bett zukommen.

»Wie spät ist es?« fragte ich verwirrt.

»Zwei Uhr. Wo warst du?«

Ich erhob mich langsam. »Weg von Mailand«, stammelte ich noch immer schlaftrunken.

»Du kannst nicht einfach drei Tage verschwinden, ohne mir Bescheid zu sagen!«

»Entschuldige.«

»Ich habe mir Sorgen gemacht. Du hättest wenigstens anrufen können.«

»Ich habe nicht daran gedacht ... Außerdem wärst du sowieso nicht dagewesen.« Allmählich wurde ich wach.

»Ich bin zwei Tage lang nicht aus dem Haus gegangen.«

»Ich habe mich doch entschuldigt. Nächstes Mal werde ich daran denken, dir eine Nachricht zu hinterlassen oder dich anzurufen.«

»Das hoffe ich.« Er blieb zögernd neben meinem Bett stehen, als warte er darauf, daß ich noch etwas sagen würde.

Aber ich hatte im Moment keine Lust zu reden. »Also, gute Nacht«, verabschiedete ich ihn freundlich.

»Hast du dich gut amüsiert?«

»Wo?«

»Da, wo du gewesen bist.«

»Marco, das ist jetzt wirklich nicht der richtige Augenblick, um Konversation zu machen oder dir von meiner Reise zu berichten.«

»Du redest, als würdest du von einer Abenteuersafari in Afrika zurückkommen!« sagte er höhnisch.

Ich ärgerte mich mehr über mein Zögern als über seinen Sarkasmus. Warum machte ich es so spannend? Hatte ich etwa irgend etwas zu verheimlichen? »Ich war mit Pietro in Rimini«, sagte ich.

»Eine Geschäftsreise?«

»Nein.«

»Aha. Und warum ausgerechnet Rimini?«

»Pietros Familie hat dort ein Haus.«

»Alle glücklich vereint?« Er lächelte.

»Wir waren alleine, er und ich. Und wir haben in einem Bett geschlafen.«

Sein Gesicht verfinsterte sich. »Danach habe ich nicht gefragt.«

»Ich habe deine Frage vorausgesehen. Und ich sehe auch die nächste voraus: Ich glaube, ich habe mich in ihn verliebt. Und nun überlasse ich dir das Wort, denn ich habe alles gesagt und nichts weiter hinzuzufügen.«

»Ich *glaube*?«

Ich sah ihn fragend an. »Ich verstehe nicht.«

»Was heißt das, du *glaubst*, daß du ihn liebst? Daß Pietro zwar ein aufregender Hengst ist, er dich aber gefühlsmäßig kaltläßt? Oder vielleicht das Gegenteil, daß du dir deiner Liebe nach zwei Nächten enttäuschendem Sex noch nicht sicher bist?«

»Du bist vulgär«, sagte ich mit hochrotem Kopf.

»Ich gebe zu, daß ich mich etwas grob ausgedrückt habe, aber ich habe doch wohl den Nagel auf den Kopf getroffen.«

»Leider sind deine Interpretationen ebenso plump wie deine Ausdrucksweise, Marco. Von einer gescheiterten Ehe in eine neue Beziehung überzugehen ist nicht, als würde man ein Kleid wechseln, und da erscheint es mir nur natürlich, wenn man Zweifel hat, zögert, versucht, sich über ein paar Dinge klarzuwerden ...«

»Nur, wenn einem die grundlegende Gewißheit fehlt, die richtige Person getroffen zu haben. Überleg doch mal, wie das mit uns beiden war: Nach einer Woche haben wir beschlossen, zu heiraten.«

Ich riß die Augen auf: »Das nenne ich Galgenhumor! Unsere Beziehung ist doch das leuchtendste Beispiel dafür, wie sehr der Instinkt einen täuschen kann!«

»Warum das? Wir hatten großartige Momente.«

»Im Gegensatz zu dir betrachte ich eine Beziehung nicht als sportlichen Wettbewerb oder als Medaillensammlung. Ich bin fast dreißig, und ich strebe nach Stabilität. Ich will keine großen Momente, sondern eine Verbindung, die alle Voraussetzungen hat, um auch mit der Zeit bestehen zu können.«

»Glaubst du, ich wollte das nicht, als wir geheiratet haben?«

»Mir schwirren momentan zu viele Fragen im Kopf herum, als daß ich nun auch noch in der Vergangenheit wühlen möchte. Und außerdem bin ich jetzt wirklich müde, Marco.«

»Hat dich das Feuerwerk der Leidenschaft in Rimini so geschafft?«

»Das müßtest du eigentlich am besten wissen, schließlich bist du der Experte in Sachen rauschende Wochenenden.«

»Treffer.«

Ich sah ihm in die Augen. »Marco, du hast eine Beziehung mit einer anderen Frau und ich mit einem anderen Mann. Findest du es unter dem Gesichtspunkt nicht ein wenig unschicklich, weiterhin unter demselben Dach zu leben?«

»Ich dachte, das Thema hätten wir geklärt: Ich finde es unnötig, daß wir uns trennen, solange wir nicht sicher sind, daß wir mit jemand anderem zusammenleben möchten.«

»Und Francesca?«

»Francesca hat ihren Freund noch nicht verlassen, und sie ist ebensowenig wie ich dazu bereit, eine grundlegende Entscheidung zu treffen. Erzähl mir lieber von Pietro: Setzt er dich unter Druck, damit du dich scheiden läßt?«

»Nein. Pietro ist der Meinung, daß ich dir die Initiative überlassen soll«, gestand ich aufrichtig.

»Keine Schuldgefühle, keine Selbstvorwürfe: Ich bin ja der, der das Grab schaufelt, stimmt's ... Gar nicht so dumm, der Herr! Wenn er jetzt auch noch was in der Hose hätte, wäre er perfekt.«

»Was willst du damit sagen?« rief ich wütend.

»Du mußt zugeben, daß seine schlauen Strategien und seine außergewöhnliche Geduld reichlich beunruhigend sind: Ein Mann, der was in der Hose hätte, würde sich ganz schnell die Frau schnappen, die er liebt, statt zu warten, daß der Ehemann sie ihm überläßt. Und er würde sie ganz sicher nicht zu ihm zurückbringen, nachdem er ein Liebeswochenende mit ihr verbracht hat!«

»Darauf antworte ich dir nicht.«

»Was könntest du auch dazu sagen?«

»Für Pietro bist du alles andere als ein gefährlicher Rivale. Er weiß, daß du eine andere Frau hast und wir in einer Art zweckmäßiger Wohngemeinschaft leben.«

»Wenn das so ist, warum bietet er dir dann keine erfreulichere und intimere Wohngelegenheit an und schlägt dir vor, zu ihm zu ziehen? Weil er zuviel Angst hat, daß du die Initiative bei der Scheidung ergreifst?«

»Weil er nicht will, daß irgend etwas unsere Zukunft überschattet.« Das waren die Worte, die Pietro zu mir gesagt hatte, aber als ich sie wiederholte, wurde mir bewußt, daß sie mit Marcos Fragen nichts zu tun hatten.

Offensichtlich bemerkte auch er es, denn er warf mir einen beinahe amüsierten Blick zu. »Das klingt wie aus einem alten Film oder wie von einem Dichter der Friedensbewegung. So drückt dein Typ sich aus? Statt einer Erklärung bekommst du ein paar poetische Worte?«

»Genieß deinen Applaus für diesen tollen Witz, und dann geh. Schließ bitte die Tür und mach das Licht aus.«

Instinktiv, oder vielleicht auch nur durch Zufall, hatte Marco die einzige Schwachstelle an Pietro und an unserer Beziehung gefunden. Hatte Pietro mich auch nach unserer Rückkehr aus Rimini überzeugt, daß es keinen Grund gab, voreilige Entscheidungen zu treffen oder die Geduld zu verlieren, so blühten nach der Diskussion mit Marco meine Zweifel und meine Verwirrung wieder auf. Pietro war gewiß kein Angsthase: Er vermied lediglich Kurzschlußhandlungen, was für seine Vertrauenswürdigkeit sprach, jedoch auch ein beunruhigendes Anzeichen fehlender Leidenschaft war.

Marcos Fragen waren die gleichen, die ich mir selbst stellte: Wie konnte er mir erlauben, weiterhin mit Marco zusammenzuleben? Wie war es möglich, daß er diese Situation ohne jedes Unbehagen, ohne jede Furcht hinnahm? Es war lobenswert, daß er mir vertraute, aber er wußte auch, wie sehr ich meinen Mann geliebt hatte, und jeder andere Mann an seiner Stelle wäre beunruhigt gewesen und hätte so schnell wie möglich dieser zweideutigen Lage ein Ende bereitet.

Wenn Marco geschwiegen hätte, wären diese Zweifel im Laufe der nächsten Wochen wieder in mir hochgekommen und ich hätte versucht, sie in einem direkten Gespräch mit Pietro zu klären. Vermutlich hätte die Zeit selbst sie zerstreut: Je besser ich ihn gekannt hätte, um so tiefer wären meine Gefühle zu ihm geworden und hätten mich nicht nur geduldiger, sondern auch verständnisvoller gemacht.

Statt dessen hatte Marco direkt auf meine Unsicherheit gezielt, und das verzieh ich ihm nicht. Man verzeiht nie demjenigen, der einen zwingt, einer Realität ins Auge zu blicken, die man lieber auf seine eigene Art entdecken und zurechtrücken möchte. Das Ergebnis war, daß ich sie vollkommen ignorierte. Mein Mann hatte mich absichtlich verletzen wollen, und um ihm und mir selbst zu zeigen, daß ihm das nicht gelungen war, stürzte ich mich Hals über Kopf in die Beziehung mit Pietro und redete mir selbst ein, daß alles hervorragend lief und daß es das größte Glück meines Lebens war, ihn getroffen zu haben. Der Zorn, den ich gegen Marco hegte, lenkte mich von den Zweifeln, ja von der Beziehung mit Pietro selbst ab: Ich betrachtete mein Glück als selbstverständlich und bemerkte weder, daß ich meine Beziehung in einem Zustand künstlicher Begeisterung lebte, noch bemühte ich mich, die Gefühle, die uns verbanden, zu vertiefen.

Als Pietro mich fragte, ob ich Lust hätte, die Weihnachtsferien mit ihm zu verbringen (»Ich würde gerne noch einmal nach Rimini fahren«), war ich gerührt: Dort war unsere Liebe geboren, an jenen Ort hatten wir unsere ersten Erinnerungen, und ich fand es sehr schön, daß er mit mir dorthin zurückkehren wollte. Das war sicher der Beweis, daß ich mich geirrt hatte, als ich ihn für einen Mann hielt, der unspontan und zu romantischen Gefühlen unfähig war.

Wir hatten vereinbart, daß er mich am Morgen des Vorweihnachtstages abholen würde. »Tecla und Bruno haben uns und ein paar andere Freunde zum Abendessen eingeladen«, sagte Pietro, »und wir können auch Silvester mit ihnen verbringen. Teclas Cousin hat ein Restaurant in Riccione und organisiert ein Fest für Freunde. Es wird gegessen und getrunken und bis zum Morgen getanzt!«

»Das ist wirklich ein verlockendes Programm«, rief ich begeistert.

Ich bedauerte lediglich ein wenig, Nonna Josette sagen zu müssen, daß ich dieses Jahr nicht an ihrem traditionellen Silvesteressen mit der ganzen Verwandtschaft teilnehmen konnte. Ich wußte, daß ich sie enttäuschen würde, aber ich würde ohnehin sehr bald nicht mehr zur Familie gehören, und da war es vielleicht ganz gut, wenn ich sie allmählich darauf vorbereitete.

Ich rief sie sofort an, und ihre Reaktion weckte in mir den Verdacht, daß sie bereits Bescheid wußte. Sie zeigte sich keineswegs überrascht, bestand auch nicht darauf, daß ich meine Meinung änderte, fragte weder, mit wem, noch wohin ich fahren würde. »Ich kann dich sehr gut verstehen, Laura«, sagte sie nur, »und du brauchst dich nicht zu entschuldigen oder dir meinetwegen Gedanken zu machen.«

Marco war seit drei Tagen in Rom, und ich hatte weder die Nummer des Hotels, in dem er dort wohnte, noch wußte ich, wann er wiederkam. Eingedenk der Szene, die er mir unlängst gemacht hatte, beschloß ich, ihm ein paar Zeilen zu hinterlassen, bevor ich losfuhr. Als ich einen Stift suchte, fand ich in einer Schublade zufällig einen Umschlag mit dem Absender eines Reisebüros. Ich konnte meine Neugier nicht zügeln und öffnete ihn: Er enthielt zwei Flugtickets, ausgestellt auf Marco und Francesca. Abflugdatum war der 26. Dezember, der Rückflug eine Woche später.

Ich legte alles wieder an seinen Platz, und als ich einen Stift gefunden hatte, schrieb ich: *Ich werde die Feiertage mit Pietro außerhalb von Mailand verbringen. Nonna Josette weiß Bescheid, frohe Weihnachten, hoffe, du amüsierst dich auch.* Ich las die Nachricht noch zweimal, um sicherzugehen, daß sie gleichgültig klang, das Wesentliche enthielt und ein klein wenig provokant wirkte. Aber warum wollte ich das? Was lag mir daran, auf Marco Eindruck zu machen? Es gelang mir nicht, eine Antwort zu finden. Die Wahrheit war, daß ich, nachdem ich die Überraschung über die Tickets erst einmal überwunden hatte, nicht in der Lage war zu begreifen, was ich empfand: Ärger über diese Herausforderung? Erleichterung, nicht mehr mit Kompromissen leben, nicht mehr heucheln zu müssen?

Ich ließ die Nachricht gut sichtbar auf dem Küchentisch liegen und wartete darauf, daß Pietro mich abholen kam.

Wir erreichten Rimini um drei Uhr nachmittags bei strömendem Regen. Pietro brachte die Koffer ins Schlafzimmer und beeilte sich, die Heizungen anzustellen. Dann zündete er auch den Kamin an und ging hinaus, um noch etwas Holz zu holen. Das Haus war eiskalt, und in der Luft lag ein muffiger, abgestandener Geruch. Ich machte das Küchenfenster weit auf, blieb davor stehen und holte tief Luft.

Pietro trat hinter mich und umfaßte meine Schultern. »Dir wird kalt«, sagte er. »Komm, setz dich ans Feuer.«

Er schob die Sessel nebeneinander. »Willst du etwas trinken? Einen Schluck Cognac oder Whisky zum Aufwärmen?«

Ich schüttelte den Kopf. »Ich möchte nichts, danke«, sagte ich und schloß die Augen. Pietro nahm meine Hand und hielt sie fest. Diese Geste, die sehr viel intimer war als unsere Beziehung, machte mich traurig. Hinter diesem stummen Beisammensein gab es nichts als die Erinnerung an ein anderes Wochenende, das wir in diesem Haus in den Hügeln verbracht hatten.

Wir setzten nie geführte Gespräche, nie verwurzelte Gewohnheiten, nie erlangte Sicherheiten als selbstverständlich voraus. Und in wenigen Wochen hatten wir uns bereits in ein Paar verwandelt, obgleich wir in Wirklichkeit immer noch zwei Fremde waren. Ich war doch noch gar nicht bereit, eine neue Beziehung einzugehen, ich hätte ihn nicht überrumpeln, nicht in dieses Haus zurückkehren dürfen, dachte ich voller Kummer.

Das Klingeln des Telefons erfüllte das Zimmer. Pietro ließ meine Hand los und ging den Hörer abnehmen. »Marina für dich«, sagte er.

Mir fiel plötzlich ein, daß ich weder ihr noch meinem Vater gesagt hatte, daß ich wegfuhr. Schon merkwürdig, daß ein einzelner Mensch wie ich so viele andere Menschen hatte, denen er über das, was er tat, Rechenschaft ablegen mußte, dachte ich bei mir, als ich den Hörer aus Pietros Händen nahm.

»Anna Fazi hat mir die Nummer gegeben«, sagte Marina ohne Einleitung. »Warum hast du uns nicht gesagt, daß ...«

»Entschuldige, ich hätte euch heute abend angerufen«, log ich.

»Heute abend sind wir bei Marcos Großeltern. Alle werden dasein, er eingeschlossen.«

»Ich habe Josette gesagt, daß ich nicht da bin, und Marco habe ich eine Nachricht hinterlassen.«

»Laura, mit so einer Kurzschlußhandlung löst du deine Probleme bestimmt nicht!«

»Hast du mich angerufen, um mir das mitzuteilen?«

»Es hat kurz vor Bologna einen schweren Unfall gegeben, und dein Vater war halb wahnsinnig vor Angst. Kurz davor hat Anna Fazi angerufen, um uns frohe Weihnachten zu wünschen, und wollte wissen, ob wir schon etwas von dir gehört hätten. Wir haben erst von ihr erfahren, daß du mit ihrem Neffen nach Rimini gefahren bist.«

»Sag meinem Vater, er kann beruhigt sein. Ich bin gesund und munter angekommen.«

»Wann kommst du nach Mailand zurück?«

»Nach Silvester.«

»Bist du dir darüber im klaren, daß deine Ehe nun endgültig nicht mehr zu retten ist?«

»Marco fliegt mit seiner Freundin auf die Kanarischen Inseln. Da gibt es nichts mehr zu retten.«

»Langsam verstehe ich: Das war gar keine Kurzschlußhandlung, sondern ein kleiner Racheakt!«

»Denk, was du willst, Marina.«

Ich legte auf und setzte mich wieder neben Pietro vor den Kamin.

»Warum hast du mir nichts von dem Urlaub deines Mannes auf den Kanarischen Inseln erzählt?« fragte er, als er wieder meine Hand nahm.

Ich zog sie schroff fort. »Weil wir uns nie Fragen stellen und uns auch nie etwas erzählen«, sagte ich spöttisch. »Kannst du mir jetzt diesen besagten Schluck Cognac oder Whisky geben?«

XVIII

Tagliatelle, Tortellini, Pasteten, Strudel, Teigtaschen, Grillspezialitäten, Fischsuppe, Braten, Mürbeteigkuchen ... In diesem ganzen Urlaub in Rimini tat ich nichts anderes als essen, geradezu besessen von einer Eßlust, die mit bulimischen Heißhungerattacken jedoch nichts zu tun hatte. Essen machte mich einfach glücklich, und all meine Sinne waren auf der Suche nach vollkommener körperlicher Befriedigung.

Ich kaute langsam, damit der Geschmack auf der Zunge zerging, genoß die zarte Konsistenz der Nudeln, die zarte Würze des Ragouts, den Nachgeschmack der Aromen, die sich aus den zarten Fasern des Fleisches lösten, die duftige Frische des Fisches, die abgerundete Cremigkeit der Soßen und Marmeladen ...

Nach diesen Mittag- und Abendessen explodierte das Sättigungsgefühl wie ein Orgasmus, den ich viel zu lange zurückgehalten hatte, und ließ mich betäubt und erschöpft zurück. Und nun begann ich zu trinken: einen Magenbitter zum Verdauen, und dann einen von Tecla selbstgemachten Nußlikör, dann einen Grappa, den Teclas Cousin gebrannt hatte. Schließlich verlor ich den Überblick: Irgend jemand füllte immer wieder mein Glas nach, und ich führte es immer wieder zum Mund.

Pietro brachte mich betrunken nach Hause, zog mich sanft aus und legte mich ins Bett. Dann ging er ins Nebenzimmer schlafen. Wir schliefen nur einmal zusammen, an dem einzigen Abend, an dem die Anwesenheit von Brunos Großmutter mich daran hinderte, mich wie sonst vollaufen zu lassen: Doch als seine Arme mich umfingen, verspürte ich ein trauriges Gefühl der Fremdheit.

Ich habe Hunger, dachte ich. Mein Körper zitterte vor Lust zu essen, und während Pietro enttäuscht abrückte, konnte ich an nichts anderes denken als an den Geschmack von Speck und Rosmarin in den Teigtaschen, die ich während des Essens abgelehnt hatte. Als ich sah, daß Pietro eingeschlafen war, ging ich in die Küche, machte mir ein Salamibrötchen und schlang es gierig hinunter.

Am letzten Abend vor unserer Abreise luden Tecla und Bruno uns zum Abschied ein. Ich begann zu trinken, noch bevor ich am Tisch saß, und während des Essens brach ich zusammen. Pietro legte mich aufs Sofa und deckte mich mit einer Wolldecke zu. Nach wenigen Augenblicken schlief ich ein.

Als ich erwachte, erinnerte sich Teclas Cousin gerade an das letzte Silvesterfest mit Myriam. »Niemand konnte so gut wie sie einen Raum mit Luftballons und Girlanden dekorieren!«

»Sie konnte alles gut«, seufzte Bruno. »Sie war so begeisterungsfähig. Pietro, erinnerst du dich noch an das Jahr, in dem meine Großmutter krank war und sie den Blätterteig ausrollen wollte?«

»Ich erinnere mich.«

»Ich kann immer noch nicht glauben, daß sie tot ist«, sagte Tecla.

»Und ich kann nicht glauben, daß sie gelebt hat«, flüsterte Pietro. »Wenn ich an sie denke, habe ich das Gefühl, geträumt zu haben ...«

Sie redeten, ohne sich um mich zu kümmern, offensichtlich in dem Glauben, daß ich tief und fest schlief, und ich hörte ihnen zu, gelähmt vor Trauer und Unbehagen. Wie lange würde ich noch mit geschlossenen Augen liegen bleiben müssen? Und wenn sie anfingen, über mich zu reden, und sagen würden, daß Trinken das einzige sei, was ich könnte?

Dieser Gedanke ließ mich wie von der Tarantel gestochen hochschnellen. »Ich bin wach«, verkündete ich mit geradezu lächerlicher Lebhaftigkeit, damit sie schnell das Thema wechselten und sicher waren, daß ich sie nicht gehört hatte.

»Willst du ein Aspirin? Oder ein bißchen Bikarbonat?« fragte Tecla zuvorkommend.

Ich lächelte ihr zu. »Nein, danke. Ich bin nur müde.«

Pietro sah auf seine Uhr. »Es ist schon spät, besser, wir fahren nach Hause.«

»Wir hätten doch noch bleiben können ... Du hast mich als Spielverderberin hingestellt«, sagte ich, als wir im Auto saßen.

»Mach dir keine Sorgen, meine Freunde sind ...«

»Ich habe vorhin nicht geschlafen. Ich habe gehört, wie ihr von Myriam gesprochen habt.«

»Ach, alle haben sie geliebt.«

»Das hättest du mir sagen sollen, Pietro. Es war sehr peinlich, das durch Zufall herauszufinden. Ich habe mich wie ein Eindringling gefühlt, wie eine Fremde.«

»Es sind meine besten Freunde, von Kindheit an, und ich wollte, daß auch du mit ihnen vertraut wirst. Leider war das nicht der beste Zeitpunkt für dich.«

»Das stimmt nicht! Ich war glücklich, wieder nach Rimini zu kommen!«

»Aber als du angekommen bist, hast du gemerkt, daß du es nicht bist, und hast dich völlig zurückgezogen. Wo warst du in den letzten Tagen, Laura?«

Seine verbitterte Stimme flößte mir Schuldgefühle ein. »Ich habe zuviel getrunken, das ist alles«, flüsterte ich.

»Getrunken und *gegessen*. Es hatte den Anschein, als wolltest du dich über deine Leber selbst zerstören.«

»Verzeih mir.«

»Ich bin nicht beleidigt, nur traurig: Ich kann dir nicht helfen, deine Probleme zu lösen, und du wirst sie nicht einmal selbst lösen ...«

»Ist das deine Art, mir zu sagen, daß es vorbei ist? Daß du mich verlassen willst?« fragte ich entsetzt.

»Wir reden zu Hause darüber, Laura. Komm, laß uns reingehen.«

Nun erst bemerkte ich, daß wir angekommen waren. Pietro öffnete die Tür und machte das Licht an, ich zog den Mantel aus und ging ins Bad, um mich frisch zu machen. Der Spiegel warf ein trauriges Bild zurück: Meine Wangen waren aufgequollen, ich hatte tiefe Ringe unter den Augen, und meine Gesichtszüge waren nahezu entstellt. Nicht nur, daß ich meine Leber ruiniert hatte, ich mußte innerhalb dieser einen Woche mindestens drei Kilo zugenommen haben.

Ich ging gleich ins Schlafzimmer und zog mich aus. Ich hatte keine Lust mehr, mit Pietro zu reden. Wollte er mich verlassen? Sollte er doch ruhig, ich hatte schon ganz anderen Kummer überlebt. Noch nie hatte ich um die Liebe und das Verständnis eines Mannes betteln müssen, und ich hatte ganz bestimmt nicht die Absicht, bei ihm damit anzufangen. Ich zog das Nachthemd an und schlüpfte ins Bett.

Gerade als ich das Licht ausmachen wollte, kam Pietro herein. »Geht es dir gut? Als du nicht gekommen bist, dachte ich ...«

»Ich bin müde.«

Er sah mich eine Weile schweigend an. Dann schüttelte er den Kopf. »Du hast mißverstanden, was ich dir sagen wollte, Laura. Ich hänge sehr an dir und will dich nicht verlassen. Aber ich weiß, daß ich dich nicht wirklich haben kann, solange du deine Probleme nicht gelöst hast.«

»Ich bin niedergeschlagen und enttäuscht, weil ein Teil meines Lebens gescheitert ist. Bis vor ein paar Wochen hast du mich verstanden, hast behauptet, mein Gemütszustand sei völlig normal.«

Pietro trat näher. »In den letzten Tagen habe ich gemerkt, daß ich mich getäuscht habe. Es ist nicht *normal*, wenn man wie du versucht, sich selbst zu zerstören, während man dabei ist, einen Mann zu verlassen, den man nicht mehr liebt, und eine Ehe aufzulösen, die seit langem zu Ende ist.«

Ich konnte die Unterstellung, die sich hinter seinem unterwürfigen Tonfall verbarg, nicht ertragen. »Vielleicht warst du es ja, der sich von mir zurückgezogen hat, Pietro. Vielleicht habe ich mich in den letzten Tagen betrunken und überfressen, weil *du* nicht da warst. Kommt es dir nicht einmal in den Sinn, daß du mich enttäuscht haben könntest?«

»Dessen bin ich mir sogar sicher. Ich wußte von Anfang an, daß ich deinen großen Erwartungen niemals genügen würde.«

»*Meinen großen Erwartungen*? Vom ersten Moment an hast du klargestellt, daß ich keinen Zauber und keine Leidenschaft von dir verlangen kann. Das Beste an dir ist mit Myriam gegangen, wie du mir immer wieder gesagt hast.«

»Ich habe dir unzählige Male erklärt, was ich damit sagen

wollte, aber du wolltest es ja immer falsch verstehen. Es gelingt dir nicht, mich zu lieben, und jetzt willst du mir die Schuld dafür geben.«

»Es gelingt mir nicht, dich so zu lieben, wie ich es möchte: Das ist ein Unterschied. Deine fehlende Leidenschaft läßt mich gefrieren ...«

Pietro nahm meine Hand. »Du bist immer noch in deinen Mann verliebt, Laura. Ich habe dich enttäuscht, weil es mir nicht gelungen ist, dich ihn vergessen zu lassen, und dieser Urlaub war eine Katastrophe, weil du die ganze Zeit einfach nur krampfhaft versucht hast, nicht daran zu denken, daß Marco mit einer anderen Frau im Urlaub ist.«

»Ich habe *kein einziges Mal* an ihn gedacht!«

»Doch, du warst dir nur nie darüber im klaren.«

»Ich will mich scheiden lassen und mit dir zusammenleben.«

»Du bist noch nicht bereit dazu, Laura.«

»Hör auf, so vernünftig und geduldig zu tun!« platzte ich heraus. »Ich möchte, daß du mit der Faust auf den Tisch haust, mich anschreist, mich mit dem Rücken an die Wand stellst! Ich möchte, daß du irgend etwas Verrücktes machst! Warum haben wir die Feiertage nicht in einem Iglu oder auf einem einsamen Atoll verbracht? Warum ...«

»Ich bin nicht Marco, Laura«, unterbrach er mich traurig.

Als ich nach Hause kam, fand ich auf dem Anrufbeantworter eine Nachricht von Marco vor: Er hoffte, daß ich mich amüsiert hatte, wünschte mir ein schönes neues Jahr und teilte mir mit, sie hätten den Rückflug verschoben und er käme erst nach dem Dreikönigstag zurück.

Ich ging unter die Dusche und kauerte mich dann, in den Bademantel gehüllt, in einen Sessel. Reglos und mit leerem Kopf blieb ich so sitzen, bis ich merkte, daß ich allmählich zu frieren begann. Es war inzwischen Abend geworden. Ich machte das Licht an, zog den Bademantel aus, einen warmen Flanellschlafanzug an und wickelte mir einen Schal um die Schultern.

Und was mache ich jetzt? dachte ich. Ich ging automatisch in die Küche, doch als ich den Kühlschrank öffnete, um etwas zu essen zu suchen, wurde mir übel. Also stellte ich einen Wasserkocher auf den Gasherd, um mir einen Tee zu machen, setzte mich und wartete, bis das Wasser kochte. Auf dem Tisch entdeckte ich den Zettel, den ich Marco geschrieben hatte, bevor ich nach Rimini gefahren war. Ich rollte ihn zusammen und warf ihn ins Spülbecken. Ich dachte an meinen Mann und an Francesca, die noch zusammen auf den Kanarischen Inseln waren, doch was ich empfand, war nur eine so bleierne Müdigkeit, daß mir schwindelig wurde.

Ich stellte den Kocher ab, machte Gas und Licht aus und ging schlafen. Schweißgebadet wachte ich wieder auf. Ich zog Schal und Schlafanzugjacke aus und sah auf die Uhr: Es war vier Uhr morgens. Plötzlich war mir, als hätte ich ein Geräusch gehört, und ich mußte an jenen lange zurückliegenden Abend denken, als Marco überraschend früher heimgekehrt war und auf einmal in meinem Zimmer stand: *Ich bin schneller fertig geworden und habe den letzten Flug noch bekommen …*

Ich spitzte die Ohren und atmete erleichtert auf: Es war nur ein Fensterladen, den der Wind gegen die Wand geschlagen hatte. Ich muß raus aus dieser Wohnung, bevor er zurückkommt, sagte ich mir. Ich bin es leid, mich immer verwirrt und unsicher zu fühlen, immer wieder die gleichen Situationen zu durchleben, ich bin diese Gleichgültigkeit leid, die mein Herz verkümmern läßt.

Allein der Gedanke, Marco wiederzusehen, ihn sprechen zu hören, ihm antworten zu müssen, rief einen heftigen Widerwillen in mir hervor. Ja, diesmal war es endgültig. Ich stand auf, trank ein Glas Wasser und kehrte ins Bett zurück. Ich löschte das Licht und schlief nach wenigen Minuten wieder ein.

Das hartnäckige Klingeln des Telefons weckte mich. Als ich endlich abnahm, hatte der Anrufer bereits aufgelegt.

Mit großer Überraschung stellte ich fest, daß es schon zehn war. Ich stellte die Espressomaschine auf den Herd und riß die Fenster weit auf. Der Nachtwind hatte die Wolken und den Smog weggefegt, der Himmel war nahezu frühlingshaft klar. Ich fühle mich besser, dachte ich. Und ich werde mich noch besser fühlen, wenn ich endlich weg bin. Nur, wohin? Ich spürte ein bißchen Angst, wie ein feines Stechen, doch ich verbot mir, mich davon umstimmen zu lassen. Das war nur ein kleines Problem, das eine praktische Lösung erforderte: Ich brauchte nur ein wenig nachzudenken, aber erst einmal würde ich Kaffee trinken und duschen.

Eine Mietwohnung zu suchen war die optimale, doch unpraktikable Lösung: Ich hatte nur noch vier Tage Zeit, bis Marco zurückkam, das genügte nicht einmal, um mit der Suche zu beginnen. Meinen Vater und Marina zu bitten, übergangsweise bei ihnen wohnen zu dürfen, war die einfachste Möglichkeit, aber ich verwarf auch diesen Gedanken wieder: Ihre Verbitterung, ihre Ratschläge, ihr rührseliges Schauspiel der liebevollen Eltern, ja allein ihre Gegenwart ließen sich nur schwer mit meinem Bedürfnis nach Ruhe und Alleinsein in Einklang bringen. Aus Gründen, die auf der Hand lagen, wollte ich auch nicht zu Pietro ziehen.

Also blieb nur die klassische Notlösung: Ich mußte mir ein möbliertes Appartement suchen. Ich griff zu den Gelben Seiten und begann, die Appartementhäuser anzurufen, die am zentralsten lagen, überrascht, wie wenige es waren. Doch meine Überraschung wuchs, als ich immer wieder die gleiche Antwort bekam: Tut uns leid, wir sind voll, versuchen Sie es zu einem späteren Zeitpunkt ...

Nach einem Tag Suche hatte ich zwei Möglichkeiten zur

Auswahl: in eine Mietskaserne zwanzig Kilometer vor der Stadt zu ziehen oder aber auf eine Pension in Lambrate auszuweichen, die einzige, die sofort ein Zimmer zur Verfügung hatte. Ich entschied mich für letzteres.

»Wenn Sie wollen, daß ich Ihnen das Zimmer freihalte«, sagte die Besitzerin am Telefon, »müssen Sie sofort vorbeikommen, um es festzumachen, und die Miete für einen Monat im voraus zahlen. Die Summe schließt Frühstück und Abendessen ein, das ist obligatorisch.«

Ich rief ein Taxi, ließ mich hinfahren und bat den Fahrer, in der Einfahrt zu warten. Es war inzwischen sieben Uhr abends. Die Pension befand sich im dritten Stock eines alten Hauses, in dessen Hausflur ein schummriges Licht brannte. Ich fuhr in einem riesigen eisernen Fahrstuhl, dessen Sitze mit rotem Velours bezogen waren, nach oben und fand mich vor dem Schild der Pension wieder.

Die Besitzerin war sehr viel netter, als sie am Telefon gewirkt hatte, und nachdem ich ihr den Scheck gegeben hatte, tat es mir beinahe ein wenig leid, daß ich ihre Einladung, auf einen Kaffee zu bleiben und ein Schwätzchen zu halten, ausschlagen mußte. Doch ich konnte sie nicht davon abhalten, mir das Zimmer zu zeigen und ausschweifend seine Vorzüge zu rühmen: Die Südlage, das große Fenster, den geräumigen Schrank …

»Zu meinen Gästen gehören unter anderem ein Bankangestellter, zwei Studentinnen und eine sehr nette geschiedene Frau … Wir sind wie eine große Familie, und nach dem Essen spielen wir Karten oder sehen gemeinsam fern. Ich bin sicher, daß Sie sich hier wohl fühlen werden«, sagte sie, als sie mich zur Tür brachte.

Ich nickte zustimmend. Was ich gesehen hatte und was mich erwartete, hatte mir die Sprache verschlagen. Auf dem Weg nach Hause fühlte ich mich, wie sich wahrscheinlich Dornröschen gefühlt hätte, wenn es durch den Kuß eines monströsen Außerirdischen auf einem anderen Planeten aufgewacht wäre. Ich war erschrocken und fassungslos.

Doch am nächsten Morgen fand ich meine Selbstbeherrschung wieder und sogar eine Prise Humor. Die Schäbigkeit dieser Pension erschien mir inzwischen sogar komisch. Außerdem handelte es sich ja nur um eine provisorische Unterkunft, also konnte ich die paar Wochen als einmaliges Abenteuer betrachten.

Ich werde mit der netten Geschiedenen Freundschaft schließen, dachte ich amüsiert, während ich im begehbaren Kleiderschrank nach zwei Koffern suchte. Ich würde nur die nötigsten Dinge mitnehmen, bis ich eine richtige Wohnung gefunden hätte und endgültig umziehen könnte. Ich würde Marina bitten, sich um den Umzug zu kümmern, denn ich hatte die Absicht, Marco erst wieder in Gegenwart eines Anwalts gegenüberzutreten, um die Scheidung zu regeln.

Mit unerklärlicher Eile begann ich, den ersten Koffer zu füllen. Marco würde in frühestens zwei Tagen von den Kanaren zurückkommen, und ich hatte alle Zeit der Welt, alles in Ruhe zu erledigen. Doch ich merkte, daß ich es nun, da ich mich entschlossen hatte zu gehen, nicht ertragen konnte, auch nur eine Stunde länger in der alten Wohnung zu bleiben. Das Zimmer in der Pension war von heute an bezahlt, und je eher ich dorthin umziehen würde, um so schneller wäre der Alptraum vorbei.

XIX

Um zwei Uhr nachmittags war ich fertig. Ich trug die Koffer vor die Tür, überprüfte, ob die Fenster geschlossen waren, drehte den Gashahn zu und ging zum Telefon, um ein Taxi zu rufen. Besetzt. Während ich eine andere Nummer wählte, fragte ich mich, ob ich Marco nicht vielleicht eine kurze Nachricht hinterlassen sollte.

Ich entschied mich dagegen: Ich würde Nonna Josette oder Marina anrufen und sie bitten, ihn über meine Entscheidung und meinen Umzug in Kenntnis zu setzen. Die Nummer des Funktaxis war immer noch besetzt. Also holte ich das Telefonbuch, um die Nummer eines Taxistandes in der Nähe herauszusuchen.

Als ich aufsah, stand Marco vor mir. »Wie bist du reingekommen?« fuhr ich ihn grußlos an.

»Die Tür war offen ... Ich habe deine Koffer gesehen, fährst du schon wieder weg?«

Einen Moment lang fühlte ich mich in die Enge getrieben, gezwungen, eine Erklärung aus dem Ärmel zu schütteln, auf die ich nicht vorbereitet war, und wußte nicht, wie ich anfangen sollte. Sag es ihm, und basta, befahl ich mir. »Ich ziehe aus. Du bist Anwalt, ich denke, du wirst schneller als ich einen Kollegen finden, der das Scheidungsverfahren einleiten kann.«

Marco sah mich mit zusammengekniffenen Augen an und fragte kalt: »Warum diese Eile?«

»Mir scheint, wir haben schon zu lange ...« Ich unterbrach mich rechtzeitig, um nicht in die übliche zermürbende Litanei ewig gleicher Fragen und Antworten zu verfallen. »Ich habe mich entschieden, und damit basta«, schloß ich ungeschickt.

»Auf Pietros Drängen hin, vermutlich: Endlich hat der Herr sich einen Ruck gegeben und dir die Türen seines Hauses geöffnet.«

»Ich gehe in eine Pension, Pietro weiß noch nichts davon.«

»Ich dachte, dieser Urlaub hätte euch einander nähergebracht«, sagte er ironisch.

»Auf jeden Fall hat er die bereits zwischen dir und mir bestehende Kluft unüberwindlich gemacht.«

»Was mich angeht, ist genau das Gegenteil eingetroffen«, sagte Marco und wurde plötzlich ernst.

Was auch immer für eine Falle er mir da stellte, ich beschloß, nicht hineinzutappen. »Ich muß mir jetzt ein Taxi rufen. Laß es mich durch Marina wissen, wenn du einen Anwalt gefunden hast, um …«

»Geh nicht, Laura.«

»Ich muß anrufen«, wiederholte ich.

Ich wollte ihm den Rücken kehren, doch er packte mich unsanft. »Ich bitte dich, Laura. Gib mir noch eine Chance …«

Er *flehte* mich geradezu an. Verblüfft sah ich ihn an und bemerkte, daß seine Augen glänzten. Da ist sie, die Falle. In seinem Stolz als großer Puppenspieler gekränkt, gab er sein Bestes, um mich zum Bleiben zu bewegen, bis *er* die Entscheidung getroffen hatte, sich zu trennen.

»Erspare unserer Ehe wenigstens die Peinlichkeit dieser letzten Szene«, preßte ich zwischen den Zähnen hervor.

»Ich liebe dich, Laura.«

»O nein!« stöhnte ich. »Hör auf damit.«

»Es ist vorbei mit Francesca. Das solltest du wissen, ehe du …«

»Du findest bald eine andere.«

Er schüttelte den Kopf. »Das würde genauso enden. Ich war mit Francesca im Urlaub und habe die ganze Zeit nur an dich gedacht. Nach drei Tagen habe ich zu einer Notlüge gegriffen, habe ihr etwas von einem plötzlichen Termin erzählt und bin abgereist. Ich hielt es nicht länger aus. Auf einmal sah ich sie als das, was sie ist: ein oberflächliches, anmaßendes, unerträglich langweiliges Mädchen. Keine Frau wird jemals dem Vergleich mit dir standhalten können, Laura.«

»Wo warst du denn dann die ganzen letzten Tage?« konnte ich nicht umhin, neugierig zu fragen.

»Ich bin meiner Tante, meinem Onkel und den Zwillingen

in die Berge nachgefahren. Ich war Skilaufen, habe gelesen, gegessen, mit den anderen angestoßen, und mußte immerzu daran denken, daß du mit einem anderen Mann im Urlaub warst. Wenn ich wütend war, habe ich euch alle möglichen Probleme an den Hals gewünscht ...«

Gegen meinen Willen mußte ich lächeln. »Das wäre mir noch nicht einmal aufgefallen: Ich habe praktisch die ganze Zeit in einem Zustand völliger Trunkenheit verbracht.«

Er begann zu strahlen. »Soll das heißen, daß ...«

»In meinem einzigen klaren Moment haben Pietro und ich das große Dilemma erörtert, ob es seine oder meine Schuld ist, daß ich ihn nicht lieben kann, und wer von uns beiden mehr investieren muß, damit unsere Beziehung funktioniert.«

»Vielleicht habt ihr eure Liebe mit einem Wettbewerb im Gewichtheben verwechselt.«

»Mach dich nicht über mich lustig!« platzte ich heraus. »Ich bin aber auch wirklich eine dumme Kuh, daß ich hier vor dir meine Herzensangelegenheiten ausbreite, statt meine Koffer zu nehmen und zu gehen!«

»Ich bin froh, daß es mit euch beiden nicht geklappt hat, ich bin froh, daß du die ganze Zeit betrunken warst. Ich bin so erleichtert, daß ich ...«

»Das ändert nichts, Marco. Zwischen uns ist es vorbei.« Um meine Worte zu unterstreichen, ging ich zur Tür.

»Glaubst du wirklich, daß ich dich kampflos gehen lasse?« fragte Marco und folgte mir.

»Du hast mich in all diesen Jahren zugrunde gerichtet. Betrachte es einfach als Boxkampf, der zu Ende gegangen ist, wenn du es gerne sportlich ausdrückst. Warum willst du jetzt noch kämpfen? Ich habe keine Kraft mehr.«

»Dann bleib doch. Ich flehe dich auf Knien an.«

»Was willst du von mir, Marco?«

Er sah mich eine Weile an. »Ich will mit dir leben, mit dir

alt werden, vergessen, was wir einander angetan haben …« Seine Stimme kippte. »Ich will den Mond, Laura.«

Ich hatte ihn nie weinen sehen, und es überwältigte mich. *Lauf weg, fall nicht drauf rein, glaub ihm nicht,* herrschte mich meine innere Stimme an. Doch statt auf sie zu hören, warf ich mich in Marcos Arme. Ich weiß nicht, wie lange wir so aneinandergeklammert dastanden. Dann nahm er meinen Kopf in die Hände. »Sag mir, daß wir noch Hoffnung haben.«

Ich seufzte. »Ich liebe dich immer noch. Ich habe nie aufgehört, dich zu lieben.«

»Laß uns wegfahren, Laura«, sagte er und löste sich von mir.

»*Weg*? Wohin denn?«

»Laß uns ins Auto steigen, und unterwegs sehen wir weiter.« Er zeigte auf meine und dann auf seine Koffer, die gleich daneben standen. »Die Koffer sind schon gepackt, und wir haben Neujahr noch nicht gefeiert.«

»Du bist verrückt!«

»Ja, vor Freude.«

Als wir im Wagen saßen, nahm Marco eine Straßenkarte, breitete sie auf meinem Schoß aus und sagte: »Schließe die Augen und zeige auf einen Ort.«

»Ich weigere mich …«

»Das ist ein Befehl, meine Liebe.«

»Du bist *wirklich* verrückt!«

»Aber du liebst mich trotzdem.«

Ich liebe dich genau deswegen, sagte ich stumm, und in einem Anflug von Wehmut verscheuchte ich den Gedanken an Pietro. Nein, das wäre niemals gutgegangen.

Marco wies ungeduldig auf die Karte. »Los, schließ die Augen und lasse den Finger deinem Instinkt folgen!«

Ich ließ die Hand mehrmals über der Karte kreisen und hielt dann inne. »Hier«, sagte ich und öffnete die Augen.

Marco beugte sich herüber, gespannt auf das Ergebnis. »Es

ist Rom herausgekommen, also soll es auch Rom sein!« sagte er begeistert und startete den Motor.

Ich lachte. »Warum habe ich das nicht schon früher kapiert? Du kannst mit mir machen, was du willst, weil *du mir gefällst*. Du hast nicht einmal aufgehört, mir zu gefallen, als ich dich gehaßt habe.«

»Vorhin hast du gesagt, daß du nie aufgehört hast, mich zu lieben. Das ist mir lieber«, stellte Marco fest.

»Ich liebe dich, weil du mir gefällst.«

»Sag das noch mal.«

»Was?«

»Daß du mich liebst.«

»Vorsicht, die Ampel ist rot!«

Er bremste abrupt und nahm mich in die Arme. »Ich begehre dich so sehr, daß es weh tut.«

»Ich dich auch«, flüsterte ich.

Wir hielten an einem Motel in der Nähe von Modena und schlossen uns drei Tage in einem Zimmer ein, überwältigt von einem scheinbar unerschöpflichen Verlangen.

Wir ließen uns das Essen aufs Zimmer bringen, und wenn der Kellner an die Tür klopfte, versteckte ich mich im Bad. »Ich schäme mich deinetwegen!« protestierte ich. »Die Direktion denkt bestimmt, daß ein Verrückter mich als Geisel hält, und ruft die Carabinieri!«

»Dann werden sie mich aber um Entschuldigung bitten müssen, wenn sie dich sehen: Du siehst aus wie ein anständiges, williges und sehr zufriedenes Mädchen!« rief Marco lachend und fiel über mich her.

Unsere Mahlzeiten gaben den Rhythmus der unverzichtbaren Pausen vor. Erschöpft stellten wir die Tabletts mitten ins Bett und aßen, einander gegenübergekauert, plauderten, neckten uns, tauschten Vertraulichkeiten aus und machten kleine Witzchen. Gekräftigt vom Essen und trunken vor lauter Glück nahmen wir eilig die Tabletts vom Bett und begannen erneut, uns zu lieben.

Am letzten Morgen waren wir schon angezogen und zur Abfahrt bereit, als Marco mich aufs Bett zurückwarf. »Schon wieder?« rief ich mit gespieltem Entsetzen.

Es war bereits vorgerückter Nachmittag, als wir zurückfuhren. Ich legte den Kopf an seine Schulter und schlief erschöpft ein. Das Klingeln des Handys weckte mich. Wir waren inzwischen vor den Toren Mailands. Ich verstand, daß Marco mit seinem Großvater sprach: oder genauer gesagt sich verhaspelte in einer pathetischen Aufeinanderfolge von »daran habe ich nicht gedacht«, »du hast recht«, »bitte entschuldige«.

»Das ist ja ein schönes Chaos«, meinte er nach dem Telefonat lachend. »In der Kanzlei wußte niemand, wo ich war, und mein Handy war aus. Anscheinend waren auch dein Vater und Marina ziemlich besorgt.«

In der Tat quoll der Anrufbeantworter geradezu über vor immer ängstlicheren Nachrichten der beiden. Ein Anruf war von der Besitzerin der Pension, die wissen wollte, was los war. Und dann war Pietros Stimme zu hören: »Wo bist du? Geht es dir gut? Ruf mich an, sobald du kannst.«

Die nächste Nachricht rettete mich aus meiner Verlegenheit. Sie war von Francesca, die Marco ankündigte, daß sie zurück war, und ihn bat, sich so schnell wie möglich bei ihr zu melden.

»Na, wenn das keine tolle Begrüßung ist«, bemerkte ich sarkastisch.

»Ist unvermeidlich, wenn man so überstürzt wegfährt. Da bleibt uns wohl nichts anderes übrig, als wieder Ordnung zu schaffen«, beschwichtigte Marco.

»Womit sollen wir anfangen? Die liebe Verwandtschaft beruhigen? Oder den Liebhabern den Laufpaß geben?«

Dieser kurze Ausbruch von Nervosität war auf meine Müdigkeit zurückzuführen. »Entschuldige«, sagte ich sofort. An jenem Abend gingen wir sehr früh ins Bett und fielen, Hand in Hand, in einen tiefen Schlaf. Wir vergaßen, den Wecker zu stellen: Als Marco die Augen öffnete und auf die Uhr sah, sprang er mit einem athletischen Satz aus dem Bett. »Mein Gott, schon zehn Uhr! Ich sollte längst mit Großvater bei Gericht sein!«

Zehn Minuten später war er fertig. Ich war in die Küche gegangen, um ihm Frühstück zu machen, doch er lief los, nachdem er sich entschuldigt und mir schnell einen Kuß auf die Wange gegeben hatte. »Ich rufe dich heute vormittag an, Laura. Ich liebe dich.« Ich trank den Kaffee, ging unter die Dusche und begann schließlich, die Koffer auszupacken. Um zwölf Uhr klingelte das Telefon: Ich rannte los, um den Hörer abzunehmen, überzeugt, daß es Marco war, doch statt dessen war Nonna Josette dran. In ihrer spontanen und direkten Art verlieh sie ihrer Freude über unsere Versöhnung Ausdruck. Kurz darauf rief auch Marina an. Josette mußte sie bereits informiert haben, denn sie machte mir weder Vorwürfe, daß ich verschwunden war, ohne vorher Bescheid zu sagen, noch fragte sie, wo ich gewesen sei. Auch sie sagte mir, wie erleichtert und glücklich sie darüber sei, wie alles gelaufen war, jedoch in ihrer vorsichtigen Art, die sie mir gegenüber stets an den Tag legte, offenbar aus Angst, mich in meiner Empfindlichkeit zu treffen oder unvorhersehbare Reaktionen auszulösen.

Um eins rief ich Pietro an. Das war ich ihm schuldig. Ich wollte, daß mein Leben mit Marco ohne Geister der Vergangenheit oder Dinge, die in der Schwebe waren, von neuem begann. Ich erzählte ihm aufrichtig, was vorgefallen war, und er ließ mich in Ruhe ausreden.

Schließlich sagte er: »Mach dir keine Sorgen um mich: Ich wußte immer, daß ich nur übergangsweise in dein Leben treten würde. Ich hoffe aber, wir bleiben Freunde.«

»Darauf kannst du dich verlassen!«

»Ich hoffe auch, daß du dein Interesse für Schmuck nicht verlierst.«

Ich beruhigte ihn auch in diesem Punkt, wenn auch etwas weniger überzeugt. Im Moment war ich zu sehr auf mein Privatleben konzentriert, um an die Arbeit zu denken.

Marco rief mich erst um sieben an, um mir zu sagen, daß er später kommen würde. »Ich habe noch ein Meeting mit Großvater und meinem Onkel, die Sekretärin hat uns schon Sandwiches bestellt. Iß ohne mich und warte auf mich. Ich liebe dich.«

Marco war drei Wochen nicht im Büro gewesen, und ich konnte ihm natürlich keinen Vorwurf machen, als er in den folgenden Tagen von mißachteten Pflichten, aufgeschobenen Terminen und unerledigten Aktenbergen überrollt wurde. Er kam vollkommen übermüdet nach Hause, und nachdem er einen Happen gegessen hatte, schlief er vor dem Fernseher ein. Wenn ich ihn weckte, damit er ins Bett ging, sah er mich mit schuldbewußtem Blick an.

Auch ich hatte ein unbestimmtes Schuldgefühl. Warum bekam der begnadete Zustand von Modena Risse? Weshalb konnte ich in Marcos Armen nicht wieder das gleiche rasende Verlangen, das gleiche Gefühl ekstatischer Glückseligkeit empfinden? Waren seine Annäherungen wirklich weniger leidenschaftlich, ja beinahe pflichtbewußt geworden, oder projizierte ich meine eigene Unzulänglichkeit, meine innere Unruhe auf ihn? Und warum waren die Fröhlichkeit, die Intimität und die Hingabe dieser verrückten Tage verschwunden und hatten langen Schweigemomenten und vorsichtigen Worten Platz gemacht?

Zu der Unruhe gesellte sich Angst, und ich fragte mich, ob, wenn erst einmal das Feuerwerk unserer für kurze Zeit zurückgekehrten Leidenschaft erloschen war, unsere Ehe nicht wieder geradewegs ins Verderben steuerte.

Später – zu spät – sollte ich erfahren, daß auch Marco von den gleichen Zweifeln und Ängsten geplagt wurde.

Und später begriffen wir jene elementare Wahrheit, die allen sturen und leidenschaftlichen Naturen entgeht: Unsere Krise war nichts weiter als ein völlig normaler Ermüdungszustand. Das Glück darüber, uns wiedergefunden zu haben, die Besessenheit, mit der wir einander unsere Liebe beteuerten, die Leidenschaft, mit der wir übereinander herfielen, hatten uns in einen Zustand ständiger Anspannung versetzt, der uns körperlich und psychisch ausgelaugt hatte und der uns, wenn er weiter angehalten hätte, kaputtgemacht hätte.

Und so verwechselten wir in unserer Schwarzseherei die körperliche Ruhepause mit einem Alarmsignal und verfielen erneut in unser Schweigen und unsere Unzufriedenheit, und unsere aufreibenden und müßigen Auseinandersetzungen gingen von neuem los.

Ich war überzeugt, daß das Wunder nicht eingetreten war. Nach einem Monat schlief ich wieder in meinem Zimmer und verfiel in die alte Lethargie. Ich verbrachte die Tage vor dem Fernseher, nachdem ich das Telefonkabel herausgezogen hatte, um nicht gestört zu werden. Zuweilen sprang ich plötzlich auf, mit dem Gefühl zu ersticken, und ging zum geöffneten Fenster, um tief Luft zu holen.

Nachdem Marco vergeblich versucht hatte, mir zu helfen (ich liebe dich, sag mir, was ich tun soll, sag mir doch, was mit dir los ist), zog er sich letztendlich so wie ich in sich selbst zurück. Ich begann, immer häufiger an Asthmaanfällen zu leiden. Nachts fuhr ich aus dem Schlaf hoch und schnappte mit weit aufgerissenem Mund nach Luft, atmete ein und aus wie ein Blasebalg. Und schließlich verstand ich: Wie viele Jahre zuvor meine Mutter, so ließ auch ich mich von meinem Unglück zugrunde richten. Ich weiß nicht warum, aber plötzlich kam mir der Vers eines alten und wunderschönen japanischen Gedichtes in den Sinn: *Es ist nichts / nur deine in-*

nige Liebe / die für immer zu Ende geht. Tag für Tag spürte ich, wie sich Marcos Liebe immer weiter zurückzog: Das war es, was mich erstickte. Wenn ich mich nicht scheiden ließ, würde ich daran sterben.

Dank eines unglaublichen Anrufs von Nonna Josette wurde alles plötzlich ganz einfach. Nachdem sie sich ausgiebig über irgendwelche vorgeschobenen Themen ausgelassen hatte, fragte sie mich, ob Marco mir von der »kleinen Maria« erzählt habe.

»Nein. Wer ist das?« fragte ich zerstreut.

»Ein kleines Mädchen von drei Monaten, das zur Adoption freigegeben wurde. Marco vertritt in irgendeinem Verfahren das Waisenhaus, in dem die Kleine lebt, und der Verwalter hat ihm von ihr erzählt. Arme Kleine, sie hat wirklich schlimme ...«

»Das interessiert mich nicht, Josette. Ich kann mir nicht das Unglück sämtlicher Kinder der Welt aufbürden.«

»Du irrst dich. Ein Kind ist das einzige, was euch fehlt, um vollkommen glücklich zu sein.«

Als Marco nach Hause kam, beschränkte ich mich darauf, ihm mitzuteilen, daß ich mich scheiden lassen wollte. Sofort. »Du wirst mich auch nicht mit Gewalt halten können!« sagte ich hart.

Er senkte den Blick. »Mit Gewalt will ich dich auch nicht.«

Drei Tage später gingen wir zum Anwalt, um das Scheidungsverfahren einzuleiten, und ich rief die Besitzerin der Pension an, um sie zu fragen, ob das Zimmer noch frei sei.

»Dasselbe nicht, aber ich habe ein anderes, das in zwei Tagen frei wird. Natürlich müßten Sie mir wieder für einen Monat im voraus bezahlen«, fügte sie hinzu.

Marco fuhr mich mit dem Auto hin und half mir, die Koffer ins Zimmer zu bringen. Dann blieb er eine Weile reglos stehen und sah mich zögernd an. »Jetzt geh bitte«, sagte ich schroff.

»Was machen wir hier eigentlich? Was ist nur mit uns passiert, Laura?«

»Geh!« wiederholte ich mit erhobener Stimme.

XX

Zwei Monate später wohnte ich immer noch in dieser Pension. Meinem Vater und Marina, die darauf bestanden, daß ich ihre Gastfreundschaft oder zumindest ihre Hilfe bei der Suche nach einer angemesseneren Bleibe annahm, sagte ich immer wieder, daß die Besitzerin der Pension freundlich, die Atmosphäre familiär und das Zimmer sauber sei ... In Wirklichkeit aber paßte diese dürftige provisorische Unterkunft hervorragend zu der Traurigkeit und Mißlichkeit der Phase, die ich gerade durchlebte.

»Tu etwas, mach eine Reise, sieh zu, daß du aus diesem Loch rauskommst«, sagte mein Vater mir immer wieder mit wachsender Verzweiflung.

»Das werde ich tun«, versicherte ich ihm.

»Und wann?«

»Sobald die Scheidung durch ist.«Ich wartete darauf, daß der Richter uns vorlud, überzeugt, daß ich erst an jenem Tag ein neues Leben anfangen könnte. In der Zwischenzeit weigerte ich mich, Veränderungen vorzunehmen oder Entscheidungen zu treffen, fast so, als wollte ich das Unheil bannen. Im ersten Monat hatte Marco mich verschiedentlich anzurufen versucht, doch nachdem die Besitzerin ihm jedesmal gesagt hatte, daß ich beschäftigt oder ausgegangen sei oder gerade nicht an den Apparat kommen könne, hatte er aufgegeben.

Von Zeit zu Zeit jedoch traf ich Pietro: Ich besuchte ihn im

Büro, und er zeigte mir die neuen Kataloge und die jüngsten Schmuckmuster, fragte mich nach meiner Meinung und redete mir gut zu, ich solle mein altes Interesse für diese Branche nicht aufgeben. Ich wußte es zu schätzen, daß er mir nie persönliche Fragen stellte, und vor allem, daß er mich nicht in Verlegenheit brachte, indem er versuchte, dort anzuknüpfen, wo unser kurzes Verhältnis stillschweigend beendet worden war.

Eines Nachmittags kam seine Tante Anna ins Büro. »Warum arbeitest du nicht ein paar Stunden am Tag bei uns?« fragte sie ganz spontan, als wäre ihr gerade in dem Moment die Idee gekommen. Doch ich hatte das sichere Gefühl, daß Marina oder mein Vater hinter diesem Vorschlag steckten. Dennoch gelang es mir nicht, ihnen deswegen böse zu sein. »Ich werde es mir durch den Kopf gehen lassen«, erwiderte ich. »Im Moment ist mir nicht danach, mich zu irgend etwas zu verpflichten, aber ich danke dir trotzdem für dein Angebot.«

Als wir wieder alleine waren, sagte Pietro: »Meine Tante hat deine Begeisterungsfähigkeit und deine Neigung für unsere Arbeit immer sehr geschätzt. Nur deshalb hat sie dir angeboten, für uns zu arbeiten, nicht um dir einen Gefallen zu tun. Und ich glaube, daß es dir helfen würde, wenn du eine Beschäftigung hättest. Das ist natürlich nur ein gutgemeinter Rat unter Freunden.«

»Natürlich«, sagte ich lächelnd. »Ich verspreche dir, daß ich es mir wirklich überlegen werde.«

Zwei Wochen später rief Marina mich an: Der Richter hatte uns am 21. März um halb elf vorgeladen. »Marco hat mich gebeten, dir Bescheid zu sagen. Euer Anwalt kommt dich um zehn abholen.« Ich hörte sie seufzen. »Bist du bereit? Ist es nicht noch ein bißchen zu früh?«

»Es ist doch nur eine Anhörung. Leider werden noch Jahre vergehen, bis die Scheidung in Kraft tritt.«

»Marco ist immer noch verliebt in dich. Ich habe noch nie einen Mann gesehen, der so ...«

»Ich habe dich weder nach deiner Meinung gefragt noch um einen Rat gebeten«, unterbrach ich sie.

Am 18. März bat der Anwalt mich, in seiner Kanzlei vorbeizukommen. Im Gegensatz zu dem, was wir eigentlich vereinbart hatten, hatte Marco die Absicht, mir die Wohnung, in der wir zusammen gewohnt hatten, zu überlassen und mir monatlich einen bestimmten Betrag zu überweisen. Ich lehnte eisig ab und sagte, daß ich glücklicherweise die Mittel hätte zu überleben, ohne mich von einem Fremden aushalten zu lassen.

Diese letzte erniedrigende Provokation half mir immerhin, auch dem entferntesten Risiko eines plötzlich Anfluges von Trauer und Reue zu entgehen. In den drei letzten Tagen bis zur Anhörung führte ich mir immer wieder sämtliche Demütigungen und all den Kummer vor Augen, die ich in all den Jahren über mich hatte ergehen lassen müssen, und steigerte mich in eine immer größer werdende Wut. Ich haßte Marco. Ich haßte meinen Vater und Marina, denen es gelungen war, das Leben meiner Mutter zu zerstören, die durch ihre Krankheit noch schwächer als ich gewesen war.

Eine Stunde bevor ich zum Gericht mußte, war ich so wütend, daß ich ein Beruhigungsmittel nehmen mußte. Der Anwalt holte mich um zehn ab, und die ganze Fahrt über ermahnte er mich, vor dem Richter ruhig zu bleiben und Marco gegenüber auf keinen Fall ausfallend zu werden. »Während des Verfahrens muß der Richter sich davonüberzeugen, daß es sich um eine Entscheidung handelt, die Sie einvernehmlich mit dem Beistand eines gemeinsamen Anwalts getroffen haben: Ein plötzlicher Streit würde alles komplizieren. Wenn Sie mit Ihrem Mann noch etwas zu klären haben, Laura, wäre es besser, das vor der Anhörung zu machen.«

»Ich denke, es ist alles geklärt.«

Marco wartete vor dem Gericht auf uns. Ich ignorierte seine ausgestreckte Hand, und als wir drinnen waren, setzte ich mich demonstrativ von ihm und dem Anwalt weg.

Der Richter empfing uns mit einer Stunde Verspätung, und die ganze Zeit über verspürte ich ein stetig wachsendes Unbehagen. Noch nie hatte ich einen so überfüllten, lauten Ort gesehen. Anwälte kamen und gingen, Amtsdiener riefen andauernd Namen auf. Viele andere Paare warteten wie Marco und ich darauf, aufgerufen zu werden, ein jedes mit seiner ganz eigenen Geschichte von Irrtümern, Gewalt, Egoismus und Erpressung. Wir saßen wie in einem Schaufenster, mit finsterem Gesicht, den Blick starr ins Leere gerichtet, um von einem ebensolchen Scheitern Zeugnis abzulegen. Zu dem Unbehagen gesellte sich ein heftiges Gefühl der Scham.

Auf einmal fühlte ich mich jeglicher Intimsphäre beraubt, kam mir nackt vor in diesem Haufen von Gescheiterten. Hatte auch meine Mutter das erleiden müssen? Ich schnappte nach Luft. Gleich ersticke ich, dachte ich und sprang auf. In dem Moment rief der Amtsdiener uns auf. Ich hatte das Gefühl, daß uns alle ansahen.

»Geht es dir gut?« fragte Marco, als ich endlich neben ihm hineinging.

Ich war drauf und dran, ihm zu sagen, daß er sich um seinen eigenen Dreck kümmern solle, doch ich erinnerte mich an die Worte des Anwalts, und es schien mir nicht sehr angebracht, wenige Minuten bevor wir vor den Richter traten, Spannungen zu erzeugen.

»War nur ein kleiner Asthmaanfall«, sagte ich so freundlich wie möglich.

Marco nahm mich am Arm, während der Amtsdiener uns die Tür öffnete, und so sah uns der Richter hereinkommen.

Er war ein ziemlich robuster Mann um die Sechzig mit weißen Haaren und kleinen, aufmerksamen Augen. Er bat uns, Platz zu nehmen, und streckte eine Hand nach dem Aktenbündel aus, das der Anwalt ihm reichte. »Wie Sie sehen werden«, sagte der Anwalt, »ist in allen Punkten eine Einigung erzielt worden und …«

»Wir werden sehen«, unterbrach der Richter ihn. Ironisch? Verärgert? Des ehelichen Elends überdrüssig? Er begann aufmerksam zu lesen, und ich ertappte mich dabei, ihn mit einem lächerlichen Herzklopfen anzustarren, wie damals im Gymnasium, wenn der Lehrer vor der Klasse meine Hausaufgaben vorlas.

»Sind Sie sicher, daß Sie auf Unterhalt verzichten wollen?« fragte er, wobei er den Blick von den Akten hob und mich mit seinen Stecknadelaugen ansah. »Hier steht, daß Sie keine außerhäusliche Beschäftigung haben.«

Ich errötete. »Mir wurde gerade dieser Tage eine Stelle angeboten … Und außerdem habe ich von meiner Mutter Wertpapiere und ein Haus geerbt, die mir ein Einkommen sichern …« Ich unterbrach mich keuchend. »Verzeihen Sie, ich habe einen Asthma …« Ich unterbrach mich erneut.

»Beruhigen Sie sich. Möchten Sie ein Glas Wasser? Oder wollen Sie ein paar Minuten rausgehen?«

»Nein, nein, es geht schon vorbei.« *Es muß vorbeigehen. Hör auf.*

Ich atmete tief ein. »Ich sagte gerade, daß ich keine finanziellen Probleme habe. Ich bin jung und gesund, und ich sehe keinen Grund, weshalb …« Dieses gekeuchte *gesund* schien mir so lächerlich, daß ich mich in Grund und Boden schämte. Ich atmete erneut tief ein. »Außerdem haben wir keine Kinder … Wenn unsere Ehe zu Ende ist, gibt es also keine Verbindungen und keine Verpflichtungen mehr, und ich wüßte nicht, warum … ich wüßte nicht, aus welchem Grund ich mich aushalten lassen sollte … Verzeihen Sie, es ist gleich vorbei.« Es ging mir wirklich schlecht.

Der Richter sagte freundlich: »Gehen Sie doch ein wenig frische Luft schnappen.« Marco machte Anstalten aufzustehen, doch der Richter hielt ihn zurück. »Herr Anwalt, begleiten Sie sie. Ich werde mich inzwischen mit dem Mann der Signora unterhalten.«

Sobald ich draußen war, fühlte ich mich besser. Ich holte mir mit dem Anwalt ein Glas Wasser, dann liefen wir vor dem Gericht ein paar Schritte auf und ab. »Es tut mir leid, ich war wirklich eine Katastrophe«, sagte ich.

»Ich habe noch nie eine schmerzlose Scheidung gesehen: In dem Moment, in dem eine Ehe für immer zu Ende geht, werden selbst die unglücklichsten Paare von Zweifeln oder Reue überwältigt.«

»Bei mir war es ein Asthmaanfall«, stellte ich klar.

Als wir zum Richter zurückkehrten, sprach er immer noch mit Marco und bat uns, ihm noch fünf Minuten Zeit zu geben. Es vergingen mehr als zehn Minuten. Dann öffnete sich die Tür, und nachdem er Marco verabschiedet hatte, forderte der Richter den Anwalt auf einzutreten. »Fünf Minuten, und ich bin für Sie da«, sagte er zu mir. Und diesmal hielt er Wort.

»Fühlen Sie sich besser?« fragte er, als ich saß.

»Viel besser, danke.«

Er sah mich schweigend an, als suchte er nach Worten. Dann räusperte er sich. »Ich möchte Sie wiedersehen, wenn Sie sich gründlich erholt haben. Ich habe lange mit Ihrem Mann gesprochen, und aus dem Gespräch ist deutlich hervorgegangen, daß es sich hier nicht um eine einvernehmliche Scheidung handelt. Nur Sie wollen die Scheidung, und das aus Gründen, die ich sorgfältig geklärt haben möchte: und zwar sobald Sie in der Lage sind, sachlich zu bleiben.«

Ich starrte ihn mit weit aufgerissenen Augen an. »Unsere Ehe ist ein ...«

»Unterbrechen Sie mich nicht, ich bitte Sie. Seit über zwanzig Jahren kümmere ich mich um Trennungen und Scheidungen, aber es gelingt mir immer noch nicht, meine Arbeit mit der Distanz und der Gleichgültigkeit eines Bürokraten zu erledigen. In vielen Fällen ist Scheidung das kleinere Übel, aber das heißt nicht, daß sie nicht dennoch ein furchtbares Übel ist. Was Sie angeht, Signora, scheint sie mir ein unnötiges Übel. Natürlich muß ich das überprüfen. Aber eines ist sicher: Ihr Mann ist Ihnen zutiefst verbunden, er hat viele Pläne für Ihre gemeinsame Zukunft, er möchte auch ein kleines Mädchen adoptieren. Als ich ihn in die Enge getrieben habe, mußte er zugeben, daß er nicht die Absicht hat, Ihre Entscheidung hinzunehmen.«

»Was bedeutet das?« fragte ich verwirrt.

»Daß er sich Ihrer Forderung nach einer einvernehmlichen Scheidung widersetzen wird. Er wird einen Aufschub beantragen. Er wird nicht zur Anhörung gehen. Er wird auf alle möglichen Vorwände zurückgreifen, um das Verfahren in die Länge zu ziehen und …«

Wütend unterbrach ich ihn. »Und Sie, Herr Richter, wollen das alles zulassen?«

»Ich kann nicht verhindern, daß er es versucht.« Er stand auf. »Ich werde Ihnen den Termin für unser nächstes Treffen mitteilen. Bis dahin würde ich Ihnen raten, sich einen Anwalt zu suchen, der nur Ihre Interessen vertritt.«

»Danke für den Tip.« Ich kehrte ihm den Rücken zu, und mit hochrotem Gesicht rannte ich hinaus. Marco stellte sich mir in den Weg. »Ich muß dir das erklären.«

»Verschwinde«, zischte ich.

»Erst, wenn ich mit dir geredet habe.«

»Laß mich vorbei, sonst gehe ich zum Richter zurück und bitte ihn um Hilfe«, drohte ich und streckte den Arm zur Tür aus, die ich gerade hinter mir geschlossen hatte.

»Früher oder später mußt du rauskommen. Und ich werde nicht von deiner Seite weichen, bis du mir zuhörst. Also ist es besser, du bringst es gleich hinter dich.«

»Na gut, ich höre«, sagte ich wütend.

»Nicht hier.« Er nahm mich am Arm und zog mich zum

Ausgang. Mich fest umklammernd, erreichte er den Parkplatz und schob mich ungeschickt in den Wagen.

Als er starten wollte, hielt ich ihn zurück. »Ich habe nicht die Absicht, mit dir irgendwohin zu fahren. Sag mir, was du mir sagen mußt, und ...«

»Ich bringe dich in deine Pension.«

»Nein. Wenn du es so spannend machen willst, steige ich sofort aus, und du kannst meinem Anwalt alles erklären.«

»Wenn du Krieg willst, steig ruhig aus.«

»Ich will nur die Scheidung! Und die Szene, die du für heute morgen vorbereitet hast, war ekelhaft und würdelos!«

»Ich habe nichts vorbereitet. In dem Moment, in dem ich mich deiner Entscheidung beugen wollte, habe ich begriffen, daß ich mich wie ein Idiot verhalten habe. Zum Glück bin ich an einen gewissenhaften und anständigen Richter geraten.«

»Den einzigen, den du mit deiner Schauspielerei einwikkeln konntest! Edle Gefühle, gebrochenes Herz, zunichte gemachte Pläne, sogar ein Kind, das nur darauf wartet, adoptiert zu werden ... Nicht einmal einem Profi wäre das so gut gelungen!«

»Dein Asthmaanfall war auch nicht schlecht«, erwiderte er sarkastisch. »Leider bist du übers Ziel hinausgeschossen: Statt den Applaus einzuheimsen, hast du mir die Bühne überlassen.«

»Und du hast das schamlos ausgenutzt!« Ich drehte mich zu ihm um. »Was auch immer du ausheckst, um unsere Scheidung hinauszuzögern oder zu verhindern, du solltest von nun an wissen, daß ich mich lieber umbringen würde, als zu dir zurückzukehren. Du bist ...«

»Ich bin wütend! Seit Jahren zerbreche ich mir den Kopf, um herauszufinden, wie wir in dieser Hölle landen konnten, aber jetzt erst fange ich an zu begreifen. Du brauchst keinen Ehemann, sondern einfach nur jemanden, der für die Schuld deines Vaters büßen soll ... Ach, was red ich da ... für die

Schuld sämtlicher jämmerlicher Typen, mit denen du zusammen warst, um dich für wer weiß was zu bestrafen. Ich bin nicht derjenige, der dich zu dem Metzger geschleppt hat, der dich unfruchtbar gemacht hat, nicht mich hättest du dafür zahlen lassen sollen! Ich bin mit den Nerven am Ende, Laura.«

»Warum willst du dann in dieser Hölle bleiben?« fragte ich wie versteinert.

»Weil du da bist. Und ohne dich gehe ich nicht.«

»Das hast du aber schon tausendmal getan! Schnell das Feuer geschürt, um sicherzugehen, daß ich leide, und ab ins Paradies mit deinen Liebhaberinnen.«

»Ich gebe zu, das habe ich versucht. Nicht das Paradies habe ich gesucht, sondern eine *normale* Frau, mit der ich eine *normale* Beziehung aufbauen kann. Leider ist es mir nicht gelungen. Aber ich mag diese Hölle nicht, ich bin schließlich kein sadistischer Brandstifter!«

Er unterbrach sich, packte mich bei den Schultern und schüttelte mich wie einen leeren Sack. »Siehst du denn nicht, was du alles getan hast, um unsere Ehe zu zerstören? Ich habe dich einmal gefragt, was genau du mir vorwirfst. Ich frage es dich noch einmal. Als du erfahren hast, daß wir keine Kinder bekommen können, hast du deinen Schmerz in ein Kriegsbeil verwandelt. Du hast mich von dir ferngehalten, mich gehaßt, bestraft, du hast einen Waschlappen aus mir gemacht ... Ich war nicht dein Ehemann, sondern der Feind Mann.«

»Das hast du bereits gesagt.«

»Ich will, daß du es begreifst! Ich will, daß ...«

»Du tust mir weh.«

Er ließ von meinen Schultern ab. »Entschuldige.«

»Du bist der schlimmste Mann, den ich je kennengelernt habe.«

»Das hast du mir auch bereits gesagt.«

»Sieht so aus, als hätten wir uns nichts mehr zu sagen.«

»Warum wolltest du nie ein Kind adoptieren?« fragte er unerwartet.

»Wenn du das wirklich gewollt hättest, hättest du mich fragen sollen.«

»Ich hatte Angst, dich ... Seit Jahren lebe ich in Angst, Laura.«

Ich erstarrte. »Darauf falle ich nicht rein. Ich bin nicht dein naiver Richter mit dem empfindsamen Herzen.«

»Du bist nur eine dumme Kuh.«

Hastig öffnete ich die Tür und stieg aus dem Wagen. Noch bevor Marco den Wagen anließ, überquerte ich schon den Platz.

EPILOG

XXI

Vor einer Woche habe ich den Mietvertrag für eine neue Wohnung unterschrieben, und der Verwalter hat mir die Schlüssel ausgehändigt. Mein Vater hat es sehr bedauert, daß er den Mieter nicht überzeugen konnte, die Wohnung zu räumen, die mir einst so gut gefallen hat, und um des lieben Friedens willen habe ich so getan, als würde ich sein Bedauern teilen. In Wirklichkeit bin ich froh, einem Mann, der noch nie etwas für mich getan hat, nicht danke sagen zu müssen, wenn auch nur für einen kleinen Gefallen. Und ob ich hier oder da wohne, ist mir ziemlich gleich. Ich wäre sogar in dem Zimmer in der Pension geblieben, wenn ich nicht Probleme gehabt hätte, all die – viel zu vielen – Sachen unterzubringen, die mir von Marco geblieben sind.

Die Wohnung, die ich gemietet habe, befindet sich am südlichen Stadtrand, im dritten Stock eines neu gebauten Hauses. Es ist eine Wohnung mit drei frisch gestrichenen Zimmern, anonym und noch nicht verlebt: das hat mir daran am meisten gefallen. Gestern morgen hat Anna Fazi zwei Jungs aus ihrer Firma geschickt, die die Schlafzimmermöbel und die Küche hochgetragen und montiert haben, die ich auf die schnelle in einem Großhandel gekauft habe, und während sie damit beschäftigt waren, bin ich mit einem Taxi zur Pension gefahren, um meine Koffer zu holen und mich von der Besitzerin zu verabschieden.

Es war fünf Uhr nachmittags, als ich merkte, daß ich weder Bettwäsche oder Handtücher noch Geschirr hatte. Nicht einmal eine Kaffeemaschine für den nächsten Morgen! Einer der beiden Jungs hat mich freundlicherweise mit seinem Auto in ein nahe gelegenes Einkaufszentrum gefahren, wo ich die nötigsten Dinge besorgen konnte, einschließlich einiger Lebensmittel.

Als wir die randvollen Einkaufswagen zum Parkplatz schoben, kamen wir an einem Telefonladen vorbei. Ich bat den Jungen, kurz auf mich zu warten, und ohne noch lange zu überlegen, ging ich hinein, um mir ein Handy zu kaufen. Ich hatte nie eins gebraucht, ja, ich hasse Handys geradezu: Mein Vater, der sich angeblich Sorgen machte, weil ich wer weiß wie viele Tage allein in einer Wohnung ohne Telefon sein würde, hatte angekündigt, daß er mir eines schenken wollte. Nun, das würde ich ihm nicht gestatten. Ich suchte ein Modell aus, das gerade im Angebot war, zahlte mit Kreditkarte, und innerhalb von zehn Minuten wurde es aktiviert.

»Vergessen Sie nicht, über Nacht den Akku aufzuladen!« riet der Angestellte mir, als er mir die Schachtel überreichte.

Heute morgen, nach der ersten Nacht in der neuen Wohnung, bin ich mit dem Gefühl einer seltsamen inneren Unruhe aufgestanden, wie es schon mal vorkommt, wenn man schlecht geträumt hat, sich an den Traum aber nicht mehr erinnern kann. Oder wenn man sich immer wieder mit einem Problem oder einem Zweifel herumplagt und plötzlich feststellt, daß man vergessen hat, was einen noch wenige Augenblicke zuvor quälte. Mit einem Achselzucken spielst du die Angelegenheit herunter, sagst dir, daß es wahrscheinlich nichts

Wichtiges war, und versuchst, an etwas anderes zu denken. Doch dein Gehirn nagelt dich fest, tiefe Besorgnis strömt in jede Zelle deines Körpers. Du mußt dich erinnern. Du mußt wissen. Du mußt begreifen.

Ich habe gehorcht und mir eifrig alle möglichen Gründe für meine Anspannung und mein Unwohlsein vor Augen geführt, alle Geister meiner schlaflosen Nächte. Meine Mutter? Das Leben, das dem Kind, das ich in mir getragen hatte, so grausam verweigert worden war? Das Scheitern meiner Ehe? Die mitleidlosen Anschuldigungen Marcos? Das Wissen, am Nachmittag mit Marina in die alte Wohnung zurückkehren zu müssen, um ihr zu zeigen, was sie mitnehmen sollte?

Nein. Nein. Nein ... Und schließlich ist es mir eingefallen. Die Sorge läßt nach, und ich stoße einen erleichterten Seufzer aus: Letzte Nacht habe ich geträumt, daß mein Vater tot war. Ein ungewisses und geheimnisvolles Ende, dem eine abenteuerliche Suche quer durch eine Wüste mit seltsam rotem Sand, auf einem Kriegsfriedhof und in einem brennenden Wolkenkratzer und schließlich eine Verfolgungsjagd im Auto vorausgegangen sind ... Und ich am Steuer flehe: »Laßt uns weitersuchen, ich fühle, daß er lebt.«

Welch eine Vorsicht, wie viele Alibis, um ihn sterben zu lassen, ohne mich schuldig zu fühlen, dachte ich voller Sarkasmus. In Wirklichkeit brauche ich keine nächtlichen Alpträume, um zu begreifen, daß ich meinen Vater getötet habe, als ich zwölf Jahre alt war. Überlebt hat nur ein armer Mann, den zu hassen ich nunmehr müde bin.

Um Viertel vor zwei rufe ich ein Taxi. Eine halbe Stunde später bin ich bei meinem Vater und Marina. Ich trinke mit ihnen Kaffee. Wir reden über den Sommer, der sich vorzeitig ankündigt, über die Schädlingslarven, die Marinas Granatapfelbaum auf der Terrasse zerfressen haben, über die Teilzeitstelle, die ich vor kurzem in Anna Fazis Firma angenommen, und über die Küchenmöbel, die ich gekauft habe, über die schöne Tagesdecke aus Spitze, die Marina in einem kleinen Laden, den Nonna Josette entdeckt hatte, gesehen hat. In einem entlegenen Winkel meines Gehirns registriere ich, daß sie sich immer noch sehen.

Um drei schaue ich auf die Uhr. »Es wird langsam spät, Marina, wir sollten vielleicht gehen.«

»Marco hat mir den Wohnungsschlüssel gegeben, wir brauchen uns nicht zu beeilen.«

»Ich will fertig sein, bevor er aus dem Büro heimkommt.«

Mein Vater räuspert sich. »Vielleicht solltest du mit ihm reden.«

»Misch dich bitte nicht ein.«

»Ich kann nicht einfach nur zusehen, wie du in dein Unglück rennst.«

»Du warst immer ein Experte darin, bei Problemen wegzusehen, mach lieber so weiter.«

Marina wirft meinem Vater einen vorwurfsvollen Blick zu. »Ich hab dir doch gesagt, du sollst ruhig sein! Du bist nicht der liebe Gott, du kannst die Probleme deiner Tochter ganz bestimmt nicht lösen!«

Ich mische mich ruhig ein. »Ich habe meine Probleme immer selbst gelöst. Eingeschlossen das Problem meiner Ehe.«

Mein Vater sieht mich an, als wollten seine Augen aus ihren Höhlen treten. »Eine tolle Lösung hast du gefunden! Einen anständigen Mann zu verlassen, der dich anbetet. Beim ersten kleinen Problem streichst du ihn aus deinem Leben und weigerst dich, ihn anzuhören, ihn zu sehen, zu versuchen, seine Gründe zu verstehen ...« Seine Stimme bleibt ihm im Hals stecken.

»Du kannst seine *Gründe* ruhig beim Namen nennen: Titten und Arsch.«

»Auch du hast ihn betrogen«, erwidert er kalt. »Ihr wart beide leichtsinnig, aber ihr hättet eure Ehe retten können, denn eure Liebe hat überlebt. Wenn du nur wüßtest, wie sehr Marco an dir hängt ...«

»Ich will es nicht wissen. Es ist sowieso zu spät.«

Mein Vater seufzt. »Ich kann einfach nicht begreifen, was in deinem Kopf vorgeht ... Was ist nur mit dir passiert, was hat dich dazu getrieben, eine so glückliche Beziehung zu zerstören ...«

»Ich habe bereits alles mögliche zerstört, bevor ich ihn überhaupt kennengelernt habe. Einschließlich meines Fortpflanzungsapparates.«

Marina legt mir eine Hand auf die Schulter. »Eine Abtreibung ist eine furchtbare Erfahrung, aber die Zeit wird auch diese Wunde heilen.«

Ich weiche ruckartig zurück. »Was verstehst du denn schon davon?«

Sie sieht meinen Vater an, zögert, dann richtet sie ihren Blick auf mich und sagt leise: »Drei Monate nachdem dein Vater zu mir gezogen ist, wurde ich schwanger. Ich war über vierzig, und es war meine letzte Chance, ein Kind zu bekommen. Doch dein Vater bat mich, abzutreiben: Du warst ein kleines verstörtes Mädchen, vergiftet von deinem Haß, und er wollte dich nicht noch mehr gegen uns aufbringen.«

»Das tut mir leid. Das konnte ich nicht wissen.«

»Wir hatten dir schon zu sehr weh getan und hatten keine andere Wahl. Aber du und Marco, ihr wart jung ... Wenn ihr ein Kind adoptiert hättet, hätte euer Leben von vorne begonnen, ohne Schatten. Ihr könntet es auch jetzt noch tun. Ihr seid jung, ihr habt noch alle Zeit der Welt, um ...«

»Ich wollte ein *eigenes* Kind, nicht irgendein fremdes, wie ein Trostpreis, wie eine Notlösung. Ich hätte mich gehaßt, wenn ich ihm nicht die gleiche Liebe, den gleichen Respekt hätte geben können wie meinem eigenen Kind.« Es ist das erste Mal, daß ich das zugebe.

Mein Vater sieht mich merkwürdig an.

»Nein!« sagt Marina. Es klingt wie ein erstickter Schrei, wie eine ängstliche Warnung vor einer Gefahr.

Mein Vater seufzt. »Ich muß. Das ist die einzige Chance, die mir bleibt, um ihr zu helfen«, fügt er zaghaft hinzu. Marina steht auf und stürzt aus dem Zimmer.

»Darf man erfahren, was los ist?« frage ich. Ich bin bestürzt, seltsam erschrocken.

»Als ich deine Mutter kennengelernt habe, warst du bereits drei Monate alt«, sagt mein Vater leise.

Ich sehe ihn mit offenem Mund an, begreife nicht.

»Du bist sofort meine Tochter geworden«, fährt er fort. »Du warst für mich wie mein eigen Fleisch und Blut, und in den ganzen dreißig Jahren habe ich nicht einmal daran gedacht, daß du – biologisch gesehen – einen anderen Vater hast.«

»Jetzt verstehe ich, warum es dir so leichtgefallen ist, uns zu verlassen. Du warst gar nicht mein Vater«, sage ich mit gezielter Bosheit, denn ich will, daß er sich ebenso tödlich verletzt fühlt wie ich. »Das hättest du mir nicht sagen sollen! Ich will kein Wort mehr von dir hören!« platze ich heraus und stehe auf.

Er hält mich an einer Hand fest. »Du kannst nicht immer weglaufen, Laura. Dieser Junge, dein Vater, war sieben Jahre jünger als deine Mutter. Als er erfuhr, daß sie schwanger war, bekam er es mit der Angst zu tun und verschwand. Doch nach wenigen Wochen kehrte er zurück und schlug deiner Mutter vor, mit ihm nach Australien zu gehen, wo er eine Arbeit zu finden hoffte. Damals war es gerade in Mode, nach Australien auszuwandern ... Diesmal war es deine Mutter, die Angst bekam. Sie war inzwischen im sechsten Monat schwanger, und ihr war verständlicherweise nicht danach, alles aufzugeben und ans andere Ende der Welt zu reisen.«

»Wie hast du meine Mutter kennengelernt?« frage ich, überrascht, daß ich noch einen Ton herausbringe.

»Eine ihrer Freundinnen hat in meiner Bank gearbeitet und sie mir vorgestellt. Ich habe mich auf den ersten Blick in sie verliebt, und auch in dich. Unsere Ehe war glücklich, bis dieser Junge aus Australien zurückkehrte und sie besuchte. Er erzählte ihr, daß er viel Geld gemacht hätte. Er bat sie, sich von mir scheiden zu lassen und ihm zu folgen. Ich verbot es ihr. Du warst vier Jahre alt, du warst auch vor dem Gesetz meine Tochter, und für nichts auf der Welt hätte ich auf dich verzichten können. Deine Mutter blieb, doch sie verzieh es mir nie. Dieser Junge war für sie gleichbedeutend mit Leidenschaft, Träumen, Jugend … Und als sie erfuhr, daß er bei einem Verkehrsunfall ums Leben gekommen war, verfiel sie in eine Trauer, die bis an ihr Ende anhielt. Jahrelang hat sie mich zurückgewiesen, angeklagt, beleidigt, aus ihrem Bett vertrieben … Bis ich Marina getroffen habe und gegangen bin. Meine Schuldgefühle sind unerträglich geworden, als ich gesehen habe, daß du Marco ebenso schlecht behandelt hast wie deine Mutter mich. Sie ist von ihrem Kummer und ihrem Unglück zerstört worden, aber du zerstörst dich selbst. Du bist nicht deine Mutter, und Marco ist unendlich viel besser als ich.«

Ich springe auf, sehe meinen Vater an und weiß nicht, was ich ihm sagen soll. Ich schwebe irgendwo in einer unwirklichen Dimension, alles erscheint mir vage und ungreifbar. Ich spüre meinen Körper nicht mehr, kann mich nicht bewegen, löse mich in einer von sinnlosen Bildern bevölkerten Leere auf: ein Junge, ein drei Monate altes Mädchen, Australien, meine Mutter in Trauer, mein aus ihrem Bett vertriebener Vater …

Das ist nur ein Traum, wach auf. Es ist kein Traum, und während ich unsanft in die Wirklichkeit zurückkehre, lähmt mich die Panik. Ich habe alles falsch gemacht, ich habe alles verloren, ich weiß nicht mehr, wer ich bin, noch, wo ich hingehöre.

»Laura … « Die Stimme meines Vaters. *Meines Vaters*?

»Verzeih mir.«

»Was soll ich dir verzeihen, mein Mädchen?«

Daß ich dich gehaßt habe, antworte ich stumm. Daß ich nicht begriffen habe. Daß es mir nicht gelingt, dir um den Hals zu fallen. Daß ich dich all diese Jahre gequält und unglücklich gemacht habe. Mein Gott, denke ich mit einemmal, wie viele Menschen habe ich in meine Hölle hineingezogen?

»Verzeih mir«, wiederhole ich. Ich packe meine Handtasche. Haste aus dem Zimmer, öffne die Wohnungstür, renne die Treppe hinunter, antworte Marina nicht, die mich von oben anfleht, zurückzukommen, auf sie zu warten …

Ich renne bis zum Ende des Häuserblocks, biege dann außer Atem in eine kleine Einbahnstraße ein und verlangsame den Schritt. Dann überquere ich einen Platz. Und dann beginne ich, ziellos umherzulaufen, von einer Straße zur anderen, und denke, daß ich vielleicht dazu verdammt bin, bis in alle Ewigkeit ohne Ziel umherzuirren.

Doch irgendwann bleibe ich vor Müdigkeit stehen. Meine Beine sind stocksteif, mein Rücken schmerzt. Ich schleppe mich bis zu einem Milchladen auf der anderen Straßenseite und frage, ob es möglich ist, mir ein Taxi zu rufen.

Das Taxi kommt nach wenigen Minuten. Ich nenne die Adresse meiner neuen Wohnung, und nachdem ich mir die Schuhe ausgezogen habe, strecke ich mich auf dem Rücksitz aus. Eine plötzliche Klarheit schleicht sich heimtückisch in dieses vorübergehende Gefühl der Erleichterung. Ich rekonstruiere Wort für Wort, was mein Vater mir an diesem Nachmittag gesagt hat, mit einer Genauigkeit, die mir schließlich beinahe Übelkeit bereitet. Je mehr ich versuche zu verstehen, um so mehr erschüttern mich die Fehler, die ich gemacht, und der Kummer, den ich verursacht habe. Ich denke an Marco: Es ist mir gelungen, aus dem sonnigen und fröhlichen Mann, der er einmal war, einen Masochisten zu machen, der vor keinem Martyrium zurückschreckt. Du wolltest mir die Sterne vom Himmel holen, und ich habe dich in die Hölle hinuntergezogen, denke ich und sage ihm damit in Gedanken Worte, die er niemals hören wird. Leb wohl, Marco, rette wenigstens du dich.

»Signorina, wir sind da.« Die ungeduldige Stimme des Fahrers. »Das macht dann achtunddreißigtausend Lire.«

Ich wühle in meiner Handtasche auf der Suche nach dem Portemonnaie. Der Mann schaltet die Innenbeleuchtung ein und beobachtet mich im Rückspiegel. »Einen Moment Geduld«, bitte ich ihn.

»Es ist neun Uhr abends, und ich wohne am anderen Ende der Stadt!«

Ich finde das Portemonnaie, hole einen 50 000-Lire-Schein heraus und reiche ihn ihm. »Behalten Sie den Rest, entschuldigen Sie«, beeile ich mich zu sagen. Werde ich mich mein ganzes Leben für irgend etwas entschuldigen?

Erst als ich die Tür zugeschlagen habe, merke ich, daß meine Schuhe noch im Auto sind. Verzweifelt gebe ich dem Taxifahrer Zeichen, damit er stehenbleibt, doch er sieht es nicht oder tut so, als würde er es nicht sehen, und rast los.

Auf dem kurzen Stück bis zur Haustür bemühe ich mich, den Schutthaufen, die das Bauunternehmen immer noch nicht beseitigt hat, auszuweichen, doch ich stoße mir den großen Zeh an irgendeinem spitzen und scharfen Gegenstand. Es tut so weh, daß mir die Tränen kommen. Die Haustür ist offen, und humpelnd erreiche ich den Aufzug.

Endlich stehe ich vor meiner Wohnung. *Endlich*? Dieses Haus und die Mietskaserne sind mir noch nie so finster vorgekommen.

Ich suche den Schlüsselbund, um die Tür zu öffnen, und flehe insgeheim, daß er mir nicht aus der Handtasche gerutscht ist, als ich den Taxifahrer bezahlt habe. Als ich ihn finde, verspüre ich eine lächerlich übertriebene Erleichterung und kann nicht umhin, daran zu denken, wie jämmerlich doch die kleinen Freuden meines trostlosen Lebens geworden sind.

Ich drehe den größten Schlüssel im Schloß um: das Schloß öffnet sich nicht. Ich probiere den zweiten: Nach einer halben Drehung bleibt er stecken. Ich probiere auch den dritten, obgleich ich sicher bin, daß es der Haustürschlüssel ist: nichts. Ich versuche noch einmal den zweiten: er blockiert immer noch nach einer halben Drehung.

Ich lehne den Kopf gegen die Tür und breche in Tränen der Verzweiflung aus. Es ist das erste Mal seit sechs Jahren, daß ich weine.

Plötzlich spüre ich, wie eine Hand in die meine gleitet und sanft den Schlüssel herauszieht. Ich fahre herum.

»Mit Schlüsseln konntest du noch nie umgehen, das ist mir schon in Nürnberg aufgefallen«, sagt Marco lächelnd.

»Was machst du denn hier?« frage ich, ohne mit dem Weinen aufzuhören.

»Nachdem ich vier Stunden mit deinem Vater und Marina durch die Stadt gelaufen bin, fiel mir ein, daß alle normalen Menschen irgendwann einmal nach Hause gehen.«

»Ich bin nicht normal!« schluchze ich.

Marco lächelt erneut. »Worauf du Gift nehmen kannst! Barfuß nach Hause kommen, vor der Tür in Tränen ausbrechen, sich von einem so wunderbaren Mann wie mir trennen, das zeigt doch zweifellos ...«

»Ich habe dir viel zu weh getan«, unterbreche ich ihn.

»Genau, und deshalb erlaube ich dir nicht, mir noch mehr weh zu tun.«

»Wir müssen reden. Wir müssen so viele Dinge klären, Marco.«

»Eines steht auf jeden Fall fest: Ich lasse dich nicht gehen.«

Gedankenverloren sieht er auf das Schlüsselbund, und ich trete von der Tür zurück, damit er aufschließen kann. Doch Marco tritt an das Treppengeländer und wirft die Schlüssel in den Treppenschacht. »Die brauchst du nicht mehr«, sagt er. »Ich bringe dich jetzt nach Hause zurück.«

Maria Venturi

Das Labyrinth der Liebe

Roman. Aus dem Italienischen von Monika Zenkteler-Cagliesi. 230 Seiten. SP 3393

Die attraktive Linda Parodi ist achtunddreißig, alleinerziehende Mutter einer aufmüpfigen Dreizehnjährigen und eines vierjährigen Pflegesohns. Mit viel Temperament und Humor meistert sie mehr oder weniger erfolgreich das tagtägliche Chaos. Nur auf ihre beste Freundin, die Psychologin Sara, ist Verlaß – auch wenn Sara mit gutgemeinter Kritik nicht gerade hinter dem Busch hält. Als Linda auch noch ihren Job zu verlieren droht, ist das Maß übervoll. Da tritt Matteo in ihr Leben: gutaussehend, sensibel und acht Jahre jünger als Linda. Die beiden verbringen gegen viele Widerstände eine intensive und leidenschaftliche Zeit miteinander, doch Linda hat schon zu viel erlebt, um noch an die ganz große Liebe zu glauben. Aber sie unterschätzt Matteo …

Chiara Zocchi

Olga

Roman. Aus dem Italienischen von Anja Nattefort. 159 Seiten. SP 2730

In Italien war sie eine kleine Sensation und wurde mit dem kleinen Prinzen von Saint-Exupéry verglichen: Olga, die frische, charmante, kindlich unschuldige und entwaffnend direkte Zehnjährige, Schöpfung einer Autorin, die selbst gerade erst die Schule beendet hat. Olga wohnt in einer ziemlich trostlosen Vorstadtsiedlung, ihr Vater sitzt im Knast, ihr Bruder hängt an der Spritze, und die Mama sucht Trost bei einem gewissen Herrn mit Schnurrbart. Aber Olga findet sich mit dem verzweifelten Optimismus, den eben nur Kinder haben können, zurecht. Zum Glück gibt es Ugo, den dicken Postboten, mit dem sie Fragen des Alltags klären kann, und Franco, ihren Herzensfreund, fürs philosophische Ganze der Welt. Mit ihm verbringt sie die Nachmittage in einer Nische unter der Treppe. Ein erstaunliches, berührendes Debüt – und ein Mädchen, das im Gedächtnis bleibt.

Isabella Bossi Fedrigotti

Zwei Schwestern aus gutem Hause

Roman. Aus dem Italienischen von Sigrid Vagt. 240 Seiten. SP 2270

Liebe, Haß und Eifersucht sind die Gefühle, die die beiden Schwestern Clara und Virginia ein Leben lang verbinden. Gemeinsam in einem großbürgerlichen Südtiroler Landhaus aufgewachsen, könnten sie verschiedener nicht sein: Clara, die jüngere, dunkelhaarig, melancholisch, verschlossen; Virginia dagegen eine blonde Schönheit, lebenshungrig und rebellisch gegen die längst überholte Lebensweise ihres Elternhauses. Doch ist Clara wirklich die Edle, Tugendhafte, die von ihrer leichtlebigen Schwester um das Lebensglück gebracht wurde? Ein raffinierter Frauenroman, ausgezeichnet mit dem Premio Campiello.

»Auffällig ist die von Isabella Bossi Fedrigotti gewählte Form, und man könnte spekulieren, ob hierdurch autobiographische Momente in die Erzählung einfließen. Denn ungewöhnlicherweise ist der erste Lebensrückblick der jüngeren Schwester Clara in der zweiten Person geschrieben, die nachfolgende Lebensgeschichte der Virginia dagegen in der ersten Person, wodurch der Eindruck einer größeren Zuneigung zu ihr vermittelt wird.
Aus dieser erzählerischen Konfrontation resultieren im wesentlichen die Spannung und der Reiz dieses Romans; für den Leser erhellen sich zudem viele Geschehen... Ein versöhnliches Ende, so ahnt man, wird es für die beiden Damen nicht geben.«
Die Welt

Liebling, erschieß Garibaldi!

Roman. Aus dem Italienischen von Ursula Lenzin. 204 Seiten. SP 2331

Mit der romantischen Geschichte ihrer Urgroßeltern schildert Isabella Bossi Fedrigotti die Welt einer Adelsfamilie in politisch brisanter Zeit.